고레스 대왕

페르시아 이야기

역사 장편소설

서용환

일러두기

이미지의 일부는 원저작권자를 확인하지 못한 상태로 출판되었습니다. 저작권자가 확인될 시 원저작권자와 협의하겠습니다.

고레스 대왕

페르시아 이야기

역사 장편소설

서용환

광활한 땅 페르시아를 통일한 고레스 대왕,

그는 세계 최초의 인권주의를 추구한 왕이었다

휴앤스토리

추천사

이석우 목사(성도교회)

시대적인 차이가 나지만 애굽의 바로와 페르시아의 고레스는 이스라엘과 인연이 있는 왕들이었습니다. 바로가 이스라엘의 출애굽과 관련이 있다면, 고레스는 출바사(페르시아)를 가능하게 했던 왕입니다. 그런데 차이점이 있다면 애굽의 바로는 열 가지 재앙을 당하고 어쩔 수 없이 이스라엘의 출애굽을 허락했다면, 고레스는 정책적으로 자신의 의사에 따라 이를 허락한 것입니다.

당시 바사(페르시아)의 백성은 고레스를 아버지라고 부르며 그를 사랑했습니다. 그런데 성경 에스라 1장 1절은 "하나님께서 고레스의 마음을 감동시키셨다"고 기록했습니다. 이때 고레스는 남유다 사람들 중에서 예루살렘으로 돌아가고 싶은 사람들은 돌아가서 성전을 건축하고, 바사 전역에서 살면서 그 자리를 지키고 싶은 사람은 또 그렇게 하라고 길을 열어 놓았습니다. 그리고 예루살렘으로 돌아가지 않고, 바사 제국에 사는 사람들도 자유롭게 예루살렘에 가서 헌금과 헌물을 해도 되는 길을 허락했습니다.

이후 역사를 보면, 이들이 디아스포라 유대인들이 되어 해외에서 살면서 1년에 3차례 명절에 예루살렘을 방문하여 십일조를 바쳤습니다. 그리고 제2의 십일조로 30일 동안 예루살렘에 머물면서 소

비를 촉진시켜 예루살렘을 세계적인 도시로 만들어 가는 데 역할을
하였습니다.

　이것이 제가 아는 고레스의 거의 전부입니다.

　그런데 50년 죽마고우인 서용환 장로가 이 고레스의 관한 여러
문서와 기록을 토대로『고레스 대왕: 페르시아 이야기』라는 역사 소
설을 낸다고 하니 깜짝 놀랄 뿐입니다.

　서 장로가 도미한 지 40년이 지나는데, 그가 겪은 이민 사회에
서의 다양성과 포용성의 근원을 '고레스'에게서 찾은 듯합니다. 그런
데 그 내용의 다양함과 방대함이 목사인 내가 보기에도 대단하게 느
껴집니다. 특히 오랜 시간 사업에만 매진하던 친구가 언제 이런 자
료를 모으고, 거기에 상상력을 더해 역사 소설까지 내게 되었는지,
그의 지적 탐구의 열정에 감탄이 나옵니다. 이에 그 어느 때보다 복
합 문화권에 사는 우리 현대인들이 여러 나라, 다양한 계층의 사람
들을 만나면서 어떤 마음의 자세를 가져야 할 것인지 귀한 깨달음을
얻을 것이라 믿으며 이 책을 추천합니다.

이성재 목사(애리조나새생명장로교회 담임)

행함이 없는 믿음은 그 자체가 죽은 믿음이라고 야고보 사도는
말합니다(약2:17). 저자는 본 교회 소속 장로로서, 믿음의 행함으로
발걸음을 떼신 분입니다.

평소 사람과 여행을 좋아하며, 사륜구동 지프를 통해 바위산과
같은 곳을 오르고 내리는 모험을 감행하는 것조차도 두려워하지 않
습니다. 오랫동안 믿음과 역사, 행함에 관심을 두고 신앙생활을 하
면서 『고레스 대왕: 페르시아 이야기』를 통해 종교와 문화, 민족과
국가, 인종과 정치적 신념의 편견과 차별을 뛰어넘어 인권 존중과
환대로 새로운 종교 정책으로 역사의 대통합을 조명하는 역사 소설
을 집필하였습니다. 오랜 기간 집필해 오신 수고와 기도의 결정체
같은 작품에 큰 감동을 하였습니다. '거룩한 모험'이라는 표현이 잘
어울리는 이 책으로 여러분을 초대합니다.

글을 시작하며

　오래전 성경책을 읽다가 고레스를 처음 접한 날의 감동이 잊히지 않았다. 2천5백 년 전, 정복한 나라에서 그 이전부터 살아왔던 포로들을 자유롭게 한다는 것은 정말 상상할 수 없는 일이기 때문이었다. 그리고는 또 잊고 살았다. 문득 15년쯤 전에 다시 생각났다. 이곳 미국에 살면서 세계의 모든 다양한 인종과 나라, 많은 종교, 문화와 언어들을 접하면서 선입견도 있었고 차별도 보아 왔다.

　그리하여, 인종과 종교를 뛰어넘어 인권과 자유의 가치를 최고의 가치로 인정했던 고레스 대왕을 주인공으로 하여 세상에 메시지를 던지고 싶었다. 우리가 세계사에서 배운 알렉산더 대왕이나 칭기즈칸, 나폴레옹은 워낙 유명해서 많이들 알고 있는데 반하여, 고레스 대왕에 대한 지식은 별로 없는 것 같았다. 그래서 내가 직접써 보기로 하였고, 소설이 시작되었다. 그러나 미국에서 살아온 지가 40년 가까이 되다 보니, 어쩔 수 없이 한글 실력도 많이 떨어지고 '역사 소설'이라고는 하지만, 역사적으로 성경 내용이 많이 나온다. 굳이 종류를 명시하자면 '역사 종교 소설'이다. 그래서 굳이 연도는 명시하지 않기로 하였다. 그러나 역사적인 내용은 최대한 사실과 가깝게 기술하려고 노력하였다.

이 『고레스 대왕: 페르시아 이야기』는 페르시아뿐만 아니라 인근 왕국들의 역사와 신화와 성경 이야기들도 함께 등장하는데 시대적인 배경을 짚어보며 읽는 것도 하나의 재미일 듯하다.

고레스는 지역에 따라 키루스, 싸이러스, 또는 카이러스로 불리는데 여기서는 성경에서 나오는 이름인 고레스로 부르겠다. 고레스의 이야기는 페르시아를 대제국으로 만든 고레스 대왕의 교육과 리더십에 대하여 그리스의 철학자 크세노폰이 쓴 『키로파에디아』에 나온다. 또한 역사학자 헤로도토스의 『역사』라는 책과 성경의 「이사야」에 나오며 그에 대한 신화도 역시 존재한다. 그리고 페르시아에 대한 여러 이야기는 추가로 성경에 역대하, 에스라, 느헤미야, 에스겔, 다니엘, 예레미야, 에스더에 자세히 나온다.

고레스 대왕은 약 기원전 560년경에 파르샤 종족을 통일하고 이를 기반으로 페르시아 제국을 세우게 되었다. 그는 그리스의 마케도니아 왕국과 에게스타이 왕국, 리디아, 메디아, 바빌로니아 왕국을 정복하고 서아시아 대부분을 지배하면서 제국을 확장시켰다. 그는 군사적인 탁월성과 외교적인 노력을 통하여 제국을 확장시켰고 페르시아 제국의 국력과 인근 왕국들로 영향력을 확대하였다. 전쟁에서도 용감하고 훌륭한 지도자였으며, 지혜로운 전략가로서 막강한 군대를 이끌었으며, 그의 지배 아래 페르시아 제국은 크게 성장하였다. 아울러 고레스 대왕은 단순히 땅을 정복하는 것 이상의 역할을 했다. 전쟁에서 승리하면 무자비하게 살상하고 약탈, 겁탈하고 심지어는 모조리 태워 흔적도 없게 씨를 말려 버리는 당대의 전쟁 상황에서, 그는 자신의 지배 지역 내에서 종교적인 자유와 인권

을 보호하고, 지배하는 주민의 문화와 관습을 존중하는 민주적인 지
도자로 존경받았다. 또한, 그는 다양한 문화와 언어를 이해하고 존
중하는 인종간 평화와 교류를 촉진했다. 특별히 성경에 나오는 유대
민족을 바벨론으로부터 해방시켰을 뿐만 아니라, 재정적인 도움도
주어서 그들이 성전과 예루살렘 성을 재건하도록 도와준 것으로 더
욱 유명하다. 또한, 영국 대영 박물관에 보존되어 있는「고레스의 실
린더」는 세계 최초의 인권 선언문이라고 할 수 있다.

미국의 역사 학자들은 '가장 민주적이고 인권적인 대왕'으로 단
연 고레스 대왕을 꼽았다. 이러한 그의 통치는 그의 죽음 이후에도
계승되어 지속되었으며, 그의 정치적인 대담함과 지혜에 진심 어린
존경을 하지 않을 수가 없다. 그의 평화와 자유의 통치 이념을 이어
받아 전 세계에 계속 계승되고, 지속되어 지기를 바라고 소망한다.

미국 애리조나에서

Contents

epilogue

열방

앗시리아는 중동의 메소포타미아, 티그리스 강, 그리고 유프라 테스 강 지역에서 발원하여 중기 청동기 시대부터 후기 철기 시대를 아울러, 서아시아 대륙 전체를 무자비하게 휩쓸고 일대를 정복한 대 제국이었다. 그러나 이 땅에 영원한 왕국이 어디 있으랴. 마침내 앗 시리아 왕국은 메디아 왕국과 갈데아 왕국이 연합한 동맹군의 공격 으로 멸망을 맞이하게 되었다. 앗시리아 제국이 멸망한 뒤에 서아시 아의 패권은 메디아, 바벨론, 리디아, 그리고 이집트의 4대 강국으 로 대립되는 시대가 도래하였다. 바벨론은 앗시리아의 멸망 이후, 앗시리아의 중남부에 있던 바벨론을 수도로 둔 신바빌로니아를 지 칭하므로 여기에서는 앞으로 바벨론으로 명칭 하겠다. 앗시리아의 멸망 이후 서아시아, 오리엔트의 4대 왕국 중 하나인 메디아 왕국은 일찍이 이란계 고대 국가들이 세운 국가로 지금의 이란 역사의 기초 를 만든 최초의 왕국이었다. 메디아인들은 앗시리아가 서아시아의 패권을 차지하던 시절에는 앗시리아의 속국으로서 이란의 고원에서 소를 사육하고, 기병의 뛰어난 말들을 가축하여 앗시리아에 공물로 바쳤다.

메디아 왕국을 설립한 초대 키악사레스는 왕은 그 지역 최초로 군병 입대 제도와 부대 제도를 창군과 궁수, 기병으로 나누고 군복과 무기 체계를 바꾸어 강한 군대를 만들었다. 키악사레스 왕은 그러한 제도를 바탕으로 막강한 앗시리아와의 전쟁에서도 승리할 수 있었던 것이다. 그리하여 메디아 왕국은 튀르키예 아나폴리아의 동쪽 대부분을 차지하게 되었다.

아스티아게스의 아버지인 키악사레스 왕은 약 사십 년간 재위를 이어갔는데, 유목민인 북부 스키타이족 중에 일부가 반란을 일으켰다가 실패한 후 메디아로 망명하였다. 메디아의 키악사레스 왕은 그들의 망명을 허락하고 그들에게 왕자를 맡기고 언어와 궁술, 기마술을 배우게 하였다. 세월이 흐르고 그들은 여러 해 동안 사냥을 나가 들짐승을 잡아 오곤 하였는데, 키악사레스 왕은 어느 날 빈손으로 돌아온 그들을 무례하게 대하였다. 이에 화가 난 스카타이인 중에 아도라스라는 자가 키악사레스 왕의 아들을 죽이고, 리디아로 망명을 가버리고 말았다. 이에 키악사레스 왕은 아도라스를 메디아로 넘기라고 리디아의 알리아테스 왕에게 요구하였지만, 자존심이 상한 알리아테스 왕은 내정 간섭이라며 이를 거절하였고, 이로 인해 두 나라는 오 년 동안이나 물고 뜯기는 치열한 전쟁을 하게 된다.

그런데 어느 날(BC 585년 5월 28일), 두 나라가 할리스강 근처에서 평소처럼 치열하게 전투를 벌이던 중에 갑자기 바람이 불어오고, 하늘이 어두워지더니 태양이 사라지고 암흑이 찾아왔다. 개기일식이 일어난 것이다. 지금 같아서는 그다지 놀랄 일도 아니겠지만, 기원전인 고대 시대를 가늠해 보면 크게 당황할 수밖에 없는 일이다. 두 나라 양쪽 모든 군사는 이를 두려워한 나머지 무장을 모두 풀고, 하늘의 신께 제사를 올리며 용서를 구하였다. 이에 길리기아의 시엔네스 왕과 바벨론의 나보폴라사르 왕이 리디아와 메디아를 화해시키는 중재자 역할을 맡았다. 나보폴라사르 왕은 두 나라의 동맹을 주선하면서, 리디아의 알리아테스 왕의 딸 아리에니스 공주와 메디아의 키악세레스 왕의 아들 아스티아게스 왕자가 결혼하도록 중매까지 하였다. 그리하여 두 나라는 견원지간 적국 관계에서 극적인 화혼으로 혈맹이 되었고, 할리스 강을 새로운 국경으로 하여 종전을 선언하였다. 이렇게 '결혼 동맹'으로 맺어진 화친으로 말미암아 메디아와 리디아의 평화로운 시대가 계속될 무렵, 알리아테스 왕과 키악사레스 왕은 사망하게 된다. 왕위를 물려받은 리디아의 크로이세스 왕은 리디아의 마지막 왕으로서, 그는 즉위하자마자 뜻밖에 곧 아나톨리아 주요 도시인 에페소스를 정복한다. 얼마 지나지 않아 아시아의 그리스 고대 도시들마저 지배하게 되었다. 메디아의 아스티아게스 왕은 카파도키아에서 이란의 동부 끝까지 길고도 넓게 쭉 뻗어 있는 왕국을 물려받게 되었고, 그는 아버지로부터 물려받은 큰 영토와 평화의 시대로 무난한 통치를 이어갔다. 그러나 점차 그의 본성이 드러나고 백성과 인근 속국들이 차츰 등을 돌리게 되면서 통치에 금이 가기 시작하였다.

바벨론에서는 초대 왕인 나보폴라사르 왕의 뒤를 이어 느부갓네살 왕이 수도 바벨론을 발전시켜 서아시아의 상업권을 독차지하며 그 일대에서 가장 부강한 나라가 되었다. 느부갓네살 왕 당시에는, 성경에도 나오는 남유다를 공격하여 함락시키고 유대인들을 포로로 잡아 왕을 비롯하여 4만 8천여 명에 이르는 히브리인들을 노예로 잡아 바벨론까지 끌고 갔다. 하지만 세월이 흘러 느부갓네살 왕이 죽고, 벨사살 왕에 이르러 바벨론의 영광은 점차 시들어 가기 시작하였다.

그사이 돈에 밝은 바벨론의 상인들은 부를 축적하여 권력까지 획득하였고, 영향력을 점차 키워나갔다. 급기야 바벨론에서는 신흥 관리들과 상인들 간의 세력 다툼이 일어나게 되었다. 사실 바벨론에서 가장 막강한 상권을 거머쥐고 있는 미즈라 가문은 남유다에서 바벨론으로 포로로 잡혀 온 히브리인들이었는데, 이들은 특별히 장사와 이문에 밝아 많은 재산을 축적하여 노예 신분에서 벗어나게 되었고, 바벨론에서 가장 부유한 상인 중의 하나로 자리매김하게 되었다. 이들은 또한 막대한 부를 축적한 이후 관리들을 매수하였다. 그 결과 이제는 어느 정도 권력까지도 거머쥐게 된 것이었다. 이러한 혼란을 틈타, 메디아 왕국의 아스티아게스 왕은 군대를 일으켜 바벨론의 하란을 **빼앗기** 위하여 공격하기 시작하였다. 하란은 갈데아 지역의 무역 중심지였다.

이에 바벨론의 느부갓네살 왕은 하란을 **빼앗기지** 않기 위해 메디아의 동쪽에 있는 페르시아에게 동맹을 요청한다. 페르시아의 고레스 왕은 아직은 메디아의 속국으로서 이제 막 왕국을 선포한 지 얼마 되지 않았고, 영토가 작은 변방의 소국이었기에, 이 기회를 이용하여 메디아의 속박에서 벗어나려고 바벨론이 내민 손을 기꺼이 잡게 된다. 이에 아스티아게스 왕은 다른 사람도 아닌 자신의 외손자가 바벨론과 손잡고, 메디아 왕국을 공격해 오는 것에 몹시 당황했다. 다행히 서쪽 국경은 리디아 왕국이 자리 잡고 있어서 걱정하지 않아도 되었다. 리디아는 크로이세스가 아버지의 대를 이어 왕이 된 이후에도 메디아의 아스티아게스 왕이 친누나와 결혼한 매형이었기에, 서로 국경을 사이에 두고 원만한 동맹관계를 유지하고 있었다.

메디아의 아스티아게스 왕은 바벨론의 자중지란을 이용하여 갈데아 지역의 무역 도시 화란을 점령하려 공격하였다가, 전혀 예상하지 못하게도 오히려 남, 서 양방향으로 적을 마주하게 되는 형국이 되어 버렸다. 이에 다급해진 아스티아게스 왕은 우선 페르시아의 고레스 왕을 달래고자 사자를 보내어, 고레스를 메디아의 엑바타나 궁으로 소환하였다. 그러나 자기를 제거하려고 음모를 꾸민 사실을 눈치챈 고레스는 외할아버지의 소환에 불응하였고, 할아버지인 아스티아게스 왕과 정면으로 전쟁을 시작하게 되었다. 사실, 고레스는 메디아 왕국과 일대일로 맞부딪치면 감당할 수 없을 만큼 역부족이겠지만, 바벨론이 힘을 합쳐서 함께 공격하기로 약속하였기에, 한번 해 볼 만한 싸움이 될 수 있을 것이다.

꿈

이른 아침 메디아 왕국, 엑바타나 왕궁에 때아닌 안개가 옅게 드리우고, 어슴푸레한 안개 사이로 붉은 해가 떠올랐다. 아스티아게스 왕은 수도인 엑바타나 도시가 한눈에 내려다 보이는 호화로운 침실에서 늦잠을 자고 있었다. 그러나 그는 잠을 제대로 자지 못하고 계속 뒤척이다가 갑자기 공황 상태에서 깨어났다. 멍한 상태에서도 그는 꿈을 기억해냈다.

"이게 도대체 무슨 꿈인 거지?"

아스티아게스 왕은 이 이상한 꿈을 되뇌며 혼잣말로 중얼거리면서 물을 벌컥벌컥 마셨다. 왕은 침대에서 일어나 깊은 생각에 잠겨 방을 왔다 갔다 하며 꿈을 이해하려고 애썼다.

바로 그때 왕의 시종이 머리를 빼꼼 들이대며 들어왔다.

"폐하, 밤새 잠을 못 이루시고 뒤척이셨습니다. 괜찮으십니까? 폐하!"

시종이 방으로 들어와 절을 하며 문안 인사를 했다.

"아니, 뭔가 이상해. 만다네 공주에 대한 불안한 꿈을 꾸었지 뭔가? 정말 이상하고 참으로 이해할 수 없구나."

아스티아게스 왕이 불안해하며, 창백한 얼굴로 기운 없이 말했다. 왕의 눈치를 살피던 시종은 갑자기 호기심이 발동하여 왕의 꿈이 무척이나 궁금해졌다.

"혹시, 저에게 꿈에 대하여 말씀해 주시겠습니까, 폐하? 아마도 제가 해석에 도움을 드릴 수 있을 것 같습니다."

시종은 짐짓 자신 있는 표정으로 물어보았다.

"그래. 꿈속에서 우리 예쁜 만다네 공주가 아주 아름다운 꽃들이 만발한 언덕에서 소변을 보고 있었어. 그런데 소변을 너무 많이 봐서 온 나라를 덮고도 아시아 전체가 범람할 것 같았지. 정말이지 기괴한 꿈이었어. 그 꿈이 도대체 무엇을 뜻하는지 이해할 수가 없구나."

그러나 아스티아게스 왕의 말을 듣고 시종 또한 그 꿈이 무엇을 뜻하는지는 알 수가 없었다.

"폐하, 꿈은 예언일 수 있습니다. 꿈은 숨겨진 진실을 드러내고 앞에 놓인 위험에 대해 미리 경고하는 것일 수도 있습니다."

"내 꿈이 일종의 경고라고 생각하는가?"

"가능합니다, 폐하. 이 꿈은 곧 닥칠 위험에 대한 경고이거나 긴급하게 해결해야 할 일의 예고일 수도 있습니다."

"그래. 네 말이 맞을지도 모르겠군. 아무래도 이 꿈을 해석하기 위해서는 박사들과 사제들을 불러 상의해야 할 것 같구나."

"네, 폐하. 그러면 폐하의 뜻대로 동방박사들과 사제들을 만날 수 있도록 하겠습니다."

아스티아게스 왕이 고개를 끄덕였다.

"그리하라. 그리고 당분간 이 꿈을 비밀로 유지하라."

"예, 폐하. 폐하의 뜻을 잘 알겠습니다. 그리고⋯."

시종은 말꼬리를 흐리면서 왕의 눈치를 보며 물어보았다.

"폐하! 먼저, 왕실의 고문이자 사제인 마고스 박사를 먼저 불러

보심이 어떠하실는지요?"

"알겠다. 그리하라."

신경이 예민해지고 짜증이 난 아스티아게스 왕은 약간 퉁명스럽게 대답했다. 시종은 왕의 대답을 듣자마자, 절을 한 후 급히 방을 나갔다. 왕은 침대 가장자리에 앉아, 자신의 꿈이 무엇을 의미하는지, 혹시 왕국의 안전이 위협받는 것은 아닌지, 또 이를 위해 어떤 조치를 취해야 하는지 궁금해하며 깊은 생각에 잠겼다.

메디아의 수도 엑바타나 왕궁, 뒤로는 높은 산이 병풍처럼 둘러져 있고 빛바랜 바위와 돌들이 겹겹이 쌓인 가장 높은 곳 중앙 언덕에 궁전이 웅장하게 서 있다. 궁전의 높은 망루 덮개가 저녁노을의 황금빛으로 반사되어 아름답게 반짝거리고 있었다. 아스티아게스 왕은 그 궁전의 장엄함 속에 앉아 여전히 깊은 생각에 잠겨 있다. 그의 마음은 흐트러진 감정들로 어지러웠다. 왕의 보좌 끝자리에 엉거주춤 앉아 있는 그의 모습은 불안과 무기력이 역력했다.

"마고스 박사를 불러 서둘러 궁전으로 데려오라."

왕은 고개를 들며 시종에게 다시 재촉하였다. 왕의 목소리는 고요한 오후의 궁전에 멀리 퍼져 나갔다. 궁전 안의 공기조차도 긴장과 불안으로 가득한 듯하였다.

그때 서둘러 방문을 열며 마고스 박사가 땀에 젖은 얼굴로 들어왔다. 그는 깊은 호흡을 하며 왕 앞에 무릎을 꿇었다. 그의 눈에는 왕의 불안한 표정을 읽고자 하는 진지함이 담겨 있었다.

"괜찮으십니까, 폐하? 폐하의 부르심을 받고 서둘러 왔습니다."

마고스 박사의 목소리는 부드럽고 안정감이 있었다.

"모든 것이 괜찮지 않소."

왕은 여전히 불안한 눈빛을 품고 있었고, 손짓으로 마고스 박사에게 더 가까이 다가오라는 신호를 보냈다.

"어젯밤, 내 딸 만다네 공주에 대해 이상한 꿈을 꾸었소."

"무슨 꿈입니까, 폐하?"

마고스 박사는 진심으로 걱정하며 물었다.

왕이 잠시 머뭇거리며 대답하였다.

"그건… 정말 이상했소. 꿈속에서 만다네 공주가 앉아서 소변을 보는데… 온 아시아가 범람할 정도였소."

"폐하, 그건 이상한 꿈이 아니라, 아시아 전체를 통치하는 제국의 미래 왕이 만다네 공주에게서 태어날 것이라는 큰 꿈입니다. 축하드립니다! 폐하."

마고스 박사는 다소 흥분하여, 호들갑을 떨며 대답했다.

"무어라? 그것이 확실한가 박사?"

아스티아게스 왕은 안도했지만 여전히 혼란스러운 듯 재차 확인하듯이 물어보았다.

"네, 폐하. 확실합니다. 이 꿈은 폐하의 딸과 우리 메디아 제국에 큰 행운을 가져다줄 것입니다. 미래의 왕의 탄생을 위해 먼저 공주님의 결혼을 준비하셔야 할 것 같습니다."

왕실 고문 마고스 박사가 확신에 찬 듯 자신 있게 대답하였다. 아스티아게스 왕은 안심한 듯 고개를 끄덕이며 곧바로 확실한 자신감으로 지시하였다.

"휴~ 그래, 그렇다면 물론이지. 그렇다면 곧 만다네의 혼인을 준비해야겠군. 만다네 공주의 결혼식에 필요한 준비를 할 것이다. 마고스 박사! 박사의 지혜에 감사드리네. 됐네. 됐어. 이제는 나가보게."

"제 도리를 다하였을 뿐입니다, 폐하."

마고스 박사는 고개를 숙이며 인사를 하고 왕의 방을 나갔다. 아스티아게스 왕은 안도하며 지시를 내렸지만, 홀로 왕좌에 앉아 여전히 이상한 꿈에 대해 생각하고 있다.

"만다네의 아들이라면…. 흠, 이는 만다네가 다른 나라로 시집을 갈 터이니, 장차 다른 나라의 아들이라는 것이다. 그렇다면, 이 메디아의 왕권이 다른 나라로 넘어간다는 뜻이라는 건가? 만다네는 아주 멀리 떨어진 작은 나라 페르시아의 총독 캄비세스와 결혼시켜야 하지 않겠는가? 나의 메디아 제국 왕권은 당연히 내 아들 다리오 왕자에게 넘어가야만 할 것이다."

당시 아스티아게스 왕에게는 아들이 없었고, 양 아들이 하나 있는데 이 때문에 강박적으로 후계자에 대한 생각과 자신의 왕권 이양 후에 대한 걱정으로 좌불안석이었다.

한편, 만다네의 어머니인 아리에니스 왕비는 리디아에서 시집을 온 리디아의 공주 출신으로, 리디아의 현재 왕인 크로이세스의 누나이다. 왕비는 부자 나라의 공주 출신답게, 매우 아름다운 외모를 가지고 있지만, 동쪽 아시아에서 온 많은 보석과 서역 그리스에서 온 진기한 물건들을 사 모으고 이에 심취해 있어서, 왕궁과 아스티아게스 왕으로서는 여간 골치 아픈 것이 아니었다.

리디아 왕국은 이렇게 혼인 관계로 메디아와 바벨론 양쪽에 두 나라와 동맹 관계를 맺어 동쪽으로부터 오는 위험을 미리 차단하고 있었고, 그랬기에 서쪽에 있는 그리스와 그의 도시 국가에게 집중하여 그들의 팽창을 억지하고 있었다.

계획

아스티아게스 왕은 시종을 시켜 하르파거스 장군을 급히 불렀다. 그들은 어렸을 때부터 친구였고, 아스티아게스 왕이 은밀히 부탁하려는 일이 있을 때는 언제나 그를 호출하였다. 하르파거스 장군은 원래 메디아의 왕족 출신이었다. 아스티아게스 왕의 친구이자 친척이고, 충성도가 높은 신하이다. 한 번은 아스티아게스가 왕자이던 시절에 궁궐 뒤에서 불장난을 하다가 숲에 큰 화재가 났었는데, 불이 아스티아게스 왕자에게 옮겨 붙자 자신의 옷을 벗어서 불을 끈 후 그를 둘러업고 불길을 빠져나와 왕자를 구출한 적이 있었다. 하르파거스는 그때 왼쪽 얼굴과 팔에 화상을 입었고, 아직도 큰 흉터가 남아 있다. 그 이후로 그는 아스티아게스 왕자의 가장 친한 벗이자 조언자가 되었으며, 수시로 궁궐 근위대의 제재 없이 왕궁을 드나들 수 있는 특권을 가진 왕의 가장 가깝고도 신뢰할 수 있는 최측근 인사이다.

"하르파거스 장군, 장군에게 하달할 중요한 임무가 있소."

아스티아게스 왕이 속삭이며 말했다.

"무엇이든 하겠습니다, 폐하! 폐하께서 필요로 하는 것이 무엇이 옵니까?"

역시 하르파거스 장군은 대답에서 그의 성격이 그대로 드러나는 듯 호쾌하게 대답했다.

"아무래도 내 딸 만다네 공주가 안샨에 있는 총독 캄비세스와 결혼해야 할 것 같소."

"페르시아의 캄비세스를 말씀하시는 겁니까? 폐하, 그는 시골에 아주 작은 국가를 통치하고 있는 왕 같지도 않은 허울만 있는 왕입니다. 우리 만다네와 같은 공주에게 과연 무엇을 해줄 수 있겠습니까?"

하르파거스 장군이 다소 놀란 듯 실망스럽다는 표정으로 반문하였다.

"나에게는 다 그럴 만한 이유가 있소. 만다네 공주의 장래 아들이 나를 대신해 이 나라를 통치하게 된다면, 그가 내 가족이 아닌 자기 가족의 편에 서게 될까 두렵소. 다리오는 내 아들이며 그가 내 뒤를 이어 왕좌에 앉아야만 할 것이오."

"아~ 걱정은 이해합니다, 폐하. 그러나 만다네 공주가 캄비세스와 결혼하기를 원하지 않는다면 어떻게 해야 하는지요?"

"공주는 원하든, 원하지 않든 캄비세스와 결혼해야만 하오. 장군은 나의 충실한 신하로서, 공주가 내 소원을 따르도록 설득하고 도와줘야 하오."

"예, 알겠습니다. 폐하, 그러면 저는 결혼식 거행에 필요한 준비를 하겠습니다."

"좋소. 만다네 공주를 면밀히 주시하시오. 공주가 내 왕국의 미래에 대한 나의 계획을 방해하게 할 수는 없소."

하르파거스 장군이 방을 나가고, 아스티아게스 왕은 그의 이상한 꿈 뒤에 숨겨진 의미에 대해 골똘히 생각했다.

한편, 아키메네스 안샨의 캄비세스 왕은 며칠 전 바벨론 왕국에서 온 사자로부터 한 통의 편지를 전해 받았다. 그것은 바벨론 왕국의 느부갓네살 왕으로부터 그의 니타크리스 공주와 결혼을 하자는 청혼이었다. 캄비세스는 이 편지를 받자마자 큰 충격을 받았다. 그 결혼의 조건은 바벨론과의 합병이었기 때문이었다.

그가 아키메네스 왕국을 세우고, 메디아와의 전쟁에서 패배한 이후 비록 메디아의 지배를 받는 속국이 되었지만, 그의 왕국은 여전히 메디아로부터 여러모로 지원과 보호를 받아오고 있는 실정이었다. 그런데 이런 상황에서 갑자기 바벨론의 공주와 결혼하고, 또 바벨론과 합병을 한다는 것이 그렇게 쉬운 결정은 아닐 것이다. 메디아와 전쟁도 불사하여야만 하는 위험을 안고 있는 것이다. 그는 앞으로 자신의 결혼이 아키네메스 왕국의 안정을 위해서도 꼭 필요하고 중요한 일이 되리라는 것을 잘 알고 있었다.

편지를 받은 지 며칠 후, 그렇게 고민하던 캄비세스는 바벨론 왕에게 보낼 답변은 미루어 두고, 먼저 메디아의 엑바타나로 여행을 떠나기로 하였다. 쉽게 허락을 해 주지는 않겠지만, 아무래도 아스티아게스 왕에게 먼저 의논을 해 보아야겠다는 판단이 섰다. 그가 엑바타나에 도착하자 하르파거스 장군이 그를 맞이했다.

"갑자기 어쩐 일이십니까? 캄비세스 왕이시여. 그렇지 않아도 저희 아스티아게스 왕께서 곧 사자를 보내려고 준비하고 있었습니다."

하르파거스 장군이 평상시와 다르게 너무 반갑게 맞이하며 말했다.

"예, 그냥… 잠시 여행도 할 겸, 아스티아게스 왕께 인사도 드리고 의논도 할 겸해서 왔습니다. 그런데 무슨 일이 있으신지요?"

"아스티아게스 왕께서는 당신과 만다네 공주의 결혼을 원하신다고 합니다. 속히 궁전으로 들어가 보셔야 하겠습니다."

"예, 알겠습니다. 장군! 그럼, 앞장서 주시지요."

캄비세스는 그 소식을 듣자마자 전혀 예상하지 못했던 말에 몹시 당황하였다. 그리고는 곧, 자신이 어떤 상황에 처해 있는지를 인지했다. 사실 이것은 그가 바라는 최상의 바람이었기 때문이었다. 캄비세스 왕은 일찍이 오래전에 전쟁에서 패한 후, 메디아와의 합병 조인식에서 만다네 공주를 본 적이 있었다. 비록 먼발치에서였지만 그녀를 본 후 가슴이 두근거리고, 그녀를 흠모하는 마음이 생겼지만 언감생심, 감히 메디아의 공주를 그의 마음에 품을 수는 없었다.

캄비세스는 왕좌가 있는 궁전으로 들어가 아스티아게스 왕과 만나 인사한 후에 결혼에 대한 이야기를 나누었다.

"어서 오시오. 캄비세스 왕이여."

"예, 폐하. 오랜만에 뵙겠습니다. 그간 평안하셨는지요, 폐하!"

"그렇지 않아도 긴히 한번 만나고 싶었는데, 잘 오셨소."

"네. 말씀하십시오, 폐하. 듣고 있습니다."

"캄비세스 왕은 결혼 적령기가 지난 걸로 알고 있소만, 나는 당신이 나의 하나뿐인 공주 만다네 공주와 혼인하였으면 하오."

"왕이시여, 제가 결혼 적령기가 조금 지났기는 합니다만, 갑자기 그런 황송한 제안을 해 주시니 몸 둘 바를 모르겠습니다. 어떻게 저같이 부족한 사람을 선택하여 주셨는지요?"

캄비세스는 오는 길에 하르파스 장군에게 미리 결혼에 대한 언급받은 것을 짐짓 감추고, 모르는 척 물어보았다.

"그동안 내가 왕을 유심히 지켜보았는데, 나의 사위가 될 자격이 충분히 있소. 특별한 이유가 없다면, 그렇게 받아들이도록 하시오."

"그러하시면, 저도 솔직히 말씀드리겠습니다. 폐하."

캄비세스는 바벨론으로부터 받은 청혼을 알려야 할지 고민하다가 결국 말하기로 하였다. 지금은 자신의 의도와 상관없이 양쪽 왕국으로부터 청혼을 받은 셈이니, 이왕이면 이를 적극 활용하기로 한 것이다.

"사실, 제가 이곳으로 오기 이 주 전에, 바벨론 왕국의 느부갓네살 왕으로부터 그의 딸 니타크리스 공주와의 혼인을 요청받았습니다."

이 말을 들은 아스티아게스 왕은 표현은 하지 않았지만, 내심 기분이 몹시 상하였다. 자칫하면 자신의 계획이 틀어질 수도 있다는 염려와 바벨론의 느부갓네살 왕이 먼저 머리를 써서 선수를 쳤다는 것이 불쾌했다.

"그래, 바벨론의 느부갓네살 왕이 특별히 제시한 조건은 없었소?"

"사실은 혼인으로 두 나라가 합병으로 동맹을 맺으면, 페르시아는 사위의 나라로서 특혜로 그동안 매년 메디아에게 바치던 모든 조세와 조공을 반으로 감면하겠다고 약속하였습니다."

캄비세스가 설명하면서 당황하였는지 조금은 더듬거리며 대답하였다.

"이런 괘씸한 느부갓네살 같으니라고. 지금 아키메네스는 메디아의 일부인 것을 모른다는 말인가? 이런 괘씸한…."

아스티아게스 왕은 화가 많이 났는지 손을 부르르 떨었고, 캄비세스는 은근히 불안해지기 시작하였다.

"그래서 그대 왕께서는 무어라고 답변하였는가?"

"아직 하지 않았습니다. 아무래도 폐하께 먼저 알려 드리고… 그래서 급히 폐하를 만나 뵙고 의논드리러 온 것입니다."

캄비세스는 이마에 땀이 송골송골 맺히며 당황한 모습이 역력하였다.

"잘했소이다. 캄비세스 왕이여. 자~ 그렇다면, 우리 이렇게 합시다."

성격이 급한 아스티아게스 왕은 생각하고 고민하는 틈도 없이 곧바로 결정하고는, 단도직입적으로 제안하였다.

"그렇다면 나도 아키메네스 페르시아 왕국에게 사위 나라의 자격으로 더 큰 것을 주겠소. 나 아스티아게스 왕은 아키메네스에서 매년 바치던 모든 조세와 조공을 전면 면제하여 주겠소. 그 대신 그대는 이 자리에서 결정하여 주시오."

전혀 기대하지 못했던 어마어마한 특혜였다. 자비로운 제안이기는 하지만, 한편으로는 무조건 따르라는 협박으로도 들렸다. 캄비세스는 자신의 마음을 다시 한번 돌아보고는, 결국 만다네 공주와 결혼하기로 결정하였다. 깊은 생각을 할 겨를도 없었다.

"네, 알겠습니다. 폐하. 그렇게 하도록 하겠습니다. 감사합니다. 폐하!"

캄비세스 왕은 이번 메디아 여행으로 예쁜 만다네 공주와 혼인도 하게 되었고, 매년 바치던 적지 않은 조세와 조공도 전부 면제받았으니 너무도 큰 성과와 선물을 받은 셈이었다.

한편, 만다네 공주는 자신이 페르시아의 캄비세스 왕에게 시집보내진다는 소문을 듣고 나서 병이 나 드러누워 버렸다. 만다네의 엄마인 아리에니스 왕비도 놀라기는 마찬가지였다. 하르파거스 장군은 만다네 공주에게 압력을 가하며 결혼을 강요하고 있었다.

"만다네 공주님, 당신은 왕국의 공주이며, 왕국의 안정을 위해 희생할 준비가 되어 있어야 합니다. 결혼을 거절할 수는 없습니다.

폐하의 지엄하신 명령입니다."

그러나 만다네 공주는 결혼에 동의하지 않고 있었다. 그녀는 캄비세스와의 결혼이 자신의 인생을 억압하게 만들 것이라 믿었기 때문이었다. 그러나 아버지 아스티아게스 왕이 그녀에게 강력한 압력을 가하고 있다는 것도 잘 알고 있었다. 이러한 압력 속에서, 만다네 공주는 결국 결혼을 받아들이게 되었고, 엑바타나 궁은 속전속결로 페르시아의 캄비세스 왕과 만다네 공주와의 결혼을 선포하고, 곧이어 결혼식을 준비하기 시작하였다.

결혼

엑바타나, 메디아 왕국의 수도에 있는 왕궁에는 온갖 꽃들이 만발하였고 수많은 새들이 노래하고 있었다. 아름다운 날이다. 그러나 만다네 공주에게는 이 아름다움이 하나도 눈에 보이지도, 들리지도 않았다. 그녀는 깊은 생각에 잠겨 있었다. 아버지가 자신의 의견과는 전혀 상관없이, 자신을 아주 작은 나라의 왕인 캄비세스와 결혼시킬 계획이라는 것을 알고 있었다. 만다네 공주는 창밖의 분주한 결혼식 준비 과정을 바라보고 있었다. 자신의 결혼식인데도, 전혀 상관없는 일처럼 느껴졌다. 그녀는 왕국 전역에서 온 손님들의 음악소리와 웃음소리를 들을 수 있었다. 똑똑. 그녀의 상념을 깨고 궁녀가 방으로 들어오고 있었다.

"공주님, 결혼식 준비는 다 되셨습니까?"

"아니, 난 준비가 안 됐어. 캄비세스와 결혼하고 싶지 않아."

"공주님, 공주님은 선택의 여지가 없어요. 그리고 너무 늦었어요. 페르시아의 캄비세스 왕께서도 공주님과 결혼하기로 결정했고, 지금 여기에 와 있어요."

"알아, 하지만 난 그를 사랑하지도 않아. 그를 잘 알지도 못하는데, 어떻게 그와 결혼할 수 있겠어?"

"공주님, 마음은 이해하지만 폐하께서 지시한 대로 하셔야 합니다."

"알아. 그러니까 이렇게 잠자코 순종하고 있잖아."

만다네는 할 수 없이 자리에서 일어났다. 그녀는 금 자수로 장식된 아름다운 하얀 드레스를 입었다. 그녀는 어깨까지 내려오는 머리를 위로 땋아 올리고, 보석이 박힌 머리 장식을 착용했다. 궁전의 정원을 향해 걸어가면서 그녀는 심장이 더 빨리 뛰는 것을 느낄 수 있었다. 그녀는 캄비세스가 어떤 사람인지 전혀 몰랐고, 이 결혼식 후에 그녀의 삶이 어떻게 변하게 될지 두려워하고 있었다.

정원에 들어서자 신랑 캄비세스가 통로 끝에 서서 그녀를 기다리고 있었다. 그는 어깨가 넓고 키가 큰 남자였으며 얼굴에는 친절한 미소가 가득했다. 만다네는 그를 향해 걸어갔고, 캄비세스는 그녀의 손을 부드럽게 잡고 안내해 주었다. 그들은 통로를 걸었다. 만다네는 아무 말도 할 수 없었다. 그녀는 결혼식이 끝나면 자신의 삶이 어떻게 변할지, 캄비세스와의 관계가 어떻게 될지 예측하기 어려운 미로 앞에 선 느낌이었다. 왕궁 내부의 결혼식장은 빛과 화려한 장식으로 가득 차 있었고, 왕과 왕비, 왕족 가문과 외국에서 온 손님들로 시끌벅적했다. 결혼식은 아름다웠다. 그들은 혼인 서약을 하였고, 뒤이어 성대한 잔치가 열렸다. 만다네와 캄비세스는 함께 음식을 먹고 춤추며 손을 맞잡았다. 화려한 꽃들, 푸른 잔디로 덮인 궁전과 손님들의 옷차림과 춤이 하나로 어우러져 축제의 분위기를 고조시켰다. 만다네는 결혼식이 얼마나 아름다운지 알게 되었지만 여전히 캄비세스와의 결혼을 받아들일 수 없었다. 아스티아게스 왕의 명령에 따라 몸은 결혼식장에 있지만 마음속은 온통 복잡한 생각으로 무겁기만 했다. 그럼에도 불구하고 결혼식은 메디아의 관습대로 닷새 동안 계속되었다.

결혼식이 끝나고 이틀 후, 그들은 페르시아로 떠났다. 만다네의 궁녀 두 명과 페르시아에서 온 축하 사절단 일행이 함께였다. 향품과 많은 금, 보석을 낙타에 싣고 페르시아로 떠나는 여행은 길고 피곤했다. 만다네는 길을 따라 경치를 보며 깊은 생각에 빠져 있었다. 캄비세스는 그녀와 대화를 시도했지만, 그녀는 관심이 없는 것 같았다. 캄비세스가 조용히 입을 떼었다.

"만다네 공주님, 왜 이렇게 조용하세요? 힘드시죠?"

"별로 이야기하고 싶지 않습니다, 폐하."

"그냥 캄비세스라고 불러주세요. 어쨌든 우리는 결혼한 사이가 아닙니까? 남편으로서 당신이 힘들어하는 이유를 알고 싶어요."

"솔직히 전, 당신과 결혼하고 싶지 않았어요. 미안하지만 난 당신을 사랑하지 않아요. 캄비세스."

"알겠습니다, 공주님. 하지만 우리는 극복할 수 있다고 생각해요. 우리는 서로 사랑하는 법을 배울 수 있습니다. 나에게 기회를 주세요. 만다네 공주!"

"모르겠어요, 캄비세스. 저는 그것이 그렇게 쉬울 거라고 생각하지 않지만 노력하겠습니다."

그들이 페르시아에 도착한 순간, 만다네는 페르시아의 아름다움에 숨이 멎을 듯이 놀랐다. 멀리 바다가 보이는 항구 도시, 페르시아의 수도인 페르세폴리스에 발을 들이자, 그곳의 매혹적인 아름다움에 마음을 빼앗겨 버렸다. 태어나서 바다는 처음이었다. 캄비세스는 사랑스럽게 그녀를 안내하며 페르시아의 다양한 곳을 소개하여 주었다. 캄비세스는 자신의 새로운 신부의 마음을 얻기 위하여 화려한 피로연을 준비하였다. 피로연에서의 분위기는 그녀에게 깊은 감동을 안겨 주었지만, 그녀의 마음은 아직 완전히 열리지는 않았다.

그녀는 고향인 엑바타나에 있는 집과 가족과 친구들이 그리웠다. 가슴이 아려 왔다. 그렇게 며칠은 몇 주로 바뀌어 시간은 흘러가고, 만다네는 점점 페르시아에서 안락함과 평온을 느끼기 시작하였다. 그녀는 캄비세스와 함께하는 일상에 익숙해졌고 마침내 그를 사랑하게 되었다. 세월이 흐르면서 그들은 페르시아를 함께 통치하고, 만다네는 페르시아의 현명하고 사랑받는 왕비로 자리매김하였다. 그들은 모든 시민들의 존경과 사랑을 받는 왕족으로서 위엄을 지니게 되었다.

태몽

아스티아게스 왕은 딸 만다네가 페르시아로 시집을 간지 일 년 후에 또 한 번 이상한 꿈을 꾸었다. 이번에는 만다네 공주가 해산을 하는데, 그녀의 가랑이 사이에서 아주 풍성하고 튼실한 포도나무 가지가 나오더니 아시아 전역을 뒤덮었다. 아스티아게스 왕은 식은땀을 흘리며 잠에서 깼다. 그는 여전히 멍한 상태로 방을 둘러보았다. 갑자기 꿈을 떠올리고 혼잣말로 중얼거렸다.

"또다시 이상한 꿈을 꾸다니…. 이게 무슨 뜻이지? 나는 왜 이런 꿈을 꾸고 있는 걸까? 공주가 여기서 아기를 낳게 하려면, 아무래도 페르시아에서 만다네를 소환해야 할 것 같구나."

아스티아게스 왕이 혼자서 계속 중얼거렸다. 왕이 자신의 꿈을 곰곰이 생각하고 있을 때, 그의 조언자인 하르파거스 장군이 방으로 들어왔다.

"폐하, 괜찮으십니까?"

"아, 하르파거스 장군, 아주 불안한 또 다른 꿈을 꾸었소."

"무슨 꿈이었습니까, 전하?"

"내 딸 만다네 공주에 관한 꿈이라오. 꿈에서 공주가 이곳에서 출산하고 있었는데, 공주의 가랑이에서 튼실한 포도 덩굴이 돋아 나와 온 아시아 전역을 뒤덮었다오."

"그건 꽤 난해한 꿈인 것 같습니다, 폐하."

하르파거스가 놀라며 대답했다.

"맞소. 아무래도 페르시아에서 만다네 공주를 소환해야 할 것 같소. 이것이 진정 무엇을 의미하는지 알아야만 하오."

"명령 받들겠습니다, 폐하! 제가 즉시 페르시아, 페르세폴리스에 사자를 보내겠습니다."

하르파거스 장군은 즉각적으로 명령을 받았다.

"고맙소, 하르파거스 장군. 이 꿈이 나를 영~ 불안하게 만들고 있소. 나는 그 진정한 의미를 알 듯도 하오."

아스티아게스 왕의 강박관념은 완벽주의에 가까워서 꿈을 꾼 후 만다네를 자신의 왕국 메디아로 불러들여 엑바타나 왕궁에서 아들을 낳을 계획을 세우고, 이를 시행하라고 하르파거스 장군에게 명령을 한 것이다.

아름다운 항구가 내려다 보이는 페르시아의 페르세폴리스 궁. 잔잔한 봄바람이 꽃 향기를 잔뜩 불러온다. 온갖 종류의 꽃들이 정원 가득 만발하여 서로의 아름다움을 질투하듯 화려하게 피어있다. 만다네 공주는 결혼하고 캄비세스 왕을 따라 페르시아로 오고 난 후 곧바로 임신했다. 어느덧 임신 일곱 달에 접어든 만다네 공주의 유일한 취미는 궁중 안 마당에 꽃밭을 가꾸는 일이었다. 그동안 그녀의 안마당에는 꽃이 질 틈이 없었다. 그녀의 향기로운 꽃을 좇아 노랑나비들과 벌들도 봄의 향연을 하는 듯 춤추고 있다.

만다네 왕비가 그녀의 아름다운 꽃밭에서 꽃들을 가꾸고 있을 때 궁녀들이 아버지의 소환을 알려 왔다.

"왕비님! 부친 아스티아게스 왕께서 엑바타나 궁으로 왕비님을 소환하셨습니다."

만다네 왕비는 들고 있던 꽃삽을 내려놓으며 뒤돌아 대꾸하였다.

"소환? 무엇 때문인지 이유는 말하지 않고?"

"아스티아게스 왕께서는 왕비님께서 엑바타나의 궁전에서 아기를 안전하게 해산하기를 원하시는 것 같아요."

"하지만… 알았어!"

만다네 왕비는 걱정스러움이 먼저 앞섰다.

"해산일이 불과 세 달 밖에 남지 않았는데, 도대체 갑자기 무슨 일이람…."

만다네 왕비는 장거리 여행이 너무 부담스러워 혼잣말로 걱정했지만, 선택의 여지가 없었다. 아버지 아스티아게스 왕의 갑작스러운 소환을 받고, 엑바타나 왕궁으로 돌아온 만다네 왕비가 왕의 집무실로 들어가 아버지 앞에 공손히 절을 하였다.

"오~ 공주. 어서 오너라. 먼 길 오느라 수고가 많았다."

아스티아게스 왕은 짐짓 아주 반가운 듯 만다네를 맞이하였다.

"네. 산달이 점점 가까워지니 너무 힘들었어요. 그런데 왜 갑자기 부르신 거예요?"

"만다네, 내가 또 다른 꿈을 꾸었지 뭐냐. 이번에는 지난번 보다 더 나쁜 것 같구나."

아스티아게스 왕이 무척이나 심각한 척 대답했다.

"무슨 꿈을 꾸셨어요, 아버지?"

만다네는 무척이나 혼란스럽다.

"네가 다시 소변을 보는데, 가랑이에서 덩굴이 나와 아시아 전역을 뒤덮었단다."

"그게 무슨 뜻이에요?"

충격받은 듯 만다네가 물어보았다.

"모르겠다. 그런데 내가 페르시아에서 너를 소환한 데는 그럴만한 이유가 있다."

만다네는 혼란스러웠다. 두렵기도 했다. 태중의 아이에게 무슨 일이 일어날까 봐 겁에 질린 채 아버지를 바라보았다.

"나는 네가 이 나라, 엑바타나 왕궁에서 안전하게 출산하였으면 하고 너를 불렀다. 그리고… 아기도 이곳 메디아에서 젖을 떼고, 키웠으면 한다."

"아기는 아버지 캄비세스가 있는 페르시아에서 키워야 하지 않나요? 캄비세스의 의견도 고려해 주셔야지요."

"만다네! 이것이 신의 뜻이라면, 그렇게 될 것이다."

아스티아게스 왕은 단호하게 대답하였다. 만다네는 무력감을 느끼며 아버지를 바라볼 뿐이었다.

"이제 가서 좀 쉬어라. 우리 왕국의 미래가 네 어깨에 달려 있다는 것을 명심하고 기억해라."

만다네 공주는 불안하고 두려워하는 마음을 다독이며 고개를 숙이고 방을 나갔다.

탄생

———

아스티아게스 왕은 해가 넘어가고, 하늘이 어두워 지기를 기다렸다가 하르파거스 장군을 은밀히 불렀다. 한 시간 후에 하르파거스 장군이 왕에게 늠름하게 인사하며, 왕의 집무실에 들어왔다.

"폐하, 부르셨습니까?"

"어서 오시오 하르파거스 장군. 장군에게 최대한의 충성이 필요한 중요한 임무가 생겼소."

아스티아게스 왕이 속삭이듯 신중하게 말을 하였다.

"전하, 제가 전하를 섬기고 있습니다. 명령을 말씀하여 주십시오."

역시 하르파거스 장군은 그의 성격답게 시원시원하게 대답하였다.

"장군, 내 딸 만다네 공주가 곧 아기를 낳을 거라는 것을 알지 않소? 나는 그 아이가 태어나자마자 곧바로 없애 버리기로 했다오."

"하지만 왕이시어, 그는 폐하의 외손자가 아닙니까? 물론, 그가 나중에 폐하의 왕권을 물려받을 수도 있습니다. 왜 친히 손자를 없애려고 하시는지요?"

하르파거스 장군이 이해를 하지 못하겠다는 표정으로 머뭇거렸다.

"쉿! 조용하시오. 하르파거스 장군! 당신은 내가 가장 신뢰하는 장군이오. 나는 언젠가 그 아이가 자라서 내 왕좌를 차지할까 봐 두렵소. 나는 내 왕위가 다리오 왕자를 통해 계승되어 가기를 원하오."

"전하, 저는 여러 해 동안 전하를 섬겨 왔으며 한 번도 실망시켜 드린 적이 없습니다. 이 명령의 중요성을 이해하지만 부디, 재고해 주시기를 바랍니다. 그 아기를 죽이는 것은 큰 죄가 될 것입니다. 이 것은 제가 수행할 수 있을지 자신할 수 없는 가장 어려운 명령입니다. 폐하."

"장군이 무엇을 걱정하는지는 잘 알고 있소. 하지만 장군은 나를 위해서 이 명령을 수행해야만 할 것이오. 나는 내 마음을 이미 결정했소. 장군은 아이가 태어나자마자 데리고 가서 그를 처리하시오. 추후에, 나는 장군의 어떠한 불순종도 용납하지 않을 것이오."

"알겠습니다, 폐하. 명령대로 수행하겠습니다."

"좋소. 하르파거스 장군, 이 일은 최대한 비밀리에 이루어져야 한다는 것을 기억하시오. 만일, 누군가 이것을 알게 된다면 장군과 당신 가족의 종말을 의미할 수도 있다는 것을 명심하시오."

"알겠습니다, 폐하. 아무도 알지 못하도록 비밀에 부치겠습니다."

"훌륭하오. 내가 오로지 장군만을 믿고 의지할 수 있다는 걸 다시 알았소."

오늘따라 자그로스 동쪽 산자락은 구름 한 점 떠 있지 않고, 바람 한줄기 불어오지 않는다. 태양은 광야 아래로부터 더 높게 떠오르고, 더 강렬하기만 하다. 만다네 공주는 산통으로 괴로워하며, 궁녀들에게 둘러싸여 침대에 누워 있다.

"더 이상 참을 수 없어! 너무 아파요! 아악!"

땀으로 범벅이 된 만다네 공주는 극심한 산통으로 비명을 지르고 있다. 궁녀들 또한 땀을 흘리며 만다네 공주의 손을 잡으며 격려하고 있다.

"조금만 더 참으세요. 왕비님은 잘하고 계십니다. 자, 이제 한 번만 더 힘을 주세요, 왕비님!"

산통은 오후까지 이어졌다. 만다네의 온몸은 땀으로 범벅이 되었고, 비명 소리도 약해져 갔다. 궁녀들이 호흡을 같이 하며 만다네에게 힘을 실어주었다. 만다네가 아기를 낳으면서 더 큰 소리로 비명을 질렀다.

"응애~ 응애~"

마침내 아기가 태어났다. 장차 이 세상을 지배할 아기가 앞으로 닥칠 자신의 미래를 예상하듯, 더욱더 우렁차게 울어 댔다. 갓 태어난 아기치고는 너무 컸다. 그래서였는지 초산이어서였는지, 만다네 공주는 초주검 상태였다. 궁녀가 아기를 확인하고는 흥분해서 외쳤다.

"남자아이입니다. 왕비님! 왕자님이십니다!"

궁녀가 땀으로 흠뻑 젖은 왕비의 이마를 닦았다. 만다네는 많이 창백해 보였지만, 간신히 웃을 수 있었다.

"우리 아기… 아기는 괜찮아?"

만다네 공주가 힘겹게 궁녀에게 물어보았다.

"네. 수고하셨습니다, 만다네 왕비님! 아기는 건강합니다."

궁녀가 만다네를 안심시키며, 편안하게 대답하였다. 그러나 만다네는 아기가 건강하다는 말을 듣자마자 갑자기 침대에 쓰러지며 의식을 잃었다. 놀란 궁녀들이 주위를 둘러보며 비명을 질렀다.

"왕비님! 정신 차려 보세요, 왕비님!"

궁녀가 의사를 부르라고 바깥 방을 향해 소리쳤다. 의사가 급히 달려와서 만다네 공주를 확인했다.

"자, 자~ 왕비님은 괜찮아요! 왕비님은 지금 주무시고 있는 겁니다. 왕비님께서 쉴 수 있도록 모두 나가 주세요!"

의사가 주위를 두리번거리며 지시하였다. 궁녀들이 재빨리 방을 나가고, 의사는 뒤에 남아 만다네 공주를 돌보아 주고 있다. 이때, 밖에서 몰래 기다리고 있던 하르파거스 장군의 시종이 아기 왕자를 데려가려고 들어왔다.

"여기 있소, 얼른 데려가시오."

의사는 막 태어난 아기 왕자를 건네주며, 계속 주위를 살피며 재촉하였다. 하르파거스 장군의 시종이 아직 요람 안의 담요에 싸여 있는 아기를 급히 데리고 만다네 공주의 방을 나갔다. 시종은 방에서 나가자마자 밖에서 대기하고 있던 하르파거스 장군에게 아기를 건넸다.

"아기가 여기 있습니다, 장군님."

그러나 하르파거스 장군은 아기를 받지 않고 약간 신경질적으로 쳐다보며 시종에게 대꾸하였다.

"아니, 네가 데리고 나를 따라오너라."

두 사람은 재빨리 성을 빠져나갔다.

만다네는 이틀 만에 깨어났다. 그녀는 깨어나자마자 아기를 찾았다. 그러나 시녀들은 하르파거스가 침대에 몰래 넣어 둔 죽은 아기를 보고, 아기가 죽은 것으로 알았고, 만다네 왕비에게는 아이가 죽었노라고 슬프게 말했다.

"죄송합니다, 왕비님! 아기 왕자님은 태어나신 날 저녁에 죽었습니다. 왕비님께서는 이틀 만에 깨어나신 겁니다. 죄송합니다, 왕

고레스와 아스티아게스

©Jean-Charles Nicaise Perrin 「Cyrus and Astyages」 (wikipedia)

비님 정말 죄송합니다."

만다네 공주는 너무나 슬펐다. 자신이 정신을 잃고 쓰러졌기 때문에 아기가 죽은 게 아닐까 하는 죄책감으로 견딜 수 없었다.

"아가야, 미안해! 정말 미안해! 모두 다 엄마 때문이구나."

그녀는 울다 지쳐 슬픈 마음으로 페르시아로 돌아갔다.

한편 이 사실을 눈치챈 궁녀가 하나 있었는데, 의사가 하르파거스의 시종으로부터 죽은 아이를 건네 받아서 만다네 공주 아기의 요람에 넣는 것을 목격한 것이다. 이에 그녀는 이 사실을 어떻게 하여야 할까 고민하다가 공주의 상태를 보고하는 척하며 아스티아게스 왕에게 직접 찾아가서 알렸다. 어쩌면 큰 상을 받을 수도 있는 좋은 기회인 것이었다.

"폐하. 만다네 공주의 궁녀가 폐하를 뵙기를 청하였습니다."

"만다네 공주에게 무슨 일이 있는가? 그녀를 들라 하라!"

궁녀가 주위의 눈치를 살피며 조심스럽게 들어오면서 인사하였다.

"폐하. 저는 만다네 공주님의 궁녀이온데, 어젯밤에 이상한 일을 보았습니다. 이에 급히 알려 드리려고 찾아온 것입니다."

"그래. 무슨 일인가? 본 것을 말해 보아라!"

"어젯밤 공주님의 상태를 살펴 드리려고, 방에 들어가다가 시종 하나가 의사에게 죽은 아이 하나를 건네는 것을 보았습니다. 의사가 그 아이를 공주님 아기의 요람에 넣는 것도 보았습니다."

"그래? 내게 가까이 오너라."

궁녀가 종종걸음으로 왕에게 가까이 오자, 그녀의 눈을 연거푸 주먹으로 세차게 때렸다. 갑자기 가해진 폭행으로 궁녀는 그 자리에서 쓰러졌다. 얼마 후 정신을 차렸을 때 아스티아게스 왕이 물었다.

"그래, 이제는 눈앞이 잘 보이느냐?"

궁녀는 순식간에 눈을 얻어 맞고는 눈이 얼얼해서 앞을 제대로 볼 수가 없었다.

"아닙니다. 폐하! 앞이 잘 안 보입니다."

"그래. 너는 앞이 잘 안 보이는 것이고, 어젯밤에 본 것도 아무것도 없었다. 알겠느냐?"

말이 끝나기 무섭게 아스티아게스 왕이 이번에는 주먹으로 입을 세차게 때렸다.

"악!"

궁녀는 순식간에 일이라 소리 지르며 입에 손을 갖다 대었지만, 너무 아팠다.

"그래. 말을 할 수 있느냐?"

"아닙니다. 폐하. 입이 아파서 말을 잘…."

"그래, 목숨이 여러 개라면 모를까. 너는 아무것도 보지도, 듣지도 못 한 것이다. 네 입이 할 수 있는 말이 무엇인지는 너도 알겠지."

"예, 폐하. 명심하겠습니다."

이에 궁녀가 고개를 푹 숙이고 나간 후, 아스티아게스 왕이 낮게 중얼거렸다.

"이런, 쯧쯧. 칠칠치 못한 것들 같으니라고…."

참으로 무서운 음모가 순식간에 이루어지고 있었다.

이후 아들을 잃고 페르시아로 돌아간 만다네 왕비는 이 일을 계기로 누구에게나 고통과 슬픔이 찾아올 수 있다는 것을 깨닫게 되었고 많은 사람을 돕는 일을 하게 되었다. 그리고 시간이 흘러, 만다네 왕비는 많은 백성들이 존경하고 따르는 왕비가 되었고, 그녀의 존재는 모든 사람에게 강력한 영향력을 끼치고 있었다.

입양

오늘따라 유난히 높은 하늘과 훤한 보름달 빛이 비치는 초저녁 밤, 아기 왕자의 운명은 궁전 바깥에서 펼쳐지고 있었다. 하르파거스 장군과 시종은 아기 왕자를 비밀리에 소치기 목자인 미트라다테스에게 넘겨주기 위해 궁전을 떠났다. 궁전 밖으로 나선 하르파거스 장군과 시종은 미트라다테스와 만날 장소를 찾아 헤매고 있다. 어지러운 골목길을 돌아보았지만, 미트라다테스의 모습을 찾을 수 없었다. 장군은 조급함을 느끼며 주변을 살펴보았다.

"여기가 그를 만날 곳이 맞는가?"

궁전 밖 모퉁이 주변을 둘러보며 하르파거스가 물었다.

"네, 장군님. 이곳이 소치기 미트라다테스를 만날 장소입니다."

시종은 고개를 끄덕이며 대답을 하였다.

"좋아. 그를 다시 한번 더 찾아보자."

하르파거스 장군은 조급하게 말하며 앞으로 서둘러 갔다. 그들은 미트라다테스가 그들을 위해 기다리고 있는 모퉁이를 재빨리 걸어서 돌아갔다. 곧이어 장군과 하인은 뒤쪽 후미진 곳에서 엉거주춤 불안하게 서 있는 미트라다테스를 발견하고는 그에게 다가가며 물었다.

"네가 미트라다테스인가?"

"네, 맞습니다."

미트라다테스는 고개를 끄덕이며 대답했다. 그리고 그들은 아기를 교환하려고 했지만, 놀랍게도 미트라다테스가 건네는 것은 그의 죽은 아들이었다. 그의 아내가 막 아이를 낳고 사산한 것이었다. 미트라다테스 아내의 이름은 고르그였다. 이는 늑대를 메디아 방언으로 부르는 것으로 당시 산골 마을에서는 동물을 사람 이름으로 부르면 오래 산다는 미신이 있었는데, 그래서 늑대가 고레스를 키웠다는 이야기도 있는 것이었다.

"이것도 가져가거라. 이제부터는 네가 이 아기를 친아들처럼 잘 돌봐야 한다. 그리고 가능한 한 빨리 이곳을 떠나 아주 멀리 가서 살아라."

하르파거스 장군이 아기 왕자와 함께 큰 동전 다발을 던져주며 말했다. 미트라다테스는 충격을 받고 당황한 채로 물었다.

"하지만 아내에게는 어떻게 설명해야 할까요?"

하르파거스는 단호하게 말했다.

"네 아기는 죽지 않았어. 그저 잠깐 동안 잠자고 있었던 거야. 그리고 이 사실을 죽을 때까지 비밀로 해야 한다. 알겠느냐?"

"네, 알겠습니다. 걱정 마십시오. 저는 제 목숨이 끝날 때까지 비밀로 할 것입니다."

미트라다테스가 고개를 끄덕이며 대답하였다.

하르파거스 장군과 하인은 미트라다테스를 남겨두고 급히 떠났다. 미트라다테스는 팔에 안긴 아기 왕자를 내려다보며 한숨을 길게 내쉬었다.

"이제 우리 앞에는 꽤 많은 여정이 있을 것 같구나, 아가야. 하지만 걱정하지 말아라, 내가 너를 진짜 아버지로서 돌보아 줄 것이

미트라다테스에게 건네지는 어린 고레스

ⒸSebastiano Ricci『The Childhood of Cyrus the Great』〔wikimedia〕

다. 이제부터는 무슨 일이 있어도 내가 너의 아버지이고 함께 할 것이다."

한편 하르파거스 장군은 아스티아게스 왕을 계속 섬기지만, 왕의 명령에 불복종한 죄책감에 시달렸다.

그로부터 십여 년이라는 세월이 지나고, 아기 고레스는 강하고 지적인 소년으로 성장하였다. 열세 살의 소년 고레스는 왕족으로 태어났음에도 불구하고, 소를 치는 의붓아버지와 함께 살고 있었다. 유난히 찬바람이 세차게 몰아치는 겨울밤, 작은 마을의 가난한 집안에서는 어린 소년 고레스가 그의 의붓아버지인 미트라다테스와 함께 따뜻한 중앙 난로 앞에 앉아 있다. 목동의 요르트 천막 안은 춥기만 한데, 가운데 중앙 난로에는 두꺼운 장작이 타닥타닥 타 들어가면서 따뜻한 온기를 만들어 내고 있었다. 그의 눈은 차가운 밤을 가로막는 유일한 불빛인 난로의 불꽃에 매료되어 생각이 깊어지고 있었다. 소년 고레스는 모든 열정과 꿈을 안고 훌륭히 자라고 있었다. 미트라다테스는 고레스를 애정 어린 눈으로 바라보며 말했다.

"아들아, 너는 정말로 특별한 아이야. 네게는 정말로 놀라운 재능과 희망이 넘치는 꿈이 있어. 너는 그 꿈을 이루기 위해 당당하고 용감하게 나아가거라."

고레스는 미트라다테스의 말에 미소를 지으며 눈에는 확신을 가지고 대답했다.

"네, 아버지. 그런데 저는 왕이 되고 싶어요. 이 세상을 변화시키고, 사람들에게 희망을 주는 그런 왕이 되고 싶어요."

미트라다테스는 고레스의 확신에 찬 열정에 고개를 끄덕였다.

"그래. 아주 훌륭한 목표구나, 아들아. 그러나 왕이 되기 위해서는 먼저 네 주위의 작은 세상을 바르게 이해하고 돌봐야 한단다. 네가 현재 함께 돌보고 있는 저 소들을 보아라. 저 소들이 네게 인내와 침착함을 가르쳐줄 것이야. 목동이 되는 것은 바로 그 귀중한 가르침을 의미한단다."

그러나 고레스는 소들을 바라보며 고개를 감싸 들었다.

"저는 목동이 되고 싶지 않아요. 아버지, 제가 바라는 건 지도자가 되고, 왕이 됨으로써 사람들에게 도움이 되는 존재가 되는 거에요."

미트라다테스는 따뜻한 미소를 지으며 이야기를 이어갔다.

"아들아, 네 꿈은 무궁무진한 거야. 그리고 난 네 꿈을 믿어. 열심히 일하고 자신을 믿는다면 어떤 것이든 이룰 수 있을 거야. 그러나 지도자는 단지 권력과 위신을 갖는 것만이 아니야. 지도자는 항상 정의를 추구하고, 타인에게 도움이 되며, 솔선수범해야 한다는 것을 명심하거라."

미트라다테스의 말에 고레스는 진지하게 두 눈을 반짝이며 고개를 끄덕였다. 그리고 미트라다테스의 인자한 미소를 받아들여 더욱더 용기를 얻고 미래의 왕으로서 자신을 닦아 나갈 것을 다짐하였다. 고레스는 자신의 꿈을 향해 꾸준히 나아가며 성장했으며, 의붓아버지인 미트라다테스와 함께 작은 마을에서 평민으로서의 삶을 보내면서 근면과 인내의 가치를 깨우쳤다. 아울러 미트라다테스는 그에게 전투와 사냥의 기술을 가르치며 이것이 그의 미래에서 언젠가는 반드시 가치가 있을 것이라고 자부하였다. 그러한 가르침과 함께 자라난 어린 소년 고레스는 점점 더 강인하고 현명한 소년으로 성장했다. 미트라다테스는 풍족하지는 않았지만 오래전에 하르파거스에게서 받은 돈으로 나중에 고레스가 자라나면, 그를 교육시킬 요량으로 돈을 허투루 쓰지 않고 잘 불려 왔다. 주위의 많은 사람들이 급전이 필요할 때는 곧잘 그를 찾아와서 읍소를 하곤 하였는데, 미트라다테스는 어떤 이에게는 쉽게 빌려주었으나, 어떤 이에게는 냉정하게 거절하였다. 어느 날 이를 본 고레스가 미트라다테스에게 물었다.

"아버지! 아버지는 어찌하여 어떤 사람에게는 쉽게 빌려주셨으나, 어떤 사람에게는 냉정하게 거절하십니까? 왜 사람을 차별하시는지요?"

이에 미트라다테스는 빙그레 웃으며 이렇게 대답하였다.

"아들아, 그것은 절대로 차별이 아니란다. 내게는 그렇게 하여야 할 이유가 있단다. 고레스!"

"그 이유가 무엇입니까? 아버지, 알고 싶습니다."

"잘 들어라 아들아. 나는 돈을 빌려 주는 것이 아니라, 급하게 꼭 필요한 사람에게만 잠시 융통을 해서 그들을 도와주는 것이란다. 그리고 나는 평소에 동네에 다니면서 각 집마다 가축을 기를 때, 나무 울타리 친 것을 보고 다닌단다. 아들아, 사람들이 내게 올 때, 그 집에 둘려져 있는 울타리를 기억하곤 하지. 어느 집은 울타리가 안에서 밖으로 쳐져 있고, 어느 집은 밖에서 안으로 쳐져 있지."

"아버지. 나무 울타리 친 것과 돈을 빌려주는 것이 관련이 있는지요?"

고레스가 궁금해서 계속 물었다.

"울타리가 안에서 밖으로 쳐져 있는 집의 주인은 생각의 틀이 긍정적이고, 적극적이며 진취적인 사고를 가지고 있단다. 책임 의식의 영역을 안에서 밖으로 넓혀 간다는 뜻이지. 그래서 그런 사람의 부탁은 들어준단다. 반면 책임 의식의 영역을 밖에서 안으로 좁히는 사람은 항상 자신의 일의 결과를 남 탓을 하게 된단다. 그런 사람에게는 그저 거절을 한단다. 그만큼 책임 의식이 중요하단다, 아들아."

"네, 잘 알겠습니다. 아버지."

그는 언제나 아버지의 가르침을 명심하며 올바른 길을 걷고 있었다. 이제 고레스는 자신의 운명을 향해 점차 걸어가고 있다. 그의 눈에는 꿈과 열정이 불타올랐고, 그의 마음에는 세상을 향한 사랑과 용기가 가득 차 오르고 있었다. 이제 어둠과 어려움이 가득한 세상에서도 고레스는 자신의 꿈을 향해 달려갈 것이고, 그의 이야기는 결코 끝나지 않을 것이며, 우리에게 희망과 용기를 전해 줄 것이다.

전쟁 놀이

소년 고레스와 그의 친구들이 숲 속에서 진지하게 전쟁 놀이를 하고 있었다. 그들은 나뭇잎과 풀로 병사들의 의상을 모방하였고, 손에는 큰 목검을 들고 싸움에 몰두했다. 보기에는 제법 전사들의 모습 같기도 하였다. 소년 고레스는 친구들을 데리고 전략을 설명했다. 그의 목소리는 강하고 확신에 차 있었다.

"전사들이여, 우리는 요새 주변에 방어선을 형성해야 한다. 그리고 내 허락 없이는 아무도 적진으로 들어갈 수가 없다는 것을 명심해라."

"네, 알겠습니다!"

고레스의 명령에 친구들이 힘차게 응답했다. 그들은 의형제가 되었으며 군대의 군율을 갖춘 부대의 형태를 갖추었다. 고레스는 자신의 친구들을 이끌며 명령을 내리고, 모든 사람이 제 위치에 있는지 확인하였다. 그들은 모두 고레스를 왕으로 존경하며 절대적인 신임으로 따랐다. 그러나 그 순간, 고레스의 친구인 고브리야스는 규칙을 어기고 고레스의 허락 없이 적의 요새로 쳐들어갔다. 이에 고레스는 분노하며 소리쳤다.

"뭐 하는 거야, 고브리야스? 너는 규칙을 알고 있잖아. 그런데도 법규를 위반했다. 어쩔 수 없이 너는 벌을 받아야겠어."

그러나 고브리야스는 반항적으로 고레스를 무시하고 말했다.

"난 상관없어. 지금은 내가 이쪽 책임자야."

고브리야스의 눈에 지금 왕으로 섬기는 고레스는 비록, 동료들의 절대적인 신임을 받아 왕의 역할을 하고 있지만, 그는 소치기의 아들 일 뿐이었다. 누가 무어라 해도 자신은 귀족이요, 아버지도 나라에서 손꼽히는 왕의 신하였다. 이에 잔뜩 화가 난 고레스는 모든 동료들을 불러 모으고 고브리야스를 나무 막대기로 때려 벌하려 하였다.

"친구들이여! 바로 전, 고브리야스는 군율을 위반하였다. 특히 고브리야스는 팀의 지도자로서, 그의 잘못된 선택과 규율 위반은 수 많은 병사들을 죽음으로 내 몰수도 있었다. 고브리야스는 그의 잘못을 아직도 깨닫지 못하고 있기 때문에, 할 수 없이 그를 매로 때림으로 경고를 주려고 한다."

"고브리야스! 엎드려뻗쳐라."

고레스는 퍽퍽 소리가 날 정도로 매를 휘둘렀다. 고브리야스가 고통에 비명을 질렀다.

"악! 그만해, 고레스! 이것은 아니야!"

고브리야스가 일어나며 항의하였고 이에 고레스가 매질을 멈추었다.

"고브리야스! 규칙을 어기고 책임을 피하려고 하는 게 옳다고 생각해? 그렇지 않아. 규율을 먼저 지키고, 자기 행동에 대한 책임을 져야지, 권리만 요구해서는 안 되는 거야."

이때 카산이 고레스의 눈치를 보면서 나무 물병을 들고 다가와 고레스에게 건네주었다.

"고레스. 여기, 물 좀 마셔. 물을 마시면 조금 진정될 거야."

고레스는 고마움을 표하며 물을 마시고 흐뭇한 미소를 지었다.

"고마워, 카산. 내가 물이 필요했는데 어떻게 알았지?"

"다 알 수 있지. 고레스! 너는 훌륭한 지도자야. 그런데, 감정을 조금 더 잘 관리하는 방법을 배워야 할 것 같아."

조금 전까지 흥분했던 고레스가 의외로 고개를 끄덕이며 동의하였다.

"그래, 네 말이 맞아. 나는 때때로 내 분노를 적절히 조절하지 못하고 내버려 두었어."

"괜찮아. 우리 모두에게는 실수하는 순간이 있어. 그러나 나는 너를 믿어. 나머지 형제들도 마찬가지일 거야. 우리는 모두 서로를 돕기 위해 여기에 있는 거야."

카산이 고레스의 어깨에 손을 얹으며 미소를 지으며 말했다. 고레스는 진심으로 고마워하며 말하였다.

"고마워, 카산. 네 말이 맞아!"

고브리야스도 진정이 되었는지 대화에 참여하며 사과했다.

"그리고 나도 미안해, 카산. 나는 그렇게 고레스의 등 뒤로 치고 나가지 말았어야 했어."

카산도 고브리야스를 향해 흐뭇한 미소를 지으며 말했다.

"괜찮아, 고브리야스. 우리 모두 실수하지. 중요한 것은 우리가 그 실수에서 배우고 함께 나아가는 것이야."

"그래, 우리 모두 함께 하자. 이것이 바로 우리가 해야 할 일이야. 이제 형제들에게 돌아가서 이와 같은 일이 다시는 일어나지 않도록 계획을 세우자."

고레스가 친구들을 둘러보며 격려하였다.

"좋아!"

고레스는 그 순간을 깊이 느끼며 말했다.

"친구들아, 우리는 더 큰 목표를 향해 함께 나아가는 모험을 하고 있어. 이 작은 문제들은 우리가 겪어야 할 시련이고, 우리가 서로 믿고 의지하며 함께 해내야 할 과제야. 그러니 모두 함께할 준비가 되었있나?"

친구들은 모두 함께 힘차게 대답하였다.

"네, 고레스! 우리는 준비되었습니다."

고레스는 마음속에 새로운 다짐을 품었다. 그는 자신의 감정을 조절하며, 친구들과의 협력과 소통을 중요시하며 항상 서로를 믿고 의지하면서 함께 성장해 나갈 것이다.

그들은 함께 웃고 함께 울며, 새로운 세계를 향해 나아갔다. 고레스와 그의 친구들은 소년들의 놀이에서 벗어나 현실의 모험을 즐기며, 삶의 가치와 의미를 담은 여정을 계속할 것이다.

논쟁

햇살은 들판 위로 황금빛을 쏟아내고, 넓은 대지는 청록빛의 풀과 노란 꽃들로 덮여 있었다. 그 위에 영롱한 아침 이슬이 반짝였다. 그 풍경을 뒤로하고 바위 위에 왕의 신하가 앉아 있었다. 왕의 신하 아르템바레스는 격정을 참아내는 듯 깊은 생각에 잠겨 있었다. 그의 얼굴은 분노와 걱정으로 어지러워 보였지만, 그의 눈에는 한결같은 자비로운 모습이 비쳐 있었다. 바위 위에서 아르템바레스 장관은 마주한 고레스에게 말했다. 그의 목소리는 강렬하면서도 고요한 힘을 갖고 있었다.

"고레스! 내 아들 고브리야스는 너에게서 체벌을 받았고, 난 너에게서 제대로 된 설명과 사과를 받아야겠다."

고브리야스의 아버지이자 왕의 신하인 아르템바레스 장관이 아이들 전쟁 놀이터에까지 쫓아와서 고레스를 불러 야단치는 중이었다.

고레스는 깊게 숙인 머리를 들고 아르템바레스 장관에게 말했다. 그의 목소리는 왕의 신하에 대한 존경과 진솔한 미안함이 배어 있었다.

"죄송합니다, 왕의 신하시여. 그러나 아시다시피 군사 법규는 반드시 따라야만 합니다."

아르템바레스 장관은 그의 대답에 분노를 느꼈다.

"나는 너의 군사 법규에는 관심 없다. 너는 내 아들이 다시는 다치지 않도록 최선을 다하여 조심하여야 할 것이야."

그러나 고레스는 단호하게 대응하였다. 그의 목소리는 약간의 불안과 두려움이 있었지만, 결연함으로 가득하였다.

"왕의 신하시여, 그가 다시 한번 군율을 위반한다면, 저는 모든 전사들에게 공정하게 적용하여, 엄중하게 처벌할 것입니다. 특히 그는 귀족의 위치에 있기에 나중에 많은 병사들을 지휘하는 큰 장군이 될 것입니다. 그의 잘못된 선택과 위반 하나는 수많은 병사들을 죽음으로 내몰 수도 있습니다."

"저, 저런."

아르템바레스 장관은 호통을 치며 혼잣말로 중얼거렸다. 그의 말들이 모두 이치에 맞는 말들이었기에, 그는 고스란히 무력감을 느꼈다.

"어쩔 수 없구나. 이 녀석, 참."

조용히 한숨을 쉰 아르템바레스 장관은 생각에 잠긴 채, 넓은 들판을 바라보았다. 고레스는 초조하게 그를 지켜보다가 마침내 입을 열었다.

"왕의 신하시여, 제가 자유롭게 말할 수 있는 기회를 주시겠습니까?"

아르템바레스 장군은 그를 날카롭게 돌아보았다.

"말해 보거라."

고레스는 겸손하게 말했다.

"저는 당신의 분노와 아들을 보호하려는 마음을 이해합니다. 그러나 저는 그들의 배경과 관계없이 모든 전사가 동일한 기준을 유지하도록 할 것입니다. 옛말에 '매를 아끼는 자는 자식을 미워하는 것과 같으니, 자식을 사랑하는 자는 근실히 징계하느니라.' 하였습니다. 저는 귀족의 아들이라는 이유로 그를 편애할 수 없습니다."

이에 아르템바레스 장관은 한숨을 쉬며 애원하듯이 말했다.

"알겠다. 고레스. 그러나 고브리야스의 어머니는 그를 낳다가 죽었단다. 고브리야스는 나의 전부란다. 그를 잃을 수는 없어."

소년 고레스는 심호흡을 하며 그의 말을 충분히 이해한다는 눈빛으로 응답했다.

"이해합니다. 왕의 신하시여. 그러나 제가 지휘하는 모든 병사들도 저에게는 아들과도 같다는 것을 알아주셨으면 합니다. 그리고 부모가 자녀를 징계해야 하는 것처럼, 저도 제 보살핌 아래 있는 사람들을 징계할 것입니다."

이르템바레스 장관은 고레스의 말을 곱씹으며 천천히 고개를 끄덕였다. 그의 목소리는 부드럽고 평화스러웠다.

"아주 좋다. 고레스. 네가 너의 군대와 내 아들을 위해 최선을 다할 것이라고 믿고 있겠다."

소년 고레스는 정중하게 절을 하며 인사하였다.

"감사합니다. 왕의 신하시여. 당신을 실망시켜 드리지 않을 것입니다."

아르템바레스 장관은 바위에서 천천히 일어났다. 그의 얼굴은 여전히 괴로움으로 어루만져졌지만 이전보다는 다소 차분한 모습이었다. 소년 고레스는 고브리야스를 지켜보며 마음속으로 앞으로 다가올 도전에 집중했다. 이 사건으로 고레스의 명성은 엑바타나와 궁중에까지 알려지게 되었다. 그는 자신의 원칙을 지키며 훈련하는 소년 병사들에게 희망과 용기를 심어주었다. 그들은 함께 성장하고,

더 나은 미래를 위해 나아갈 것을 약속했다. 들판에 떠 오르는 해와 함께, 그들의 모습은 고요한 아침 햇살에 아름답게 빛났다.

소년 왕 고레스는 그보다 서너 살 많은 소년들과 체격이 비슷할 정도로 충분히 건장했고, 많은 소년들을 훌륭한 지도력으로 이끌었으며 모든 사람에게 칭찬을 받았다. 반면 카산다나는 어린 소녀였지만 그 사실을 몰래 숨기고 카산이라는 이름으로 소년들과 전쟁 놀이를 하고 싶어 했다. 그녀는 짧은 머리와 햇빛에 검게 그을린 검은 얼굴에 근육이 잔뜩 붙어 있는 팔을 가지고 있었다. 그러나 큰 눈에 두툼한 엉덩이는 조금만 신경을 쓰고 바라보면, 그녀가 여자아이란 것을 금방 알 수도 있다. 그녀는 몸집이 작았지만 용감했고 소년들은 카산이 서로 자기 팀의 일원이 되기를 원하였다. 그러나 어느 날 모두가 그녀가 소녀라는 것을 알게 되었다.

어느 날, 소년들이 나지막한 언덕 바위틈에 앉아서 소변을 보는 카산을 발견하고는 너무나 놀랐다.

"크리샨! 저것 봐! 카산인데."

"어, 어? 카산이 맞아! 그러면 카산이 남자가 아니란 말이야?"

"그럴 리가 있나?"

"아니야. 카산이 맞아."

"그럼, 카산이 여자아이란 말이야?"

"어쩐지 카산이 여자애처럼 예쁘게 생겼어. 체형도 그렇고…."

"우리 군율에는 여자 애들은 우리 군대에 가입할 수 없어."

"안 되겠다. 우리 이 사실을 고레스에게 보고하자."

이 소식은 곧 고레스에게 보고 되었고, 이내 모두에게 알려졌다.

"어떻게 된 거야, 카산? 내게 진실을 말해 줄 수 있겠어?"

고레스는 카산이 걱정되어, 이것이 사실이 아니기를 바라며 물었다.

"미안해, 고레스. 그들 말이 맞아."

"……."

고레스는 잠시 말을 잇지 못하였다.

"그러면, 너의 본명은 뭐지?"

"카산다나…."

카산, 아니 카산다나가 간신히 대답하였다.

"카산다나. 우리는 군율이 있어. 우리는 이 문제를 회의에서 다루어야 할 것 같아."

그녀는 군사 통치에 의해 재판을 받게 되었고, 마침내 자신에게 말할 기회가 주어졌다.

소년 고레스는 모든 소년들을 모아 놓고 중대한 발표를 하였다.

"오늘, 우리는 카산이 더 이상 카산이 아니며, '카산다나'라는 것을 알게 되었다. 먼저 그녀에게 발언할 기회를 주겠다."

카산다나는 무척이나 떨리는 목소리로 간신히 말했다.

"우리 조상들은 예루살렘이 멸망한 후 노예로 바벨론으로 끌려오는 도중에 탈출한 히브리인들입니다. 우리는 비록 산속 바위틈에서 천막을 짓고 목축을 하며 살고 있지만, 언젠가는 잃어버린 내 조국을 찾고 싶었기 때문에 전쟁 놀이를 좋아했습니다. 특히, 함께 맹세한 의형제들과의 시간이 너무나도 좋았습니다. 형제들께 바라건대, 부디 저를 용서해 주시고 계속 당신들과 함께 할 수 있게 해 주신다면 저는 계속해서 당신들의 형제가 되고 싶습니다."

고레스는 지도자로서 정말 어려운 결정을 해야만 했다. 소년 고레스는 혼잣말로 스스로에게 물어보았다.

'이제는 그녀를 놓아줘야 하나? 그녀는 한때 우리의 의형제로서

맹세했더라도 계속 자매여야 하는가?'

고레스는 잠시 깊은 생각에 잠기는 듯하더니 결심한 듯 단호한 어조로 말하였다.

"카산다나는 비록 소녀이지만, 우리와 의형제로 맹세했고, 유대인이지만 우리는 종교를 위해 뭉치지도 않았고 종교를 위해 싸운 적도 없습니다."

"맞소."

친구 병사들은 동의하듯 마른 웃음을 지으며 맞장구쳤다.

"나는 카산이 원한다면 앞으로도 카산다나로 계속 우리와 함께했으면 좋겠어. 그리고 우리 모든 형제들이 내 결정을 따라 주기를 바란다."

"네."

병사 하나가 속삭이듯이 말하자, 나머지 모든 소년 병사들이 함께 좋아하며 고함쳤다.

"네!"

카산다나는 이제부터 자신의 진정한 모습을 숨길 필요가 없으니 너무 기뻤다. 무엇보다 더 이상 카산이 아닌, 본명 카산다나를 사용할 수 있는 것이다. 고레스는 또한 카산에 대한 이상한 마음이 그녀가 여자라는 것을 알고 나서, 오히려 편하게 느껴졌다. 소년 고레스는 카산다나를 바라보며 미소 지었다.

"카산다나, 너는 그동안 우리에게 큰 용기와 리더십을 보여 주었어. 하지만 이제 우리가 너를 있는 그대로 받아들여야 할 때인 것 같아. 우리는 전쟁에서 형제일 뿐만 아니라 서로를 받아들이는 데에도 형제야."

카산다나가 고레스의 말에 감격하였다. 감사의 눈물이 주루룩 흘러내렸다.

"고마워, 고레스. 여러분 모두를 내 형제로 삼게 해 주어서 감사해."

고레스도 미소를 지으며 대꾸했다.

"이제 카산다나라고 불리는 것에 익숙해져야 할 것 같아."

소년 고레스 역시 미소를 지었다.

"그래, 그래야겠지."

이제 고레스와 카산다나는 서로의 성 정체성을 인정하며 함께 전쟁 놀이를 하고, 서로 진정한 동료로 받아들였다. 모두들 카산다나의 용기와 고레스의 뛰어난 지도력에 감탄했다. 이제부터 카산다나는 자신의 본명을 자랑스럽게 사용할 수 있게 되었고, 소년들과 함께 형제로서 지낼 수 있게 되었다. 이들은 서로를 이해하고 존중하며 힘을 합쳐 더 큰 목표를 향해 나아갈 것이다.

첫사랑

소년은 언덕 위에 서있는 거대한 나무 아래에서 소녀를 바라보고 있었다. 나무가 주는 짙은 녹음은 긴장된 소년의 마음을 편하게 해 주었다. 짙은 갈색 머리의 소녀는 짧은 머리를 손으로 빗어 올렸지만 다시 한번 바람이 소녀의 머리를 헝클고 지나갔다. 그 순간 소년은 그런 그녀의 모습이 더 아름답다고 생각하고 있었다. 소년은 가슴속에서 소용돌이치는 설렘으로 미소가 피어났다. 그들의 행복한 미소는 세상에서 가장 아름다운 꽃처럼 피어났다. 서로를 바라보며 말없이 오롯이 그 순간을 느끼던 둘은 마치 시간이 멈춘 것처럼 느껴졌다. 언덕 위에 솟은 거대한 나무는 그들의 앞날을 지켜주듯 고요하게 자리하고 있었다. 그 자리에서 소년과 소녀는 서로의 마음을 알아가고, 서로에게 빠져들어가는 순간을 영원히 간직하고 싶다는 강한 소망을 느꼈다. 바람은 감미롭게 그들을 감싸 안고, 꽃잎은 부드럽게 춤추었으며, 햇살은 언덕 위로 노란빛을 쏟아내며 그들을 따스하게 안아 주었다. 그들의 사랑은 아름다운 자연과 어우러져 완벽한 조화를 이루고 있었다.

서로를 바라보며 묘한 침묵이 흘렀다. 그리고 소녀는 온전히 그의 눈 속에 빠져들며 속삭이듯 말했다.

"고레스, 너에게 할 말이 있어."

고레스는 궁금한 마음으로 물어보았다.

"그래, 말해 봐. 무엇이든…."

카산다나는 잠시 숨을 멈추고 무언가를 말을 하려다가, 이내 다른 말로 화제를 돌렸다. 너무 부끄러워 눈을 피했다. 고레스는 가볍게 헛기침을 하면서 그녀의 주의를 끌었다. 소년의 귓불 사이로 소녀의 들꽃 향기 바람이 스쳐 지나갔다.

"난 항상 너의 리더십과 용기에 감탄했어. 그리고… 내 생각에, 나는…."

소년 고레스는 다소 놀라면서도 눈치챈 듯한 행복한 미소를 띠웠다.

"뭐야? 말해봐, 카산다나."

"음, 아니야. 아무것도 아니야. 모든 것이 그저 너무 고맙기만 해. 고레스…."

소녀는 자신의 속마음을 말하지 못하지만, 그 마음이 고레스에게 오롯이 전해졌다. 그들은 서로에게 속삭이듯 고마움을 전하고, 함께 미소 지었다.

"자, 이제 중요한 문제가 해결되었으니 산과 들판을 더 정복하러 갑시다!"

"찬성! 진정한 용기와 리더십이 어떤 것인지 보여줍시다."

그들은 결국 서로를 좋아한다고 말할 수 없었지만 마음속에 깊이 간직했다. 이후로도 두 사람은 젊은 전사 그룹을 이끄는데 열중하며 함께 여정을 이어갔다. 카산다나는 자신감을 가지고 새로운 길을 이끌었고, 고레스는 그녀의 곁에 서서 어떤 도전에도 맞서기 위해 준비를 갖추어 갔다. 그들의 용기와 결속력은 끝없는 모험과 도전 속에서 서로를 강하게 이끌어 갔다.

소문

마을마다 삼삼오오 사람들이 모여 있는 자리는, 온통 소년 왕 고레스에 대한 이야기들뿐이었다. 바람이 나무들에게, 나무들은 산에게 속삭이듯, 온 마을 사람들은 파자르 출신의 소년 왕 이야기를 나누고 칭송하며 모두 그를 주목하였다. 마을은 사방을 둘러보아도 언제까지나 계속되는 산비탈과 검게 탄 돌무더기들이 친하게 어깨를 나란히 하고 있었다. 마을 앞에는 사람들로 북적거렸다.

"아, 글쎄 또래 친구들에게서 왕이라고 불리는 파자르의 어린 소년 고레스에 대한 소문을 들어 보셨어요?"

"네, 나도 들어 본 적 있어요. 그 아이가 병술과 지도력이 대단히 뛰어나다고 모두가 그를 칭찬한다고 들었어요."

"그래요! 나는 우리의 아스티아게스 왕이 그를 직접 만나서 격려해 준다면, 아이의 미래에도 큰 도움이 될 것이라고 생각하고 있거든요."

"좋은 생각이네요. 나는 왕이 이 어린 신동을 만나는 데 관심이 있을 것이라고 확신합니다."

"그렇습니다, 확실해요! 사실, 나는 이미 아스티아게스 왕이 이 소년을 만나는 데 큰 관심을 표명하는 것을 여러 번 들었습니다."

"멋지네요. 왕이 누군가에게 소년을 데려오라고 명령했나요?"

궁금증이 생긴 한 사람이 물었다.

"네, 그렇다네요. 그는 충성스러운 하인에게 파자르로 가서 그 소년을 만나 궁전으로 데려오라고 명령했다오."

"그 소년이 뭐라고 했답니까?"

"놀랍게도 그 소년이 왕의 초대를 거절했답니다. 그는 왕이 자기를 초대하고 싶다면 초대장과 마차를 보내어, 다시 와야 한다고 말했답니다. 자기도 일국의 왕이라나 뭐라나?"

"하하하. 흥미로운 반응이네요. 아스티아게스 왕이 그래서 뭐라고 말했답니까?"

"아스티아게스 왕은 웃으면서 소년이 옳다고 말했답니다. 그는 다음에는 충성스러운 하르파거스 장군에게 직접 마차를 가져가 아이를 데려오라고 지시했답니다."

"어머, 그래요? 일이 꽤 흥미롭게 흘러가는군요. 이 모든 것이 어떻게 전개될지 궁금하네요."

"예, 다음에 무슨 일이 일어날지 보는 것은 흥미진진할 거예요. 그러나 한 가지 확실한 것은 그 소년이 이미 인상적인 리더 자질과 유머 감각을 보여 주었다는 것입니다."

"사실, 그는 이미 자질을 가지고 있답니다. 나는 그가 계속 성장하고 능력을 발전시키기를 기대해요. 나중에 그가 무엇이 될지 누가 알겠습니까?"

여러 마을의 사람들은 미래의 모험과 성장으로 가득 찬 소년 고레스 이야기에 마음 설레며, 그의 비약적인 성장을 기대하며 끝없이 말을 이었다. 그 어느 날 그는 위대한 모험을 떠날 것이고, 세상을 뒤흔들 것이다. 그리고 그 시작은 작은 마을 파자르에서 시작되고 있었다.

외손자

화창한 봄, 남쪽에서 불어오는 바람은 산비탈 언덕을 따라 힘겹게 올라오더니 마차를 만나고는 휙 돌아 서면서 심술을 부렸다. 왕이 보내준 마차를 타고 왕궁으로 들어오는 소년 고레스는 눈이 휘둥그레질 수밖에 없었다. 왕궁의 커다란 문이 열리면서, 처음 타보는 마차에서 내려선 고레스는 눈앞에 펼쳐진 왕궁의 웅장함과 아름다움에 아찔해져 놀랐다. 비교할 수 없는 화려함과 장엄한 건축물들이 그를 맞이했다. 고레스는 마치 왕국의 왕자가 된 것 같은 착각에 휩싸였다. 그의 발걸음은 신비로운 운명의 수레바퀴처럼 묘한 의미를 남기는 것 같았다. 수많은 생각들이 얽히고설켰다. 그러나 현실은 빠르게 그를 분명한 현실의 세계로 되돌려 놓았다. 고레스는 깊게 숨을 들이마시며 자신이 메디아의 왕자가 아니라 파자르의 고레스임을 깨달았다.

소년 고레스가 왕궁으로 들어오자, 아스티아게스 왕은 소스라치게 놀랄 수밖에 없었다. 마차에서 내려 궁전 안으로 들어오는 고레스의 모습은 누군가를 생각나게 했다. 문득 직감 같은 것이 뇌리를 스쳤다. 고레스의 모습이 자신과 자신의 딸 만다네 공주와 너무도 흡사한 것이다. 그의 눈동자는 왕족의 눈빛으로 반짝이고 있었으며, 그 모습은 마치 자신의 과거와 현재가 한데 얽혀 있는 듯했다.

하지만 그는 자기의 감정을 다른 사람이 눈치채지 못하도록 노력했다. 잠시 눈을 감았다.

'어쩌면… 저 아이가 혹시 만다네 공주의 아들인 것인가? 내가 죽이라고 하르파거스 장군에게 명령한 그 아이일 것 같기도 하다만… 그것이 사실이라면, 저 아이는 아직 아무것도 모를것이다. 그를 다시 죽이든지, 만다네 공주가 있는 페르시아로 멀리 보내 버려야 할 것 같다. 일단 저 아이가 이곳에 방문했으니 대화를 나누어 보자.'

그는 혼잣말로 계속 중얼거렸다. 심한 불안감이 몰려올 때 나오는 그의 습관이었다. 어린 소년 고레스는 마침내 아스티아게스 왕의 얼굴을 직접 볼 수 있었다. 그는 왕궁 안으로 인솔되어 왕의 앞에 섰을 때, 존경심을 표하며 고개를 숙였다.

"불러주셔서 감사합니다. 폐하!"

"어서 오너라, 고레스. 그동안 너를 만나고 싶었다."

"감사하게도 폐하께서 저를 친히 만나고 싶으시다 하시고, 또 폐하께서 직접 보내주신 초청장을 받고, 마차를 타고 왔습니다. 영광입니다. 폐하."

아스티아게스 왕은 고레스를 쳐다보았다. 볼수록 고레스를 향한 그의 의심은 더욱 깊어졌다. 그러면서도 그는 자신의 불안감을 억누르기 위해 억지로 웃음 지어 보이며 말했다.

"그래, 마차를 타보니 네가 진짜 왕자가 된 것 같더냐? 네가 진짜 내 아들이라면, 어떻게 하겠느냐?"

고레스는 담담히 미소를 지으며 대답했다.

"그럼, 제 미래를 바꿔 주시면 될 것 같습니다."

아스티아게스 왕은 대화를 이어 나가며, 장차 다가올 고레스의 미래에 대하여 이야기하였다.

"네가 미래에 무엇을 성취할지는 아무도 모르겠지만, 나는 네가 미래의 리더가 될 것이라는 생각이 든다."

"감사합니다. 폐하. 제가 귀족이 아닌 평민 가문에서 태어났지만, 여러 가지를 열심히 배우고 익혔습니다. 훗날 이 나라가 꼭 필요로 하는 최고의 전사가 되겠습니다."

아스티아게스 왕은 고레스의 말을 듣고 고개를 끄덕였다.

"그래. 너는 더욱더 열심히 노력하는 것을 아끼지 말아라."

"제가 할 수 있는 일이 있다면, 무엇이든 열심히 하겠습니다. 폐하!"

고레스는 다시 정중하게 고개를 숙였다. 그들의 만남은 이렇게 마무리되었고, 아스티아게스 왕은 소년들의 왕 고레스를 격려하고, 금은보화를 비롯하여 수많은 선물을 마차 가득 실어 돌려보냈다. 왕은 고레스와 대화한 후, 그의 말투나 행동을 직접 보니 그가 자신의 외손자일지도 모른다는 생각이 들었다. 시간이 지날수록 흩어져 있었던 퍼즐이 완성되는 느낌이었다.

"이것은 거의 확실한 사실일 것이다. 아무래도 하르파거스 장군을 불러 직접 들어 봐야겠다."

소년 고레스가 마차를 타고 파자르로 돌아오니, 수많은 환영 인파가 기다리고 있었다. 먼발치에서조차도 왕궁을 구경 한번 못하여 본 파자르와 그 인근의 사람들, 그리고 그의 친구들은 왕을 만나고 돌아오는 고레스를 한번 보고자 수없이 몰려들었다. 마차에서 내린 고레스는 그들에게 일일이 인사하고 마차에 실려 있는 왕으로부터 받은 수많은 선물들을 그들에게 모두 나누어 주었다. 자신의 몫은 하나도 남기지 않았다. 그의 그러한 모습에 모든 사람은 그의 큰 도량에 감탄하여 그를 더욱더 존중하게 되었다.

마차를 타고 엑바타나 왕궁으로 들어오는 소년 고레스

ⓒThe Miriam and Ira D. Wallach Division of Art 「The young Cyrus entering Ecbatana」 〔The New York Public Library〕

질타

아스티아게스 왕은 권세로 가득한 왕의 보좌에 앉아 있고, 하르파거스 장군은 그 앞에서 쩔쩔매며 서 있다. 가느다랗게 눈꼬리를 치켜뜬 왕은 차분하면서도 의심에 가득 찬 목소리로 조용히 말했다.

"하르파거스 장군! 장군이 일전에 내게 데려온 소년에 대해 많이 생각해 보았소. 그런데 그 소년의 얼굴이 매우 친숙해 보였소. 혹시 짐작 가는 게 있으시오?"

왕의 말투는 심문하는 듯한 강렬함을 띠고 있었고, 하르파거스는 약간 예민한 반응을 보이며 대구하였다.

"네? 폐하?"

하르파거스의 목소리에는 미묘한 불안이 녹아 있다. 그는 왕의 질문에 불안해지기 시작했다.

"하르파거스 장군, 나랑 장난치지 마시오. 내가 그 아이를 보니 그 아이의 얼굴은 나와 내 딸 만다네의 얼굴과 많이 닮아 있었소. 내 손자인 것을 금방 알겠던데, 혹시 내 명령을 거역한 것이오?"

왕은 큰 소리로 그러나 분노를 억누르며 평정심을 유지하려고 주먹을 꽉 쥐었다. 그의 목소리는 시간이 지날수록 험악해졌다.

"사실을 말해라. 그때 아기를 어떻게 한 거지?"

하르파거스는 두려움에 벌벌 떨며 대답하였다.

"죄, 죄송합니다. 폐하, 솔직히 저는 그 아기를 죽일 마음이 없었습니다. 저는 아기 왕자를 소치기 목자에게 주면서 멀리 떠나라고 말했습니다."

"어떻게 감히 내 명령을 거스를 수 있는 거지? 넌 반역을 저질렀어, 하르파거스!"

아스티아게스 왕이 벌떡 일어서며, 손을 부르르 떨면서 소리를 쳤다.

"폐하, 용서해 주십시오. 저는 폐하의 명령을 거스르고 싶지 않았지만, 무고한 아기를 죽인다고 생각하니 견딜 수가 없었습니다."

하르파거스 장군이 무릎을 털썩 꿇으며 고백했다. 그의 목소리는 약간의 미련과 후회를 담고 있었다. 위태로운 순간이었다. 두 사람 사이에 긴 침묵이 흘렀다.

"…알겠다. 그만 나가 보아라."

왕의 마음은 격정과 의문으로 가득 찼다. 아스티아게스 왕은 화가 머리끝까지 치솟았다. 그의 마음은 다소 복잡했지만, 지금으로서는 당장 어찌할 도리가 없었다. 일단 마고스 박사를 다시 불러 그에게 지혜를 구하는 수밖에 없었다.

"여봐라. 마고스 박사를 불러라!"

잠시 후, 벗어진 이마에 땀이 송송 맺힌 마고스 박사가 연신 땀을 닦으며, 왕의 집무실로 들어왔다.

"폐하, 부르셨습니까?"

"마고스 박사. 어서 오세요. 내 그대에게 궁금한 것이 있어 다시 불렀다오."

"예, 하문하십시오. 폐하!"

"이리 가까이 오시오. 사실, 전에 내가 꾸었던 꿈에 대한 것이

. 그때 분명 내 그 아이를 죽여 없앴거늘 일전에 궁에 초대한 아이가 글쎄, 바로 그 아이였지 뭐요. 그 아이가 아직 살아있다는 것이 너무 염려가 되는데, 그대는 이를 어찌하는 게 좋을 것 같소?"

"폐하의 걱정은 충분히 이해가 됩니다. 허나 그 아이는 놀이에서라도 일단 왕이 한번 되었고, 파자르에서 부족함 없이 살고 있으니 폐하의 왕위를 위협하지는 않을 것입니다. 그 꿈은 효력을 다 했으니 안심하셔도 될 것입니다. 폐하."

"그래? 그렇단 말이지? 그렇다면 안심이네. 그러면, 그를 어떻게 하면 좋겠는가?"

"그를 지금 당장 어머니 만다네 공주가 있는 페르시아로 보내심이 좋을 듯합니다."

"좋소. 알겠소."

아스티아게스 왕은 마고스 박사를 만난 후 안심하고는 그를 페르시아로 보낼 결심을 했다. 그리고는 다시, 하르파거스 장군을 불러 음흉한 미소를 지으며 지시를 내렸다.

"하르파거스 장군, 파자르에 사람을 보내어 고레스를 나에게로 다시 데려오너라. 내 손자를 만나고 싶다."

"네, 전하?"

하르파거스 장군은 전혀 예상치 못한 왕의 지시에 깜짝 놀라며 되물었다.

"그를 나에게로 데려오라고 했소. 그리고 만다네 공주에게 아들이 살아 있다는 것도 알려 주시오. 그를 페르시아로 유배 보내고 싶으니, 만다네 공주도 소환하시오. 그리고 공주가 곧바로 그를 페르시아로 데려가게 하시오."

아스티아게스 왕이 단호하게 명령했다.

"예, 전하. 시행하겠습니다. 만다네 공주님을 여기로 모셔 오겠습니다."

왕이 그를 살짝 바라보며 고개를 끄덕이자 하르파거스가 방을 나갔다. 왕이 한 손으로 얼굴을 받치고는 창 밖을 내다보고 있다. 둥근 해가 카멜리아 꽃처럼 온 하늘을 붉게 물들이며 서쪽으로 떨어지고 있었다.

첫 재회

서풍이 불어올 때 어떤 자는 길을 떠나고, 어떤 자는 집으로 돌아온다고 하였는데…. 어디선가 들꽃 향기를 머금은 서풍이 불어오고 있었다. 만다네 공주는 호화로운 방 안에 멈춰서 선 채 그 자리에서 머뭇거리고 있다. 그녀는 아름답고 화려한 왕실 예복을 입고 있지만, 허름한 옷을 입고 마주한 청년은 너무나도 많이 그녀와 닮아 있었다. 그를 마주할 때 그녀의 눈은 눈물로 가득 차 있다. 그는 바로 그녀가 죽은 줄로만 알고 그렇게 믿어 왔던, 오랫동안 잃어버렸던 그녀의 친아들이었다.

그녀가 출산 후 정신을 잃고 이틀 만에 깨어나서 아이가 사산됐다는 것을 들었을 때 얼마나 슬퍼했었는지. 그 비운과 절망에 얼마나 슬픈 시간을 보냈는지 그 누구도 알지 못하였다. 그녀는 그렇게 오랜 기간 동안 아들이 죽은 것으로만 믿어 왔기에, 눈앞의 아들이 도무지 믿어지지 않았다. 그녀의 눈물은 멈출 줄 모르고 흘러내렸다. 오늘! 드디어 그녀는 아들을 만나기로 하였다. 아기가 태어날 때 그녀는 아이의 얼굴을 본 적이 없었으니, 사실상 처음 만나는 재회였다. 그녀는 건장하게 자라버린 고레스가 왕궁으로 들어서자, 맨발로 그 자리에서 뛰어 나갔다. 그녀는 깜짝 놀라며 그 청년에게 물어보았다.

"정말로 너야? 내 아들 맞아?"

고레스도 감정에 뒤흔들린 듯한 목소리로 고개를 끄덕이며 대답했다. 그는 정말이지 이 모든 것이 꿈을 꾸는 것만 같았고, 도무지 이 현실이 믿기지 않았다. 그는 그저 소치기의 아들로 태어난 평민의 아들인 줄 알았는데…. 자신이 이 메디아 왕국의 왕손이었다니 믿을 수가 없었다. 어려서부터 그 얼마나 왕이 되고 싶었고, 또 왕이 되는 꿈을 얼마나 많이 꾸어 왔던가….

"네, 어머니. 저 맞습니다."

어머니 만다네 왕비, 처음 보는 모습이지만, 전혀 낯설 지 않았고 자신과 너무 닮은 모습이어서인지 마치 매일 본듯 친근함이 느껴졌다.

"그래, 방으로 들어가자. 들어가서 이야기하자꾸나."

어머니 만다네 공주는 아들 고레스의 손을 잡고 아무도 없는 궁전의 방으로 서둘러 들어갔다. 그들 둘 다 모두 눈물이 쉴 새 없이 흘러내리고 있었다.

"정말로 믿을 수가 없구나. 나는 너를 영원히 잃었다고 생각하며 살아왔단다."

소년 고레스는 어머니의 손을 잡으려고 손을 뻗으며, 다 큰 어른처럼 부드럽고 다정하게 말했다. 눈에는 눈물이 곧 쏟아질 듯 그렁그렁 하였지만 과연 고레스는 평정심을 잃지 않고 이 상황을 받아들이고 있었다.

"처음 뵙겠습니다, 어머니. 하지만 저는 처음 뵙는 것 같지 않아요."

그 말에 만다네 공주는 두 손을 꼭 잡으며 흐느끼며 말했다.

"오, 내 사랑스러운 아들아. 왜 그들은 나에게서 너를 빼앗았을까? 왜 그들은 나에게 네가 죽었다고 거짓말을 하였을까?"

소년 고레스는 길게 한숨을 내 쉬었다. 그리고 담담하게 말을 하였다.

"저희가 비록 처음 만나지만, 이렇게 늦게나마 서로를 찾았잖아요. 지금부터라도 행복하게 잘 살 수 있습니다. 어머니!"

그 순간, 공주와 아들은 서로를 안아주며 오랜 헤어짐의 아픔을 풀어내면서, 그동안의 비운을 털어내며 서로를 위로하고 있었다. 고레스가 눈물을 흘리며, 웃으며 말했다.

"이제 우리는 잃어버린 시간을 되찾을 수 있습니다. 저는 어머니에 관한 모든 것을 배우고 싶어요. 어머니! 저는 어머니의 기쁨과 슬픔, 어머니의 사랑을 알고 싶어요. 그리고 이제는 항상 어머니 곁에 있을 겁니다."

만다네는 떨리는 목소리로 고개를 끄덕였다.

"그래, 아들아. 나도 그걸 원해. 나는 너에게 할 말이 너무 많고 보여줄 것이 너무 많아. 해주고 싶은 것도 너무 많아. 그리고 내가 너를 얼마나 사랑하는지 네가 알기를 바란다."

고레스가 어머니를 껴안으며 사랑스럽게 말했다.

"저도 사랑해요, 어머니! 저는 항상 그랬고 앞으로도 그럴 것입니다."

"그래, 이제 페르시아로 돌아가자. 지금부터는 페르시아가 네 진짜 나라란다."

만다네 공주는 단호하게 말하며 당장 페르시아로 떠날 것을 재촉하였다. 고레스는 어머니의 말에 미소 지으며, 페르시아로 함께 떠나기로 결심했다.

그 길을 돌아가면서 각자 마음속 깊은 곳에 차곡차곡 쌓아 두었던 이야기를 꺼냈다. 그 속에서 아버지 캄비세스 왕과 동생 아리아라메스에 대해서도 더욱 깊이 알아가게 되었다. 고레스는 자신의 처지를 암담하게 만든 세력에 대한 분노보다 앞으로 페르시아에서 펼쳐질 일에 대한 설계를 하고 있었다.

형벌

어느 날, 아스티아게스 왕은 엑바타나 궁전에서 성대한 연회를 열기로 결정하고 하르파거스 장군과 그의 아들 하킴을 초대하였다. 그들이 연회장에 들어오면서, 아스티아게스 왕의 시종이 하킴을 불러 무언가 귓속말을 하며 데리고 나갔다. 아스티아게스 왕이 그 장면을 바라보며, 빙그레 웃으며 음흉하게 말하였다.

"하르파거스 장군, 친애하는 나의 친구여. 오늘 밤에는 당신을 위한 깜짝 선물이 있다오. 오늘 밤 연회는 그대만을 위하여 특별한 요리를 준비하였다오."

하르파스가 왕에게 정중하게 절을 하며 감사 인사를 했다.

"감사합니다, 폐하! 폐하와 함께하는 식사 자리에 초대되어 영광으로 생각합니다."

그의 자리는 특별히 준비된 중앙에 아스티아게스 왕과 함께 하는 식탁이었다. 연회장에 음악이 나오고, 곧이어 머리에는 레이스와 장식이 있고 배꼽이 뽀얗게 보이는, 예쁜 하얀 꽃무늬가 달려있는 드레스를 입은 무희들이 춤을 추었다. 그런데 하르파거스 장군은 오늘따라 무희들이 계속 칼춤만 추는 것이 이상하게 느껴져 긴장한 채 주위를 두리번거렸다. 그는 분위기를 살피며 아들 하킴을 찾았다. 동시에 습관적으로 허리춤에 찬 칼을 만져 보았으나, 모든 사람이 연회장에 들어오면서 무장 해제된 것을 깜박 잊고 있었다.

술이 먼저 나오고, 한참을 기다리고 난 뒤에야 음식이 나오기 시작하였다. 그런데 다른 손님들에게는 양고기를 담은 접시를 내놓았지만, 하르파거스 장군에게는 커다란 삼 층짜리 화로를 내놓았다. 아스티아게스 왕이 식탁을 가리키며 음식 먹기를 재촉하였다.

"자, 하르파거스! 식사를 하십시다. 좋아하는 고기를 얹은 삼층짜리 요리라오. 맨 위에 뚜껑이 있는 것은 마지막에 드시오."

"음, 이거 정말 맛있습니다. 폐하, 이건 어떤 종류의 고기입니까?"

식기를 집어 들고 한 입 먹으며, 하르파거스 장군은 맛있는 음식에 감탄을 했다. 그러나 아스티아게스 왕은 무언가를 숨기는 듯 수상쩍어 보였다. 몸을 기울이며 대수롭지 않게 얼버무렸다.

"그건 비밀일세. 엄선된 소수만이 맛볼 수 있는 특별한 진미지."

"음, 확실히 맛이 좋군요."

그는 고개를 끄덕이며 한 입 더 먹었다. 아스티아게스 왕은 하르파거스가 접시의 맨 위에 도달할 때까지 계속 먹는 것을 즐겁게 지켜보고 있었다. 그리고 하르파거스 장군이 마지막 맨 위의 뚜껑을 들어 올리는 순간, 갑자기 놀란 그의 얼굴은 심한 충격으로 창백해지면서 온몸이 부들부들 떨리기 시작했다. 맨 위의 접시에는 다름이 아닌 그의 아들, 하킴의 머리가 들어 있었다.

"오, 왕이시어…. 이것은, 우리 아들이 아닙니까?"

그는 믿을 수 없다는 듯 울부짖으며 먹은 음식을 토해내기 시작했다. 하르파거스 장군이 계속 토하면서 큰 소리로 울부짖었다. 아스티아게스 왕은 하르파거스 장군의 울부짖음은 아랑곳하지 않은 채 교만하게 고개를 끄덕이며 말했다.

"그래, 하르파거스! 나는 그대의 불순종을 간과할 수 없었다. 그래서 나는 가능한 한, 가장 적절하게 그대를 처벌할 수 있는 방법을 선택하였지."

"폐하, 세상에…. 제가 뭘 어찌하였길래 이런 처참한 일을 저에게 하실 수 있단 말입니까?"

하르파거스가 울부짖었다.

"친구여! 그대는 내 신뢰를 배신했어. 이제 너는 그 불충성에 대한 대가를 치러야 할 것이다. 하르파거스."

아스티아게스 왕이 차갑게 내뱉고는 계속하여 술을 마셨다. 다른 연회의 손님들이 공포와 혐오감으로 바라보는 동안, 하르파거스 장군은 방금 일어난 현실을 도저히 믿을 수가 없었다.

"믿을 수 없어. 우리 아들, 불쌍한 내 아들…."

하르파거스 장군의 얼굴이 온통 눈물로 뒤덮였다. 그는 천천히 자신이 저지른 행동의 대가를 받아들였다. 그의 표정은 깊은 슬픔과 후회의 번뇌만 가득했다.

"왕께서 하시는 일이 무슨 일이든지 저는 개의치 않겠습니다."

하르파거스는 왕 앞에서 조용히 분을 삭이며, 왕에게 대항하지 않고 순종하는 모습을 보였다. 그는 거의 정신을 잃을 정도였지만, 침착한 상태를 유지하였고, 남은 아들의 시체를 모아서 집으로 돌아갔다. 그러나 집으로 돌아가는 길엔, 분노와 슬픔을 가라앉히지 못하고 턱수염을 덜덜 떨면서 그저 고개를 숙인 채 땅만 보고 걸었다. 집으로 돌아간 하르파거스 장군은 밤새도록 울부짖었다. 그러나 그 다음 날에는 마치 아무 일도 없었다는 듯 여전히 아스티아게스 왕에게 자신이 맡은 임무를 충실히 수행하며 충성을 다 하였다.

그렇게 하르파거스 장군에게는 길고 긴 인내의 시간이 흐르고 있었다. 그는 여전히 메디아 왕국 안에서는 군사적으로 가장 중요한 장군이며, 아스티아게스 왕의 최측근 역할을 수행하고 있었다. 그러나 그의 깊은 마음속에는 복수의 그림자가 드리워지기 시작했다. 지독한 인내와 고뇌의 나날들이 교차하고 있었다.

특히 하르파거스 장군은 인자하고 자비로운 리더십으로 군부 내에 인맥들을 조성하기 시작하였고, 그들을 요직에 등용하면서 그의 최측근에 충성스러운 장군들을 세웠다. 또한, 아스티아게스 왕의 가혹한 정치에 불만을 품은 중신들을 왕에게서 등 돌리도록 만들었다. 그럼에도 불구하고, 아스티아게스 왕은 모든 일을 성실히 수행하는 하르파거스 장군의 충성심에 전혀 의심을 하지 않았다.

새로운 왕

한때는 죽었었고 흔적도 없이 잊혀졌던 고레스 왕자가 어머니 만다네 왕비와 함께 페르시아로 돌아온 것은 모두에게 큰 기쁨이었다. 특히 그의 아버지인 캄비세스 왕은 기쁨에 이루 말할 수 없을 정도로 감격하고 있었다.

"어서 오너라, 나의 아들이여! 너는 나에게 다시 태어난 아들이로다!"

캄비세스 왕은 눈물을 흘리며 외쳤다. 그동안 그는 아들의 죽음을 이해하지 못한 채 상심에 잠겨 있었지만, 이제는 기쁨으로 넘치고 있었다.

"젊은 자의 자식은 장수의 수중의 화살과도 같으니, 그 화살통이 가득한 자는 복이 있다 하지 않았던가? 내게는 천군만마를 얻은 것보다도 더 큰 기쁨이요. 축복이다. 우리 모두 함께 기뻐하고 이 날을 축하합시다."

캄비세스 왕은 고레스가 돌아온 기쁨을 백성들 모두와 함께 나누고자 큰 잔치를 베풀었다. 어느 날 갑자기 기대하지도 않았던 듬직한 아들이 이렇게 버젓이 살아서 돌아왔으니 어찌 기쁘지 않겠는가? 그는 이 모든 것이 믿기 어려웠지만, 그의 눈앞에 있는 것을 보면서 모든 의문은 사라져 갔다. 페르시아 사람들은 고레스 왕자가 돌아온 것에 대한 이야기를 듣고 놀라움과 함께 희망의 빛을 느꼈다. 이 전례 없는 사건은 왕국 전체에 기쁨을 안겨 주었고 모두들 진심으로 그를 환영하였다. 하지만 고레스에게는 여전히 험난한 여정이 남아 있었다. 그는 과거의 자신을 돌아보며 심각한 마음의 상처와 아픔을 발견하였고 왕자로서의 책임과 의무를 맡게 되었을 때, 더욱 신중하고 현명한 결정을 내리기 위해 노력하였다.

캄비세스 왕은 고레스에게 좋은 스승과 동료들을 붙여 주어 교육받게 하였는데, 군사 훈련뿐만 아니라 왕족의 엘리트 교육도 아울러 받게 되었다. 고레스는 어느 날 모의재판에서 재판관의 역할을 맡게 되었는데, 그가 맡은 재판은 덩치가 큰 소년이 그보다 작은 소년을 윽박질러 소년이 입고 있던 큰 옷을 빼앗아 자신의 작은 옷과 바꾸어 입었다. 서로 맞지 않는 옷을 바꾸어 입고 난 후에 오히려 옷은 잘 맞았지만, 작은 소년은 자신의 옷이 더 좋은 옷이었고 강제로 바꾸어 입은 것이 억울하여 옷을 돌려받기를 원하였다. 이에 고레스는 중재를 통한 재판에서 다음같이 판결하였다.

"너희들은 각자 자기에게 맞는 옷을 그대로 입어라. 비록 옷을 바꾸어 입는 과정에서 강제성은 있었으나, 바꾸어 입고 난 후에 서로 옷이 더 잘 맞고 어울리니, 이는 좋은 것이 더 좋은 것이다."

그러나 그의 스승은 고레스를 꾸짖으며 이의 불평등함을 가르쳐 주었다.

"어떤 옷이 누구에게 더 잘 맞는지에 대한 결정이라면 너의 판결이 옳을 것이다. 그러나 이 재판은 물건의 주인이 누구인지를 판결하는 것이었다. 그렇다면 너는 누구에게 정당한 소유권이 있는가를 먼저 판단하여야 했다. 약자를 힘으로 억누르고 물건을 강제로 빼앗은 자가 물건을 소유하는 것이 과연 정당한 것인가? 아니면 그 물건을 처음으로 사고 소유한 자가 그 물건을 소유하는 것이 옳은 것인가? 너의 판결은 불법과 폭력을 행한 자의 편에 서는 불공정한 판결이구나."

"죄송합니다. 스승님. 제가 잘못 판단하였습니다. 이제부터는 결과만을 생각하지 않고, 과정도 중요하게 여길 것이며, 사람의 마음을 먼저 헤아리겠습니다."

고레스는 자신의 판결이 공정하지 못했음을 곧바로 깨닫고 자신의 잘못을 시인하였다. 판결에 있어서는 더욱더 세심히 결과뿐만 아니라 과정도 통찰하여야 하며, 아울러 사람의 마음도 들여다보아야 한다는 것을 배웠다. 이러한 모의재판을 통하여 고레스는 군사 훈련뿐만 아니라 옳고 그름의 기준과 법의 적용과 엄중함에 대하여서도 심도 있는 교육을 받았다.

고레스에게는 동생인 아리아라메스 왕자가 있었다. 그는 갑자기 나타난 형 고레스가 반갑기도 했지만, 한편으로는 모든 것이 뛰어나기만 한 형에 대하여 은근히 질투심이 발생하기 시작하였다, 시간이 지나면서 젊은 고레스는 왕자로서 지혜롭게 자리를 잡으며, 전투에 참여하여 이웃 나라들을 정복하였고, 그가 페르시아를 발전시키는 데 큰 역할을 하며 많은 사람에게 존경받게 되었다.

페르시아는 고대 그리스인들이 이란의 남서부 해안 지역에 사는 사람들을 파르스라고 부른 데서 기원하였다. 이곳은 고레스의 아버지인 캄비세스가 아키메네스 왕조를 세웠다. 그러나 메디아 제국의 침략을 받아 메디아의 속국으로 전락하였던 것이었다. 그리고 그의 아버지 아키메네스의 왕, 캄비세스가 죽고, 고레스가 아버지에 뒤를 이어 페르시아 왕국을 선포하고 왕국의 새로운 왕이 되었다.

그러나 이들의 정복국, 메디아 제국의 아스티아게스 왕은 고레스를 견제하기 위하여 이를 끝까지 허락하지 않았다. 그리고는 결국 반으로 쪼개어, 남쪽 페르시아는 형인 고레스가, 북쪽 아키메네스는 동생인 아리아라메스가 통치하게 하였다. 이는 메디아와 인접한 북쪽을 동생 아리아라메스에게 통치하게 함으로써, 유사시에 고레스가 북쪽의 메디아 쪽으로 확장해서 치고 올라오지 못하게 하려는 방지책을 세운 것이었다. 새로운 왕 고레스는 그의 군대를 이끌고 많은 전투에 참여하였고, 메디아로부터 함께 합류한 그의 젊은 장군들도 뛰어난 전략과 용맹으로 승리를 이끌어냈다. 그리고 북쪽의 동생인 아키메네스 왕국의 아리아라메스는 어머니 만다네 왕비의 조언과 간절한 요청도 있고 하여, 결국은 형인 고레스에게 왕국을 넘겨주고 말았다. 동생 아리아라메스의 입장에서 보면 정말 쉽지 않은 결정이었다. 다른 형제들 같았으면, 형제간에 피비린내 나는 왕위 쟁탈전이 벌어졌을 터인데도 불구하고 아버지 캄비네스 왕이 죽고 난 후에도 어머니인 만다네 왕비가 형제들을 사랑과 지혜로 잘 키운 덕분이었다.

고레스는 페르시아 시민들을 위해 선정을 베풀었다. 그는 억압과 불평등을 없애기 위해 노력했고, 그들의 안녕과 번영을 추구하였다. 그는 재능 있는 일꾼들에게 기회를 주었고, 빈곤한 이들에게는 도움의 손길을 내밀었다. 그리하여 고레스는 통일 페르시아를 인도하는 새로운 지도자로서 그들의 존경을 받았고, 그의 통치로 인해 페르시아의 명성이 전 제국으로 알려졌다. 그리고 그의 젊은 장군들은 지금이 메디아를 정복할 때라고 끊임없이 주장하고 있는 것이다.

이때, 고레스는 바벨론의 벨사살 왕으로부터 동맹을 맺고, 메디아 왕국을 함께 공격하자는 밀서를 받는다. 메디아의 아스티아게스 왕이 바벨론의 하란을 먼저 공격하여 왔다는 것이다. 고레스는 바벨론의 동맹 요청에 기꺼이 응했다. 고레스에게 메디아는 어차피 넘어야 할 산이었다. 먼저 메디아의 속국으로부터 벗어나야만 했다. 페르시아 혼자로는 버거울 수도 있지만, 바벨론이 같이 싸워 준다면 해 볼만한 싸움인 것이었다.

친구들

메디아의 파자르 언덕에서 전쟁 놀이를 함께 즐겼던 수많은 친구들이 고레스에 대한 소문을 듣고 페르시아로 찾아왔다.

"폐하! 메디아에서 온 청년들이 폐하를 뵙고자 합니다. 파자르에서 함께 형제로 유대하였던 친구들이라고 합니다."

이 소식을 들은 고레스는 기쁨에 가슴이 벅차 올라 의자에서 벌떡 일어났다. 그 얼마나 그리워하였던 친구들이었던가. 그 얼마나 보고 싶었던 형제들이었던가…. 그러나 고레스는 얼른 표정을 바꾸고는 만남을 거절하였다.

"오늘은 내가 많이 바쁘니 내일 다시 오라 하시오."

"고레스 왕께서 너무 바쁘신 것 같구먼. 여보게들, 내일 다시 와야겠네 그려."

친구들은 볼멘소리를 하며 어쩔 도리 없이 그냥 돌아가야 했다. 그들은 파자르에서 친구들이 찾아왔다고 알리기만 하면, 고레스가 맨발로 달려 나올 줄 알았는데, 실망하는 기색이 역력하였다. 다음 날 파사르의 친구들이 다시 찾아왔는데도 고레스는 여전히 냉랭하였다.

"오늘은 왕께서 지방 순찰을 가야 하니, 며칠 더 있다 오라고 하십니다."

친구들은 당혹스럽고, 기가 막혔지만 어쩔 수가 없었다. 친구들은 그렇게 세 번을 찾아가서야 고레스 왕을 간신히 만날 수 있었지만, 여전히 그는 그렇게 많이 반가워하지 않는 표정이었다.

"어서들 오시게 친구들, 형제들이여! 자네들을 오랫동안 기다렸는데, 너무 늦게 와 이제는 별로 반갑지도 않네. 그려. 대신 형제 중한 명을 뽑아서, 어렸을 때와같이 목검으로 겨루기하여 나를 이기면 천부장 직책을 내려 주겠네. 그리고 여기 있는 모든 친구에게 아울러 백부장의 직책도 내려 주겠네."

이에 친구들이 웅성거렸다. 실망을 한 친구, 화가 난 친구, 그냥 돌아가자는 친구도 있었다. 그러나 고브리야스는 친구들을 설득했다.

"어차피 이렇게 멀리 페르시아까지 왔으니 목검으로 저 불손한 고레스를 제대로 때려주고 가자."

고브리야스는 친구들을 대표하여 나섰다. 이에 친구들은 환호성을 지르며 응원하였다. 고브리야스가 목검을 손에 쥐고는 뭉툭한 칼날로 왼 손바닥을 툭툭 치며 비웃듯이 말하였다.

"그래, 고레스. 오랜만이다. 나와 한번 겨루어 보자. 나는 더 이상 이전의 내가 아니다. 이번엔 진정한 실력을 보여주겠다."

"그래, 고브리야스. 오랜만이다. 페르시아까지 멀리 오느라 고생했어! 어서 덤벼라!"

고레스와 고브리야스는 정말 오랜만에 만났다. 목검으로 서로 겨루면서 옛날 생각을 다시 떠 올렸다. 둘은 겨루기에 너무 진지했다. 그러나 역시 고브리야스는 고레스의 상대가 되지 못하였고 계속하여 고레스를 공격하지만, 도저히 고레스를 이길 수가 없다는 것을 느낄 즈음에, 고레스는 일부러 허점을 보여 공격을 당하고 칼을 놓치고 말았다. 그 틈을 타서 고브리야스의 목검이 고레스의 가슴을 겨누게 되었고, 목검 겨루기는 친구들이 이겼다. 그런데 이때, 고레스는 갑자기 크게 웃으며 그들을 포옹하였다.

"반갑다, 친구들아. 페르시아에 온 걸 진심으로 환영해! 일부러 너희들을 놀리고 싶었어. 그런데, 너희들 너무 늦게 온 거 아니야? 하하하."

이에 얼굴이 굳어 있던 모든 친구들이 웃으며 고레스 주위로 몰려들었다.

"어쩐지~ 고레스가 정말 그럴 리 없었을 텐데…."

"하하하, 반갑다! 고레스!"

"아니야. 이제는 폐하께 그렇게 말하면 안 돼."

"폐하! 다시 만나게 되어 영광입니다. 고레스!"

친구들은 오랜만에 만난 반가움에 너무도 기쁘고 행복한 마음으로 밤이 깊도록 우정을 함께 나누었다. 고레스 왕은 약속한 대로 고브리야스를 천부장으로 나머지 친구들을 백부장으로 삼고, 그들의 특기에 따라 적재적소에 보직을 골고루 배분하여 주었다. 그러나 고브리야스는 천부장직을 정중히 거절하였다.

"폐하, 만세수를 누리소서. 폐하를 만나서 정말 반가웠고, 또 하사하신 천부장직도 은혜가 하늘에 닿을 듯 감사합니다. 그러나 저는 천부장직을 받을 자격이 없습니다. 이를 거두어 주십시오."

"왜 그러나, 고브리야스? 내가 좀 심했던 건 미안하게 되었네. 자네가 너무 반가워서 장난을 좀 쳤을 뿐이야."

"아닙니다. 다른 모든 친구들이 이곳에 오자마자 처음부터 절차를 거치지 않고, 곧바로 백부장이 된 것도 과한데, 저한테 천부장을 주시니 이는 다른 장교들 체계에도 심한 분란을 가져올 수도 있습니다. 폐하!"

　　고브리야스의 말이 맞기는 하였다. 고레스 왕도 이 점이 사실 마음에 조금 걸리기는 하여 무어라 대답할 수가 없었다. 고브리야스 자신은 지난 몇 년간 그렇게도 노력하고 검술을 연마하였는데도 불구하고, 고레스를 이기지 못했다는데 충격을 받았다.

　　"그리고 저는 잠시 세상을 주유하다, 폐하께서 저를 꼭 필요로 하실 때 다시 돌아오겠습니다. 부족한 병술과 창술, 그리고 무엇보다 폐하를 진짜로 이길 수 있는 검술도 더 배워서 오겠습니다."

　　고브리야스는 강하게 호소했다. 그의 고집에 고레스는 그를 보낼 수밖에 없었다. 이렇게 페르시아를 훌쩍 떠난 고브리야스는 삼 년이 지나서 페르시아가 메디아를 공격하려고 준비할 때가 되어서야 갑자기 나타났다.

　　"강녕하신지요, 폐하. 고브리야스 인사 올립니다."

　　"어이, 고브리야스! 오랜만일세. 몰라 보게 변했구먼. 잘 왔네, 잘 왔어! 이게 몇 년 만인가?"

　　"삼 년 만입니다. 폐하! 그동안 여러 곳으로 검술이 뛰어나다는 장수들을 찾아다니며, 검술을 연마하였습니다. 수염은 진검으로 승부를 겨루다 얼굴을 베인 상처를 가리려고 기르게 되었습니다. 그리스에 가서는 병법과 병술도 많이 배우고 왔습니다."

　　"오~ 그러한가? 어쨌든 반갑네 반가워! 이제 다시는 나를 떠나지 말고 많이 도와주어야겠네. 고브리야스 장군!"

　　그는 몰라보게 변해 있었다. 키도 체격도 훨씬 커져 있었고, 얼굴에 수염이 덥수룩하게 자라 있어서 더욱 위엄스러운 장군처럼 보였다. 그리고 무엇보다도, 검술이 일취월장하여 보였다. 그 당시 모든 이들의 칼은 1m 조금 넘는 길이에 직선으로 뻗어 있었고, 날은 한쪽으로만 세워져 있는 장검이었는데 비해, 그의 칼은 훨씬 더 길어 보였고 무게도 훨씬 더 무거워 보였다. 또한 끝이 두 갈래로 갈라졌고, 그 끝은 위로 휘어지면서 양쪽으로 날이 세워진 장도였다. 그 갈라진 두 갈래의 칼날은 찌르고 들어오는 창을 방어하기에 최적인 것 같았고, 위로 휘어진 칼날은 한번 크게 휘두른 뒤에도 곧바로 다시 당기면서 한번 더 휘두를 수 있도록 고안된 것이었다. 그는 이 세상 끝에서 최고의 검을 가지고 돌아온 것이었다. 고브리야스는 구체적으로 어디에서 누구에게 검술을 배웠다고 말하지 않았지만, 그는 페르시아 최상의 검을 가진 최고의 검투사가 되어 돌아왔다. 이에 고레스 왕은 그를 장군으로 삼고, 지금까지 공석이었던 보병 부대의 사령관으로 삼았다. 그의 검술이 워낙 뛰어났던 터라 다른 장군들도 고레스 왕의 결정에 모두 수긍하고 따랐다. 고브리야스 장군은 취임하자마자 곧바로 그의 부대를 검군과 창군으로 나누었고, 궁수 부대는 따로 독립시켜 내 보낸 뒤 새로운 방식으로 훈련 시키기 시작하였고, 그의 부대는 날로 새롭고 강하게 변모하여 갔다.

결혼식

고레스는 전투 장비를 입은 가장 친한 친구들에게 둘러싸여 그 랜드 홀에 서 있었다. 그들은 또 다른 전투 임무를 성공적으로 마치 고 막 돌아왔다. 그들의 사기는 하늘을 찌를 듯 한껏 고무되어 있었 다. 그런데 갑자기 문이 활짝 열리더니 한 무리의 전사들이 그랜드 홀로 들어왔다. 눈에 띄는 이목구비를 가진 아름다운 여인 카산다나 가 맨 앞으로 걸어 나왔다. 고레스의 눈이 놀라움과 기쁨으로 커졌 다. 그러나 고레스는 가슴이 터질 듯 너무 반가우면서도 애써 태연 한 척하였다.

"어? 카산다나! 여기에 어떻게 온 거야?"

고레스가 씩 웃으며 말을 걸어왔다.

"물론 폐하를 뵈러 왔습니다. 위대한 고레스 왕이 대업을 이루 는 것을 목격할 기회를 놓칠 수 없으니까요."

카산다나가 능청스럽게 미소를 지으며 대답하였다. 그녀가 고 레스에게 더 가까이 다가가서 속삭이자, 고레스의 친구들은 다 알고 있다는 표정을 지으며 눈웃음을 지었다.

"솔직히… 너무 보고 싶었다는 걸 인정해야겠어."

고레스도 얼굴을 붉히며 부드럽게 말하였다.

"카산다나, 나도 너무 보고 싶었어. 다시 널 볼 수 있을 거라고는 생각도 못 했어."

카산다나는 고레스의 얼굴을 부드럽게 만지며 말했다.

"고레스. 너를 보면서 내 마음을 말하고 싶어서 이렇게 직접 왔어."

사실 카산다나를 보고 싶어 했던 마음은 고레스가 더했다. 그러나 그는 페르시아의 남북을 통일하고 왕위를 유지하면서, 보고 싶어도 어쩔 도리가 없었던 것이었다. 고레스는 흥분과 긴장이 뒤섞인 표정으로 카산다나를 바라보았다.

"무슨 말이야, 카산다나?"

"내 말은 내가 항상 너에게 뭔가를 느꼈다는 뜻이야, 고레스. 우리가 어렸을 때부터. 네가 페르시아로 떠났을 때 나는 가슴이 너무 찢어지게 아팠고 너를 결코 잊을 수 없었어."

고레스의 눈이 놀라움과 기쁨으로 커졌다.

"카산다나, 믿을 수 없어. 나는 열 살 때부터 너를 좋아했지만 너에게 말할 기회가 없었어."

"글쎄, 지금 나에게 말하고 있잖아. 나도 같은 생각이야."

고레스와 카산다나는 잠시 서로의 눈을 바라보며 각자의 세계에 빠졌다. 고레스의 친구들은 그들의 지도자가 그토록 기뻐하는 것을 보고 함께 미소를 지었다.

"할 얘기가 너무 많아, 카산다나."

침묵을 깨고 고레스가 말을 꺼냈다.

"응, 그래. 지금은 이 순간이 영원하였으면 좋겠어."

고레스가 고개를 끄덕이고, 두 사람은 친구들에게 둘러싸여 포옹하였다. 고레스 왕과 카산다나는 사랑에 빠졌고 결혼하게 되었다. 그들의 결혼식은 많은 사람이 기다리고 있었다. 이날을 맞이하여 왕궁은 화려하게 장식되었고, 축하 행렬이 시작되었다. 고레스 왕과 카산다나는 각자의 부모님과 함께 궁전으로 들어오고, 모든 시민은 환호성을 질렀다. 그들은 대궐로 향하는 길을 따라 빛나는 등불과 꽃으로 가득한 장식을 즐기며 걸어갔다. 결혼식장에는 온갖 꽃으로 가득했으며, 대형 화환과 꽃잎이 무수히 흩어져 있었다.

고레스 왕은 빨간색 망토를 입고, 그의 신부인 카산다나는 하얀 웨딩드레스를 입었다. 그들의 드레스는 전통적이면서도 우아했다. 두 사람이 입장하자, 관객석에서는 환호성과 박수가 울려 퍼졌다. 그들은 대궐의 중앙에 위치한 대혼당으로 들어왔다. 이제 결혼식이 시작될 준비를 마쳤다. 대혼당 안에는 수많은 왕족과 귀족, 정치가들과 시민들이 참석했고, 그들은 각자의 자리에 앉아 대기하고 있었다. 그리고 곧이어 그들의 결혼식이 시작되었다. 고레스 왕과 카산다나는 서로를 바라보며, 서약의 맹세를 나누었다. 그들의 서약에는 사랑의 약속, 서로를 지키고 아껴줄 것임을 다짐하는 내용이 포함되어 있었다. 그리고 그들은 첫 키스를 나누었다.

결혼식이 끝난 후, 축하 행렬이 대궐 정원으로 이어졌다. 고레스 왕과 카산다나는 다 함께 춤추기 시작했다. 대궐 정원은 아름다운 노래와 춤, 그리고 화려한 불꽃놀이로 가득 찼다. 고레스 왕과 카산다나는 그들의 결혼식에서 진정한 사랑과 행복을 느꼈다. 그들은 서로의 곁에서 평생을 함께 하기로 했다. 축하 행렬에서 그들은 시민들과 함께 춤추고 노래 부르며 행복한 순간을 나누었다. 이 날은 모두의 기억에 남을 축제였다. 결혼식은 그렇게 페르시아의 관습대로 닷새 동안 계속되었다.

결전

메디아는 아제르바이잔과 이란, 쿠르스탄 지방에 해당되며, 성경에는 메대라고 불린다. 수도는 엑바타나이고 지금의 하마단이다. 고대 앗시리아가 멸망한 후 '마다' 지역의 쿠르드족 유목민들이 세웠다. 이후 메디아 왕국은 니네베를 공격하다가 스키타이인들에게 패하여 왕조가 잠시 흔들렸으나, 키악사레스는 연회를 틈타 스키타이 족장들을 살해하고 이들을 제압한 후 왕권을 회복하였다. 그는 메디아 군을 창군과 궁수와 기병을 두어 군제를 개편하였는데 특히 기병에 많은 중점을 두었다. 그 후 키악사레스 왕은 바벨론과 동맹하여 신앗시리아를 멸망시키고 흑해의 남부 연안과 아나톨리아 전 지역, 아제르 바이잔에서 중앙아시아, 아프가니스탄에 이르기까지 이르는 대제국을 이루었다.

바벨론의 느부갓네살 왕은 메디아의 선왕 키악사레스의 딸이자 아스티아게스 왕의 누나인 아미테이와 결혼하였고, 아스티아게스 왕은 리디아의 크로이세스의 누나 아리에니스와 결혼하여 양쪽의 왕국과 결혼 동맹을 맺어왔다.

아스티아게스 왕은 페르시아의 권좌에 있는 외손자 고레스를 삼 년간이나 지켜본 다음에 그를 그 자리에 오래 앉혀 두기에는 그가 너무 유능하고 위험한 인물이라는 결론에 도달하게 되었다. 언제 그를 제거하여야 할지 절치부심하는 중에 그가 먼저 바벨론과 동맹하여 침공한다는 것이다. 이에 아스티아게스 왕은 고레스를 엑바타나 궁으로 불러 제거하려 하였으나, 고레스는 이를 이미 눈치를 채고 아예 응답도 하지 않았다.

그리하여 아스티아게스 왕은 마침내 공포의 기병대를 조직하였고, 하르파고스 장군을 사령관으로 임명하여 자그로스 산맥을 방패 삼아 고레스와 마주하게 된다. 메디아는 원래 기병용 말을 사육하여 앗시리아에 바쳤었던 '말의 나라'였고, 기병들은 말 위에 발을 딛고 올라서서도 활을 쏘며 전투를 할 정도로 아주 강력하였다.

이제 고레스는 그의 외할아버지, 아스티아게스 왕의 메디아 앞에 대항하여 서 있는 것이다. 대외적으로는 외할아버지를 공격하는 손자로서 비난받아야 마땅하지만, 그로서는 개인적으로, 태어나면서부터 할아버지로인해 목숨을 잃을 뻔하기도 하였고, 사랑하는 부모와 헤어져서 살아야만 했던 좋지 않은 기억들이 아직도 생생하였다. 하지만 한편으로는 메디아가 그에게 나쁜 기억만 있는 것은 아니었다. 덕분에 좋은 양아버지 미트라다테스를 통하여 훌륭한 인성 교육도 받을 수 있었고, 파자르 언덕에서 친구들과 전쟁 놀이를 하며 심신을 단련하였을 뿐만 아니라, 지금의 불멸자 전사들의 핵심 지도자들을 그곳에서 만나서 의형제를 맺었기 때문이었다. 무엇보다도 카산다나를 만난 것은 그에게는 정말 행운이었다.

이제 그 애증이 있는 메디아를 대항하여 밟고 일어서서 홀로 우뚝 서야만 하는 시점에 서 있는 것이다.

페르시아의 왕인 고레스가 커다란 테이블 위쪽에 앉아 있다. 의형제이자 고문으로서 그의 오랜 친구인 고브리야스 장군을 포함한 그의 장군들이 그의 주위에 모여 테이블 위에 놓인 지도를 펼쳐보며, 다음에 해야 할 작전에 대하여 논의하고 있었다.

"폐하, 우리는 이 순간을 위해 기다리며 인근 부족들을 정복해 오고, 훈련하여 왔습니다. 우리 군대는 이 땅에서 가장 강력하며 메디아를 정복할 준비가 되어 있습니다. 육 년 동안이나 이날을 기다려 왔습니다."

고브리야스 장군이 먼저 기조 발표를 하였다.

"그의 말이 맞습니다, 폐하. 지금이 바로 공격할 때입니다. 우리에게는 그들을 물리칠 힘과 병술이 있습니다."

"이곳에 있는 많은 형제들과 나는 어렸을 때부터 함께 훈련해 왔다. 우리는 전쟁을 했고 적을 정복하는 꿈을 꾸었다. 그리고 지금, 여기에 있다. 그러나 이것은 단순한 전쟁이 아니다. 실제 수많은 병사들을 잃을 수도 있는 것이다."

고레스 왕이 냉정하게 잘라서 말하며, 의자에 등을 기대며 생각하였다.

"폐하, 우리는 이 전쟁의 승패가 우리의 국운을 좌우한다는 것을 잘 알고 있습니다. 그러나 우리는 승리할 자신이 있습니다."

"나도 알고 있소. 그러나 또한 전쟁의 원치 않는 대가도 잘 알고 있소. 전쟁이 가져오는 고통과 파괴를 가볍게 여길 수는 없지."

"하지만 지금 공격하지 않으면 우리가 가지고 있는 많은 이점을 잃을 위험이 있습니다. 메디아는 나날이 강해지고 있고 우리는 기다릴 여유가 없습니다."

고레스 왕은 크게 한숨을 쉬었다.

"지금 행동해야 합니다. 때마침 바벨론의 동맹 요청이 있으니, 이때를 놓쳐서는 안 됩니다. 메디아로 행진해 들어가야 합니다."

고브리야스 장군이 계속 말을 이어갔다.

"폐하, 우리는 폐하와 왕국을 자랑스럽게 만들 것입니다. 우리 장군들은 폐하를 따라 전투에 참여할 준비가 되어 있습니다."

여기저기서 장군들이 한 마디씩 거들었다.

"그런데 우리가 과연 바벨론을 확실히 믿을 수 있겠습니까?"

아샤드 장군이 바벨론의 참전 제의가 의심스럽다는 듯 물어왔다.

"고브리야스 장군 말이 맞다. 바벨론과 메디아는 서쪽에서 이미 전쟁 중이다. 우리가 남쪽에서 갑자기 참전을 하면 전혀 예상치 못하던 메디아는 많이 당황스럽고, 혼란스러울 것이다. 적이 이 혼란을 수습하기 전에 우리는 메디아의 남서부 지역부터 최대한 차지하여야 할 것이다."

고레스 왕이 마침내 단호하게 일어서며 외쳤다.

"좋소. 장군들의 뜻이 정 그렇다면, 결정하겠소. 전쟁에 나갑시다. 페르시아를 위하여!"

장군들이 모두 함께 힘차게 외쳤다.

"페르시아를 위하여!"

고레스가 새로운 왕이 되고 페르시아를 왕국으로 선포한 지 사년 후, 드디어 메디아와의 전쟁이 시작되었다. 고레스는 계획적으로 메디아와의 전쟁을 주저하는 것 같이 행동하며, 일부러 젊은 장수들이 안달나게 만들었다. 그러나 일반 병사들의 전쟁 참여에 대한 동기 부여와 사기를 증진 시킬 수 있는 묘안이 필요했다.

"장군들은 들으시오. 지금부터 내가 시키는 것을 각 부대별로 그대로 시행하면서 잘 지휘하여 주기 바라오. 모든 군대는 내일부터 하루는 가시나무투성이의 척박한 광야의 땅을 개간하도록 하시오. 그다음 하루 동안은 연회를 베풀어 술과 고기를 먹고 즐기도록 할 것이오. 그러고는 모두 목욕을 한 후에 초원으로 모이도록 하시오."

모든 장군이 고개를 갸우뚱하며 의아해했지만, 이내 그 명령을 따랐다.

"예, 폐하! 그렇게 시행하겠습니다."

모든 군대가 한꺼번에 출병하면, 후방에는 농사짓는 남정네들이 없으니, 전군을 동원하여 미리 농사 준비를 하였던 것일 수도 있다. 그러나 고레스는 이것을 병사들의 사기를 북돋는 데 활용하였다.

병사들은 하루 동안 모든 군대가 땀을 뻘뻘 흘리며 땅을 개간하였고, 다음 하루 동안에는 편히 쉬면서 술과 고기를 먹고 노니 이보다 좋을 수가 없었다. 그날 목욕을 마치고 초원에 모인 병사들에게 고레스는 큰 소리로 물었다.

"너희는 어제 일과 오늘 일 중 어느 것이 더 좋으냐?"

"연회를 열어 즐기는 것이 더 좋습니다."

병사들에게 고레스가 원하는 대답이 나오자, 다시 한번 큰 소리로 역설했다.

"이제 너희들은 내 말대로만 하면 오늘과 같은 날이 계속 이어지겠지만, 내 말을 따르지 않으면 어제와 같은 구속과 고생만이 있을 것이다. 병사들이여! 이제 일어나 메디아인의 손에서 벗어나 자유를 찾자!"

이에 모든 병사들이 호응하며 외쳤다.

"와~ 페르시아 만세! 고레스 왕 만세!"

메디아는 고레스가 어린 시절 친구들과 함께 보낸 곳이었다. 어린 시절을 회상하는 것은 기분 좋지만, 이제 그의 삶과 그의 고향 메디아와 그의 조국 페르시아의 운명을 바꾸는 전쟁이 시작될 것이다.

한편 불사조 군단의 백부장 이상 장교들이 메디아와 전투를 준비하면서 고레스 왕 주위에 모여 있다. 고레스 왕이 입을 열었다.

"형제 여러분, 드디어 오랫동안 기다리던 때가 왔다. 메디아에서의 어린 시절 추억은 이제 추억일 뿐이다. 오늘 우리는 조국을 위해, 국민을 위해, 미래를 위해 싸울 것이다. 이제 내 목숨은 불사조들의 목숨보다 중요하지 않다. 나는 우리 대의에 대한 믿음을 가지고 있으며, 또한 나의 지도력이 우리를 승리로 인도할 것이라 굳게 믿고 있다."

이에 불사조 전사들이 한소리로 크게 외쳤다.

"폐하와 페르시아를 위해 함께 칼을 듭시다!"

고레스 왕도 칼을 높게 들며 이에 화답하여 외쳤다.

"페르시아를 위하여!"

"나가자! 이기자!"

불사조 전사들의 우렁찬 목소리가 그들의 기세만큼 울려 퍼졌다.

출정

메디아의 엑바타나 왕궁의 아침. 아침부터 광야의 열기가 언덕 아래로부터 후끈거리며 올라오고 있었다. 하짐 장군이 땀을 뻘뻘 흘리며 왕좌의 방으로 황급히 달려 들어오면서, 아스티아게스 왕 앞에 무릎을 꿇고 다급하게 외쳤다.

"왕이시어! 페르시아인들이 국경을 한참이나 지나 쳐들어 오고 있다고 합니다!"

아스티아게스 왕은 그 소식에 눈에 띄게 동요했다. 그의 눈동자가 심하게 흔들렸다.

"무어라? 흥, 가소롭다. 그들이 근처에 있는 많은 나라들을 어떻게 정복했는지는 모르겠지만, 어떻게 감히 우리의 위대한 제국 메디아를 공격해 들어올 수 있단 말인가?"

아스티아게스 왕은 짐짓 아무렇지도 않은 듯 거만하게 외쳤다. 그리고는 그는 혼잣말로 중얼거린다.

"나는 네 할아버지야. 고레스!"

"폐하, 페르시아인들은 캄비세스 왕이 죽고 고레스가 통일 페르시아의 왕이 된 후, 모든 백성들이 단결했고 그들의 힘은 점점 더 커지고 있다고 합니다."

하르파거스 장군이 침울한 얼굴로 앞으로 나서며 말하였다. 이에 아스티아게스 왕은 진지하게 고개를 끄덕이며 말했다.

"알았다. 지금은 우리가 바벨론의 하란에서 전투 중이니, 양쪽에서 전쟁을 하는 것은 조금 버거울 것이다. 일단 고레스는 내 외손자이니 그를 이곳에 불러서 달래야겠다."

"폐하, 그러면, 고레스를 이곳으로 소환할까요? 페르시아는 아직 우리의 속국입니다."

"페르시아에 사자를 보내어 고레스를 소환하라."

"네, 알겠습니다. 폐하."

며칠 후, 페르시아로 보냈던 사자가 돌아왔다. 사자는 평화의 상징 표식인 깃털이 달린 하늘색 모자를 벗으며 왕께 예를 갖춰 인사했다.

"고레스는 같이 오지 않았는가?"

"고레스 왕께서는 몸이 아프셔서 아무도 만날 수 없다고 전하라고 합니다. 편지라도 써 달라 요청하였는데, 그마저도 거절당했습니다."

"무어라? 이런 괘씸한…. 오냐, 네 이놈 고레스여! 한번 두고 보자꾸나! 내 직접 최전선에서 싸울 것이다. 내가 누구인지 보여 주어야겠다."

아스티아게스 왕은 화가 단단히 났고, 결의에 찬 목소리로 전쟁에 직접 참가하겠다고 선언하였다. 하지만 그는 자기가 이미 육십대 중반의 노인이라는 걸 잊고 있었다. 이 또한 아스티아게스 왕이 전쟁에 직접 참여하게 하려는 고레스의 지략이기도 하였다. 그러나 이때, 왕의 외아들 다리오 왕자가 단호하고도 급하게 입을 열었다.

"아닙니다, 폐하. 저를 사령관으로 삼으시면 제가 최전선으로 가겠습니다. 폐하께서는 어떤 경우에도 위험한 상황에 처해서는 안

됩니다."

아스티아게스 왕은 다소 놀란 표정을 지었다. 그의 원래 계획은 다리오 왕자는 엑바타나 왕궁에 남아 왕국을 다스리게 하고, 하르파거스 장군은 바벨론과의 전장인 하란으로 보내며, 자신이 직접 페르시아의 고레스를 상대하여 본때를 보여 주려 했다.

"아니다, 너는 수도인 엑바타나에 남아 이곳 왕궁을 지켜라."

하지만 다리오 왕자는 자신의 입장을 단단히 고수했다. 그리고는 자신 있게 말했다.

"저는 수많은 전쟁 기술을 훈련 받았습니다, 폐하. 저는 우리 군대를 승리로 이끌 자신이 있습니다."

아스티아게스 왕은 천천히 고개를 끄덕이더니 엄하게 말하였다.

"좋다. 나는 다리오 왕자를 우리의 사령관으로 임명하노라."

아스티아게스 왕이 자부심과 걱정이 뒤섞인 눈빛으로 아들 다리오 왕자를 바라보았다. 이때, 하르파거스 장군이 앞으로 나서며 말했다.

"폐하! 저는 폐하를 존경하는 마음으로 수많은 전투에 참여한 적이 있으며, 전쟁을 승리로 이끄는 방법을 잘 알고 있습니다. 부디, 저를 사령관으로 임명하여 주십시오."

아스티아게스 왕은 눈을 크게 뜨고 하르파거스 장군을 바라보았다. 그리고는 턱을 괴고 잠시 생각한 후에 자신 있게 자신을 천거하는 하르파거스 장군을 마지못해 동의하는 듯 고개를 끄덕이며 결정했다.

"좋다. 하르파거스 장군을 사령관으로 임명하겠다. 장군이 우리 군대를 잘 이끌 것이라고 믿겠다. 그리고 다리오 왕자는 바벨론의 하란으로 가라. 나는 하르파거스 장군과 페르시아로 함께 가겠다.

반드시 승리하고 함께 돌아오자."

"최선을 다해 폐하의 명령을 따르고 승리하겠습니다, 폐하."

다리오 왕자와 하르파거스 장군이 고개를 숙이며 충성을 맹세하였다. 총사령관에 임명된 하르파거스 장군은 억울하고 처참하게 죽임을 당한 아들을 생각하며 마음속으로 아들에게 말했다.

'하킴, 오랜 세월 동안 이날이 오기를 기다렸다. 아들아! 너의 원수를 갚을 날이 드디어 눈앞에 왔구나. 조금만 더 기다려 다오.'

하르파거스 장군이 왕좌의 방을 떠나 전투를 준비하기 위해 몸을 돌리고 있었다. 왕과 다리오 왕자, 하짐 장군이 왕국의 운명이 위기에 처해 있다는 것을 알고 그를 지켜보고 있을 때 방의 팽팽한 긴장감이 느껴졌다. 그러나 하르파거스 장군을 사령관으로 임명하는 이 결정이 앞으로 어떠한 결과로 다가올지 아스티아게스 왕은 아직 상상도 하지 못하고 있었다.

메디아의 군대는 이십만 명이 넘었다. 다행히 오만 명의 군대는 바벨론의 하란의 전투로 보내어졌고, 아스티아게스 왕은 총사령관인 하르파거스 장군과 함께 십오만 명의 병력을 이끌고 직접 페르시아와의 전투에 참가한 것이었다. 그만큼 아스티아게스 왕은 바벨론보다는 페르시아와 고레스에게서 더 큰 위기감을 느끼고 있는 것이었다. 반면, 고레스의 페르시아 군대는 겨우 오만 명이었고, 고레스 왕과 불사조의 군대가 아무리 용감하다 해도 상대는 수백 번의 전투를 경험한 백전의 지장, 하르파거스 장군과 군왕 아스티아게스 자신이 직접 군대를 이끌고 있으며, 메디아의 군대는 엄격한 군기로 가득 차 있었다.

고레스 왕은 출정에 앞서 그의 군대에게 장엄하게 말했다.

"제군들! 오늘 우리는 나라에서 가장 큰 도전에 직면해 있다. 우리는 우리를 압도하는 세력 앞에 서 있지만, 흔들리지 않을 것이고, 우리는 후퇴하지 않을 것이다. 우리는 우리의 가족과 자유를 위해 함께 일어서서 싸울 것이다!"

왕의 자신 있는 출정 선언에도 불구하고 병사 한 명이 말을 더 듬으며 말했다.

"하지만 폐하, 어떻게 우리가 그들만큼 큰 군대를 물리칠 수 있겠습니까? 그들은 우리들보다 더 많은 병사와, 더 많은 무기, 더 많은 경험을 가지고 있습니다."

그러나 고레스 왕은 자신 있게 웃으며 여유 있게 대답했다.

"그렇다. 바로 그것이 '우리'다. 그들은 그 모든 것을 가지고 있을지 모르지만 우리는 그들이 가지고 있지 않은 것을 가지고 있다. 우리에게는 뜨거운 마음이 있다. 우리에게는 열정이 있다. 우리는 비교할 수 없는 우리 페르시아에 대한 사랑을 가지고 있다. 우리는 영광이나 부나 권력을 위해 싸우는 것이 아니다. 우리의 신념, 우리의 미래, 그리고 우리의 자유를 위해 싸울 것이다. 그리고 어떤 강한 군대라도 우리를 이길 수는 없다."

이에 두 번째 병사가 동의하며 고개를 끄덕이며 자신 있게 말하였다.

"알겠습니다. 폐하. 우리는 있는 온 힘을 다해 싸울 것입니다."

그러자 고레스 왕이 병사의 어깨에 다정하게 손을 얹으며 말했다.

"그것이 내가 제군들에게 바라는 전부다. 온 마음을 다해 싸워라. 우리가 그렇게 한다면, 우리가 모든 것을 바친다면, 우리는 반드시 승리할 것이다. 서로를 신뢰하고 승리한다는 확신을 굳게 새겨

리디아 - 이집트 - 바벨론 - 아라비아 - 메디아 - 페르시아

©WillemBK (wikipedia)

라! 우리는 조상을 자랑스럽게 하고, 폭정과 억압이 없는 우리 아이들을 위한 미래를 만들어 갈 것이다."

고레스 왕이 칼을 치켜들며 우렁차게 소리쳤다.

"승리를 열망하는 자, 승리를 쟁취하리라! 페르시아를 위하여!"

모두들 자신의 칼을 들고 힘껏 외쳤다.

"페르시아를 위하여!"

여성의 칼

수적으로 밀리던 페르시아와 고레스 왕은 전투에서 계속해 참
패할 수밖에 없었다. 페르시아 군대는 이미 1만 명의 병력을 잃었으
며, 이제 불과 4만 명만 남았다. 그러나 페르시아 군은 반복되는 패
배를 기회 삼아 점점 더 많은 단결을 보여주기 시작하였다.

이때쯤, 그동안 종주국인 메디아에 대한 반란이라며 전쟁에 반
대하여 참여하지 않았던 파사르가다, 마라피오 그리고 마스피오 세
왕국에서 연락이 왔다. 지금부터라도 대 메디아 독립 전쟁에 동참하
여 각 1만 명씩 총 3만 명의 군사를 파병하겠다는 것이었다. 지금까
지 참전을 거부하다가, 페르시아의 고레스 왕이 메디아에게 크게 밀
리지 않고 잘 싸우는 것을 보고는 오히려 위기의식을 느끼고 마지막
순간에 합류한 것인지, 고레스가 전쟁에서 고전하자 같은 부족 출신
왕국으로서 순수한 의도로 도와주려고 참전하는 것인지는 잘 모르
겠지만, 선왕이었던 아버지 캄비세스가 파사르가다이 왕족 출신이
었던 것은 사실이었다. 정말이지 가장 도움이 절실한 순간에 세 왕
국이 참전하게 되었으니 고레스에게는 참으로 하늘의 도움이나 다
름없었다.

한편 전투가 계속 열세에 몰리자, 수천 명의 여성들이 카산다나

왕비 주변에서 칼을 들고 일어나기 시작했고, 전국적으로 호응하며 그녀의 주위로 모여들었다. 카산다나 왕비는 자기의 키만큼이나 큰 칼을 치켜들고 단호하게 부르짖었다.

"여러분, 지금 우리 페르시아가 백척간두에 서 있습니다. 여러분은 페르시아의 딸들입니다. 이제 우리가 일어서야 할 때입니다. 이제 마지막입니다. 우리는 그동안 메디아의 노예로 살았고 곧 완전하게 독립하게 될 것입니다. 우리는 결코 다시는 노예로 살아갈 수 없습니다."

카산다나 왕비가 목청껏 외쳤다.

"페르시아를 위하여 싸웁시다!"

여자들이 칼을 들고 카산다나 왕비에게 호응하며 소리쳤다.

"페르시아를 위하여 나갑시다!"

페르시아 군대는 패색이 짙었으나, 카산다나 왕비가 이끄는 '여성의 칼'이라는 부대의 등장으로 전세를 차츰 회복하고 승기를 이어가고 있었다.

사실 여성의 칼 부대가 그렇게 막강한 힘을 가지고 있는 건 아니었지만, 메디아 군대의 입장에서는 여성을 터부시하는 터라 이상하게도 여성의 칼 부대만 나타나면 맥없이 힘을 쓰지 못하고 무너지기 일쑤였다. 또한 여성의 칼 부대는 기병들의 이동이 제한적일 수밖에 없는, 자그로스 산맥의 여러 산을 이용하여 신출귀몰하게 활동함으로써, 메디아의 날쌘 기병들을 마음껏 농락하고 있었다.

또한 고레스 왕은 오히려 이를 이용하여, 부상병 부대를 여성의 칼 부대로 위장했다. 그리고 매복한 채 측면 공격을 감행하여, 메디아의 군대에 승리를 거둔 적이 많았다.

카산다나 왕비는 이미 페르시아의 전쟁 영웅이 되어 있었고, 여

성의 칼 부대는 카산다나 왕비를 중심으로 굳게 단합되어 그 위세를 천하에 떨치고 있었다. 이로써, 페르시아 군대는 총체적으로 패색이 짙었던 전쟁을 어느 정도 회복하여 가고 있었다.

혁명

여름도 지나고, 둥근 달이 가장 크게 떠 오르던 날도 지나면서 공기가 서서히 차가워지기 시작하였다. 자그로스 산맥 밑을 지나가는 황량한 사막에 겨울이 다가오면서 전쟁이 잠시 소강상태에 접어들었다. 고레스 왕은 전쟁을 이기기 위하여 많은 희생을 치른 자신의 군대와 함께 잠시 휴식을 취하며, 작전 구상에 골몰하고 있었다. 밤하늘의 달이 눈썹보다도 점점 더 작아지더니, 어느덧 완연히 사그라지고 캄캄하게 되어버린 어느 늦은 밤, 왕의 작전 상황실로 타나옥사레스 장군이 갑자기 찾아왔다.

"폐하, 메디아의 군 총사령관으로부터 온 사자가 말을 타고, 진으로 들어왔습니다. 그가 폐하를 직접 만나서 전해 드릴 편지가 있다고 합니다."

의외의 소식이었다. 메디아의 총사령관이 연락을 취해 올 일이 전혀 없었기 때문이었다.

"그래? 그를 상황실로 데리고 오라."

타나옥사레스 장군과 불사조들이 메디아 군 총사령관으로부터 온 사자를 데리고 들어왔다. 그런데 그는 사자의 평화 상징 표식인 깃털이 달린 하늘색 모자를 쓰지도 않고 있었다. 그냥 평범한 사냥꾼의 모습이었다. 고레스 왕이 의심스러운 눈으로 그를 바라보며 입을 열었다.

"너는 누구이며, 무엇을 위하여 어찌 이곳까지 왔는가? 그리고 총사령관의 사자라고 하면서 그 사냥꾼 모습은 무엇인가?"

"존귀하신 왕좌에 앉은 고레스 폐하. 저는 메디아 군의 총사령관이신 하르파거스 장군이 비밀리에 보낸 사자이며, 그의 최 측근 참모장 하짐입니다. 저희 총사령관의 편지를 가지고 왔습니다. 폐하께 직접 전해 드리라는 명령을 받았습니다."

그런데 놀랍게도 그가 내미는 것은 편지가 아니라 토끼 한 마리였다. 불사조 근위대 경비대장 타나옥사레스 장군이 토끼를 대신 받아 왕께 전해주었다.

"편지는 그 토끼의 배 속에 있습니다. 혹시라도 아스티아게스 왕의 근위대에 붙잡히게 된다면, 토끼 사냥을 나온 거라 둘러대라는 하르파거스 사령관의 지시였습니다."

"과연! 그래서 그런 복장이었군 그래…."

고레스 왕은 고개를 끄덕이며 타나옥사레스 장군이 전해 주는 토끼를 받고는, 적장 하르파거스 장군의 치밀함과 총명함에 감탄하였다.

"편지를 어서 꺼내 보아라."

고레스 왕이 타나옥사레스 장군에게 토끼를 다시 건네주고는 재촉하며 명령하였다. 이때 타나옥사레스 장군이 허리춤에서 단검을 빼어 토끼의 배를 가르니, 과연 가죽으로 감싼 편지가 나왔다. 고레스 왕은 편지를 펼치고 천천히 읽기 시작하였다.

페르시아의 왕이시여! 만세수를 하옵소서.

제 숙하 중에 가장 신뢰할 만하고 이를 용감하게 수행할 수 있는 하짐 장군을 보내어, 직접 폐하를 알현하고 편지를 전하라 명하였사온 즉, 이 편지가 폐하에게 안전하게 이르거든, 지금으로부터 일곱 날이 지난 후에 밤이 어두워지고 열 식경이 되면, 아스티아게스 왕을 사로잡아, 저와 열두 장군이 동행하여 페르시아의 진영으로 직접 들어가겠나이다.

– 메디아 총 사령관 하르파거스

고레스 왕이 편지를 읽는 동안 그의 심장은 마구 뛰었다. 이것은 분명히 반란인 것이다. 하르파거스 사령관은 자신이 적대시하던 적군 메디아의 총사령관인데, 그가 과연 믿을 만한 사람인지는 의문이었다. 하지만 현재의 전쟁 상황은 페르시아에게는 이미 매우 어려운 상태였다. 이것이 사실이라면 그는 이를 마냥 무시할 수는 없었다.

'그래도 만반의 준비를 해야 한다. 혹시라도 그날 밤, 우리의 모든 경계가 무너진다면 갑자기 적의 공격을 받을 수도 있을 것이니 준비를 철저히 하여야만 할 것이다.'

고레스 왕은 혼잣말로 중얼거렸다.

"그런데 하짐 장군! 장군은 혹시 오는 도중에 이 편지를 읽어 보았소? 편지에는 장군이 혹시라도 이 편지 내용을 알고 있다면, 장군을 곧바로 죽이라고 씌어 있소이다. 이 내용을 그대로 믿어도 되는 것이오?"

고레스 왕은 내용을 좀 더 확인하고자 넘겨짚어 말하였다. 하짐 장군은 잠시 당황하였으나, 이내 웃으면서 대답하였다.

"폐하, 저는 그 편지를 읽지는 않았습니다만, 그 편지의 내용은 하르파거스 사령관과 직접 상의하여 작성하였으니 잘 알고 있습니다. 그리고 나머지 열한 명의 장군들도 사령관의 결정대로 혁명에 함께 참여하기로 충성을 맹세하였습니다."

"아, 그러시군요. 미안하오. 사실을 좀 더 확인하고자 넘겨짚어 물어보았소이다. 그리고 하르파거스 사령관에게 편지는 잘 받았고, 기다리고 있겠다 전해 주시오. 장군! 그리고 이것을 가져가시오. 나의 표식이오."

고레스 왕은 그에게 왕의 표식인 자기 귀걸이 한쪽을 빼 주었다.

"감사합니다, 폐하! 하르파거스 사령관에게 잘 전하겠습니다."

사자 하짐 장군은 양손을 가슴 앞으로 들어 올리며 고개 숙여 인사하곤 장막을 나갔다. 메디아 군의 인사 방식이었다. 나가는 그를 물끄러미 바라보며 타나옥사레스 장군은 혼자서 중얼거렸다.

'이제는 토끼 사냥이 아니라, 아스티아게스 왕을 잡는 진짜 사냥이 곧 시작되겠군….'

그로부터 일곱 날이 지난 어느 밤 일곱 시경, 쌀쌀해지기 시작하는 초겨울은 밤이 일찍 찾아왔다. 어둠에 싸인 하르파거스 사령관의 장막에서는 긴장한 분위기가 흘렀다. 이른 저녁을 먹고 하르파거스 장군과 그의 열두 명의 장군들이 보초들도 모르게 은밀히 장군의 작전 상황실에 모였다. 그와 그의 장군들은 모두 아스티아게스 왕에게 반대하며 혁명을 일으키기로 함께 결심한 이들이었다. 밖은 달도 별도 없는 캄캄한 밤이었으며, 멧돼지 기름 호롱불도 구멍이 세 개만 뚫린 도기 안에 넣어 불빛도 밖으로는 거의 새어 나가지 못했다. 그들의 중심에 서 있는 하르파거스 사령관이 조용히 속삭이듯 입을 열었다.

"장군들 드디어 오늘 거사의 밤이 다가왔소. 잠시 후에 아스티아게스 왕이 주재하는 작전 회의가 있을 예정이오. 작전을 하달하 겠소 잘 들으시오. 작전 회의에 참석하지 않는 아르타오주스, 라티 네스, 그리고 카르두차스 세 명의 장군들은 선별된 소수의 병사들과 함께 왕의 장막 밖에서 대기하다가 장막 안에서 거사가 시작되면 동 시에 밖에 있는 근위대원들과 보초들을 제압하시오. 그리고 작전 회 의 중에 내가 자리를 박차고 일어나면, 왼쪽에 자리를 배치받은 아 르타바수스, 크리산타스 그리고 메가비주스 세 명의 장군들은 즉각 동시에 왕의 왼편에 있는 근위대원들을 제압하시오. 동시에 오른쪽 에 자리를 배치받은 람바타스, 엠바스, 그리고 다우차스 세 명의 장 군들은 마찬가지로 오른편에 있는 근위대원들을 제압하시오. 혹시 라도 자리 배치가 바뀌면, 바뀐 쪽으로, 한쪽으로 치우쳐 있으면 처 음 지시한 방향으로 공격하면 되오. 아라스파스 장군과 안다미아스 장군은 근위 대장을 제압하시오. 나는 하짐 장군과 함께 아스티아게 스 왕을 체포하겠소. 이상이오. 질문 있소?"

"없습니다."

"좋소. 잠시 후에 상황실에서 봅시다."

"아, 그리고 한 가지 더. 날이 좀 쌀쌀해지기 시작했지만, 오늘 밤은 옷을 껴입지 마시오."

하르파거스 사령관은 갑자기 생각난 듯 장군들에게 당부하였 다. 아무래도 몸을 날렵하게 움직이려면 옷을 껴입으면 안 되었다. 이 대단한 혁명 모의는 조용하면서도 속전속결로 끝났다. 이는 이미 사전에 충분한 모의와 준비가 되어 있었기 때문이었다.

잠시 후, 메디아 제국의 왕 아스티아게스는 그의 작전 상황실에 서 하르파거스 사령관과 전군의 장군들과 함께 전장에서 승리하기 위한 전략을 논의하고 있었다. 왕의 바로 뒤에는 근위대장이 서 있고, 좌우로 세 명씩 근위대원들이 배치되어 있었다. 길게 기다릴 필요도 없었다. 왕이 막 내일의 작전을 설명하려 할 때, 하르파거스 장군이 번개같이 자리에서 뛰어올라 왕의 목에 날이 퍼렇게 서 있는 단검을 겨누며 소리쳤다. 단검은 오늘 밤을 위하여 정성스럽게 따로 예리하게 날을 세워 둔 것이었다. 눈 깜짝할 사이였다. 벌써 머리가 희끗희끗 해지는 하르파거스 장군이었지만, 전쟁터에서만 삼십 년이 넘는 세월을 보낸 백전노장이었다. 둘이 전장에서 칼을 마주하고 겨루는 상황이라면 아스티아게스도 만만치는 않겠지만, 왕은 전혀 예상하지 못하고 있다가 순식간에 당하고야 말았다.

"모두들 움직이지 말고 칼을 내려놓아라."

동시에 하짐 장군은 왕의 오른팔을 잡아 칼을 잡을 수 없도록 비틀었다. 다른 장군들 또한 거의 동시에 독수리 같이 재빠르게 일제히 검을 치켜들고 땅을 박차고 달려들어 근위대장을 비롯하여 근위대원들을 순식간에 제압하여 바닥에 앉혔다. 각자 맡은 바 역할을 잘 수행하였다. 하르파거스 사령관이 단호한 목소리로 말했다.

"우리는 아스티아게스 왕에게 대항하기 위하여 혁명을 일으켰다. 이는 모든 국민의 요구이자 하늘의 요청이다."

아스티아게스 왕과 그의 근위대장은 놀란 표정으로 장군들을 바라보았다.

"무슨 짓이냐? 하르파거스, 너희는 반역자들이다!"

아스티아게스 왕이 부르르 떨면서 고함을 질렀다. 그러자 하르파거스 장군은 냉소적인 미소를 지으며 말했다.

"우리의 목소리는 백성들의 목소리이며, 당신의 탄압과 억압에 지쳐온 사람들의 힘이 여기에 모여 있소. 이제 우리가 그들의 희망이 되어줄 차례요."

아스티아게스 왕은 분노로 눈이 이글거렸다.

"우리는 제국의 힘으로 나라를 지켜 왔고, 왕국의 권력으로 백성들을 지배하여 왔다. 너희들은 그 권력을 부정하려 하는 것인가?"

"우리는 자유를 원하오. 백성들이 굶주리고, 학대당하고, 억압받는 이런 제국의 통치를 더 이상 참을 수 없소. 이제 우리가 무력으로라도 백성들을 구원하려는 것이요."

장군들 사이에 긴장한 침묵이 흘렀다. 하르파거스 장군은 근위대장과 근위대원들에게 고개를 끄덕이며 말했다.

"제군들. 우리는 모두 혁명을 위해 여기에 모였다. 아스티아게스에게 반역을 일으키고 백성들의 참 자유를 찾아낼 것이다. 지금부터 누구든지 이 혁명에 참여하고 싶은 사람은 일어나라."

장막 안이 곧이어 부산스러워졌다. 근위대장을 비롯하여 몇몇 근위대원들이 주섬주섬 서로 눈치를 보며 일어나면서, 하르파거스 장군과 여러 장군들 편에 서기 시작하더니 종국에는 모두들 일어서 버렸다. 그들 역시 백성의 편에 서서 동참하기로 결정한 것이다.

아스티아게스 왕은 자신의 통치가 위태롭게 느껴져 분노와 두려움으로 가슴이 타 들어가기 시작했다. 그러나 이미 때는 늦었고 돌이킬 수 없었다. 혁명의 불씨는 이미 타 올랐다. 그들의 타 오르는 혁명의 불로 메디아와 페르시아 제국은 새로운 새벽을 맞이할 준비를 마치고 있었다.

밤하늘이 낮게 내려앉아 달도 별도 하나 없이 사방이 온통 깜깜한 암흑의 밤이었다. 멀리서 산 비둘기만이 가끔 울 뿐이었다. 페르시아의 모든 군대가 하르파거스 사령관의 연락이 오기만을 기다리고 있었다. 또한, 혹시라도 모를 음모에 대비하여 전군에 일급 경계

태세를 발령하여 경계에 만반을 기하게 하였다.

"멀리서 물체가 보입니다!"

"그들이 다가오고 있습니다."

척후병들의 보고가 속속 들어오고 있었다.

"다가오는 말들이 총 열네 마리입니다."

"보라! 그들이 오고 있다."

병사들이 놀라워하며 속삭였다. 마침내 그 한밤중에 하르파거스 사령관은 그의 열두 명의 장군과 함께 포로를 포박하여 귀환했다.

"불사조들이여! 저들을 무장 해제시켜라!"

타나옥사레스 장군이 명령하였다. 불사조들은 그들이 말에서 내리자마자 다가서서, 모든 무기를 회수하고 몸수색까지도 샅샅이 하고 난 후, 타나옥사레스 장군을 향해 고개를 끄덕이며 무장 해제가 완료되었음을 알렸다.

"그들을 이리 데리고 오라. 내가 직접 만나 보아야겠다."

고레스 왕도 긴장되기는 마찬가지였다.

"하르파거스 사령관님, 이쪽으로 오시죠."

불사조 근위대장 타나옥사레스 장군이 손으로 안쪽을 가리키며 안내하였다. 투구를 벗는 하르파거스 사령관은 머리가 희끗희끗한 백전노장이었다. 타나옥사레스 장군이 매우 흥분하며 고레스 왕에게 살짝 속삭였다.

"포로가 진짜 아스티아게스 왕이 맞는 것 같습니다. 폐하!"

과연, 포로는 포승줄로 꽁꽁 묶인 채 끌려온 아스티아게스 왕이 맞았다. 그도 역시 머리가 이미 희끗희끗 하얗게 서리가 내려 그사이 많이 늙어 보였다. 고레스 왕은 외할아버지인 아스티아게스 왕을 잠깐 쳐다보더니 아무 말도 하지 않았다. 그러고는 일부러 눈길을 돌려 하르파거스 사령관과 장군들에게 악수를 청했다.

"메디아의 하르파거스 사령관님, 그리고 모든 장군들, 오시느라 수고하셨소."

하르파거스 장군은 고레스 왕에게 인사를 하며, 그의 열두 명의 장군들을 일일이 고레스 왕에게 소개를 하였다.

"반갑습니다, 폐하. 만나 뵙게 되어 반갑습니다. 여기는 전에 만나 보셨던 하짐 장군과 나머지 열한 명의 장군입니다."

"메디아의 하르파거스 사령관님, 그리고 모든 장군들 오시느라 수고들 하셨소."

"예, 폐하!"

"불사조 근위대와 양군의 모든 장군들은 장막 밖에서 기다리시오."

고레스 왕은 직접 하르파거스 사령관을 자신의 장막 안으로 안내하여 대화를 나누었다. 장막 안에는 등잔 위의 호롱불이 희미하게 빛을 발하고 있었지만, 고레스 왕은 적장 하르파거스 사령관의 모습을 뚜렷하게 볼 수가 있었다.

"하르파거스 사령관님, 이쪽으로 앉으세요."

고레스 왕이 직접 의자를 내어주며 앉기를 권하였다.

"감사합니다, 폐하. 그리고 이것은 지난번에 표식으로 주셨던 귀걸이입니다."

장군은 인사하며 왼쪽 팔 안쪽 주머니에서 귀걸이 한쪽을 꺼내어 고레스 왕에게 돌려주었다. 그것은 지난번 사자에게 전해 받았던 왕의 표식인 귀걸이였다. 고레스 왕은 귀걸이를 받으며 두 손을 모아 잡고, 사령관을 칭찬하였다.

"정말로 아스티아게스 왕을 사로잡아 오셨군요. 대단한 일을 하셨습니다. 사령관님."

하르파거스 사령관은 고개를 끄덕이며 겸손하게 대답한다.

"네, 폐하. 쉽지는 않았지만 그를 붙잡아 올 수 있었습니다. 그리고 왕께서 친히 폐하의 표식인 귀걸이를 내어 주셔서 감사했습니다. 표식을 전해 받고 난 후에 더욱 자신감과 확신이 섰습니다."

그런데 고레스 왕은 몸을 앞으로 숙이며, 심각하게 물었다.

"네, 그러셨군요. 그런데… 그를 잡아 온 진짜 이유가 무엇이오?"

순간 잠시 정적이 흐르고, 하르파거스 사령관이 숨을 잠시 멈추고는 다시 내뱉었다.

"전하, 아스티아게스는 수년 동안 철권으로 메디아를 다스리고 있으며, 우리 백성들에게 수많은 고통과 불행을 안겨 주고 있었습니다. 이것은 분명, 변화를 위한 시간이며, 저는 폐하께서 그 변화를 불러올 수 있는 사람이라고 굳게 믿고 있습니다."

"사령관께서는 진심으로 내가 아스티아게스 왕을 타도하고 메디아를 장악하기를 원하십니까?"

고레스 왕이 눈을 가늘게 뜨며 물었다. 하르파거스 사령관이 천천히 몸을 뒤로 젖혔다가, 다시 앞으로 숙이면서 깊은 숨을 토해내며 말했다. 자신의 진심을 몰라주니 서운하다는 표시인 것도 같았다.

"폐하, 과거에 서로 차이점이 있었다는 것을 잘 알고 있지만, 더 큰 대의를 위해 그것들을 제쳐 두겠습니다. 우리가 힘을 합치면 모든 사람을 위해 더 나은 미래를 만들 수 있습니다."

그러나 고레스 왕은 고개를 가로저으며 솔직히 말했다.

"사령관님의 제안은 고맙지만, 맹목적으로 당신을 믿을 수는 없지 않겠습니까? 당신은 자신의 왕을 배반하고 나에게 왔어요. 나중에 당신이 나에게 똑같이 하지 않을 것이라는 것을 어떻게 믿을 수가 있겠습니까? 그리고 정말로 당신이 그를 붙잡아 여기로 데려 온 진짜 이유는 무엇입니까?"

이에 하르파거스 사령관이 손을 머리에 싸매고 괴로워하였다.

"폐하, 저는 십여 년 전에 사랑하는 아들을 잃었습니다. 혹시 하킴을 아십니까?"

고레스 왕이 깜짝 놀라며 대답하였다.

"기억나는군요. 그는 메디아의 산과 들판에서 나와 함께 선생놀이를 한 나의 친구이자, 의형제였습니다. 당시 모든 친구들이 그가 갑자기 사라졌을 때 궁금해했습니다. 그가 당신의 아들이었습니까?"

하르파거스 사령관이 또 깊은 한숨을 쉬었다. 그의 눈에는 그렁그렁 눈물이 막 터질 듯하였지만, 억지로 참고 있는 것이 역력하게 보였다.

"그렇다면, 아스티아게스의 신하가 자기 아들을 먹었다는 끔찍한 소문에 대해서는 들어 보셨나요?"

"오, 그럼 그것이 바로 장군과 장군의 아들 하킴에 대한 이야기였습니까?"

고레스 왕은 깜짝 놀라며 벌떡 일어섰다. 그리고는 한탄하듯 외쳤다.

"아니야··· 믿을 수 없어요. 아니요, 그럴 수는 없습니다."

고레스 왕은 천인공노할 분노에 휩싸이며 손을 떨며, 말도 더듬었다. 그러나 하르파거스 사령관은 의외로 차분히 말했다.

"폐하! 그리고 한 가지 더 중요한 것은, 그 사건은 오래전 제가 고레스 왕 폐하, 당신께서 아기일 때, 아스티아게스 왕으로부터 폐하를 죽이라는 명령을 받았지만 죽이지 않았기에 일어난 일입니다. 저는 폐하를 해치는 대신 소치기 미트라다테스에게 산 채로 넘겨주었고, 그 이유로 그런 비극이 일어나게 되었습니다."

"정말입니까? 이 또한 믿을 수 없는 이야기군요. 그렇다면 정말이지 당신은, 제 생명의 은인입니다. 지금부터 제가 당신을 믿지 않으면, 과연 누구를 믿을 수 있단 말입니까?"

"폐하. 그리고… 저 개인적으로 한 가지 간곡한 부탁을 드리겠습니다. 이것으로서 폐하가 메디아에게 승리하고 아스티아게스의 모든 왕권을 차지할 때, 페르시아 군대를 이끌고 엑바타나로 진군하시면, 제가 왕궁 앞에서 아스티아게스 왕을 직접 칼로 찌를 수 있게 허락하여 주십시오."

고레스 왕은 잠시 숨을 멈추고 고민하며 주저하였다.

"폐하! 그렇게만 해 주신다면, 왕께서는 외할아버지를 직접 죽이는 길을 피할 수가 있고, 저는 제 아들의 원수를 친히 갚을 수가 있는 것이 아니겠습니까?"

하르파거스 사령관의 이 말을 듣고서 이제야 결정한 듯 고레스 왕은 주저 없이 고개를 끄덕이며 대답하였다.

"알겠습니다. 사령관님, 당신에게 기회를 드리겠습니다. 그러나 이것은 아셔야 합니다. 혹시라도 내가 당신에게서 배신의 냄새를 맡는다면, 나는 언제든지 당신을 처형하는 것을 주저하지 않을 것입니다."

하르파거스 사령관이 고개를 끄덕이며 다짐했다.

"알겠습니다, 폐하. 저는 우리의 동맹이 성공할 수 있도록 무엇이든 할 것입니다. 제가 한 말은 목에 칼이 들어와도 지킵니다."

등잔불이 흔들릴 때마다 하르파거스의 눈동자는 더욱 또렷이 그의 진실을 전하여 주고 있었고, 서로의 눈빛을 교환할 때, 만 마디의 말을 하는 것보다 더 서로의 마음을 진실하게 이해할 수가 있었다. 고레스 왕이 천천히 일어서며, 눈을 크게 뜨고 마주 보며 말했다.

"자, 잘 알겠습니다. 그러면, 우리 함께 포로가 된 그 잔인하고 포악한 아스티아게스 왕을 만나러 갑시다. 나는 그가 우리와 이야기하고 싶어 할 것이라고 확신합니다."

고레스 왕과 하르파거스 사령관이 함께 포로 심문실에서 아스티아게스 왕을 만나고 있었다. 장막 안의 공기가 갑자기 차가워지고 무거워졌다. 아스티아게스 왕은 자신이 전쟁 포로가 되어 포박되어 있는 상황을 전혀 받아들일 수가 없었다. 아스티아게스 왕이 씩씩거리며 화가 나서 외쳤다.

"네 이놈들! 너희들이 이러고도 무사할 줄 아는가? 나는 잡아서 죽일 수 있을 줄 몰라도 메디아 왕국은 함락시킬 수 없다. 나의 사랑하는 다리오 왕자가 너희를 가만히 두지 않을 것이다. 그리고 너 고레스, 네가 어찌 감히 할아버지인 나를 공격해 들어올 수 있느냐?"

고레스 왕은 잠자코 듣고 있었으나, 하르파거스 장군이 분노하고 치를 떨며 대답하였다.

"왕이여, 나는 당신의 충직한 신하로서 모든 전쟁터에서 목숨을 걸고 싸워서 승리하였으며, 당신이 시키는 모든 것을 충실히 수행하였소. 다만 한 가지, 여기 있는 고레스 왕이 아기였을 때 당신의 지시대로 죽이지 않았다는 것을 빼고는 말이요. 그런 나에게 어떻게 인간으로서는 할 수 없는 잔인한 형벌을 내릴 수가 있었단 말이오. 이는 하늘이 울고, 신들이 분노할 잔인한 형벌이었소. 나는 당신을 절대로 용서할 수 없소. 차라리 날 죽이지, 왜 죄 없는 내 아들을 죽인 것이오?"

하르파거스 장군은 이성을 잃었다. 그의 한마디 한마디는 십여 년 동안 가슴속에 새겨 놓은 한 맺힌 절규였다.

"하르파거스, 네 이놈! 네가 그때도 나를 배신하더니, 지금도 나를 배신하는구나. 어쨌든, 너는 내 친구였으니… 친구를 죽였다는 말은 듣고 싶지 않았거늘!"

물론 이는 달리 말해서 하르파거스가 아스티아게스 왕으로부터 얼마나 큰 신임을 받고 있었는지를 보여주는 반증이기도 하였다. 하르파거스 장군이 계속 말을 이어 갔다.

"당신과 메디아 제국의 운명은 이제 여기서 끝이오. 이 모든 것은 당신의 포악함과 지나친 욕심으로 인한 것이오. 그리고 당신의 아들 다리오 왕자는 어차피 당신이 몰래 입양한 양아들 아니었소? 왜 그렇게도 그에게 왕권을 물려주기 위하여 자신의 외손자까지 죽이려 하였는지 모르겠소."

아스티아게스는 이에 지지 않고 소리쳤다.

"하르파거스! 그 입을 다물라! 차라리 네가 직접 왕이 되지 않고, 페르시아인에게 왕위를 물려주려는가? 너의 그 개인적인 원한 때문에 이제부터 메디아인들은 앞으로 영원히 페르시아인들의 노예로 살게 되었구나."

아스티아게스 왕이 탄식하였다. 옆에서 듣고 있던 고레스 왕이 한심한 듯 입을 열었다.

"메디아의 왕이시어, 그런 걱정은 하지 않아도 될 듯합니다. 나 고레스는 메디아를 정복하는 것이 아니고, 합병하려 하는 것이오. 우리는 정복 국가와 피정복 국가의 관계가 아닌 하나의 나라로 통합하게 될 것이오. 모두 같은 백성으로 함께 권리와 의무를 가질 것입니다. 누군가 노예가 될 일도 없습니다. 당신이 그렇게도 왕으로 만들고 싶어했던 다리오 왕자도 분봉왕으로 책봉하여 이 나라를 다스리게 할 것이오. 물론, 협조만 잘한다면 말입니다."

아스티아게스 왕은 갑자기 더 이상 할 말이 없어졌다. 그저 고레스의 자질과 미래를 몰라보고, 그를 죽이려 한 것과 하르파거스 장군의 아들을 잔인하게 죽인 것… 자신의 모든 것들이 후회스럽기만 하여 그저 눈물을 흘렸다.

"헛되고 헛되도다. 모든 것이 헛되도다."

그들은 아스티아게스의 눈물을 보며 천막을 나섰다. 이제 메디아와 페르시아의 운명이 그들의 어깨에 놓였다. 그들의 동맹이 성공할지 실패할지는 시간만이 알 수 있을 것이다. 거의 패색이 짙었던, 길고 긴 메디아와의 전쟁은 하르파거스 사령관의 반란으로 인하여, 의외로 피를 많이 보지 않고도 손쉽게 페르시아 고레스 왕의 승리로 끝이 났다. 이렇게 하르파거스 장군은 메디아−페르시아의 통일 개국 공신이 되었고, 이후에 그는 바로 연합 페르시아 군대의 총사령관으로 임명되었다.

입성

———

　결국 메디아인들의 노예였던 페르시아인들은 반대로 그들의 통치자가 되었고 한 나라로 통합되었다. 고레스 왕이 그의 흰 애마 블랑코를 타고 엑바타나 거리로 입성하고 있다. 그의 청동 갑옷은 햇빛에 반사되어 반짝이고 공작 털이 길게 위로 올라 있는 그의 투구는 그의 위세를 더욱더 당당하게 보여주고 있었다. 페르시아 군대가 그의 뒤를 따르고 모든 군대의 가슴은 자부심으로 부풀어 올라 있다. 또한 맨 뒤로는 항복하고 합류한 메디아의 군대가 하르파거스 사령관을 뒤 따르고 있었으나 모두 풀 죽어 있는 모습이었다. 수많은 메디아의 사람들은 큰길에 쏟아져 나와 줄지어 서서 승리한 왕을 환호하며 환영하여 주었다.

　"고레스 만세!"

　"페르시아 만세!"

　함박웃음을 짓는 그들의 손에는 종려나무 가지가 흔들리고 있었다. 진심으로 고레스와 페르시아 군대를 환영해 주었고, 맨 뒤로 아스티아게스 왕이 포승줄에 묶여 끌려올 때는 야유하며 신고 있던 신을 벗어 그를 향해 던졌다. 그들은 고레스가 어린 소년 왕이던 시절부터 그를 격려하고 지지하였던 사람들이었다. 고레스가 페르시아로 떠난 다음에는 아스티아게스 왕의 폭정과 실정에 대해 몹시 실망하고 마음이 돌아선 후에는, 여전히 고레스에 대한 실낱같은 희망이 있었기에 더욱더 그를 환호하는 것이었다. 고레스 왕은 환호하는 시민들을 바라보며 감사의 표시로 손을 흔들어 주었다. 왕이 엑바타나 왕궁 앞에서 시민들을 향해 연설을 시작했다.

"친애하는 메디아의 시민 여러분, 희망과 단결의 메시지를 전합니다. 우리는 메디아를 정복한 것이 아닙니다. 우리는 하나로 합병된 것입니다. 통일 페르시아의 영광과 번영을 위하여, 모두를 위한 더 밝은 미래를 향하여 계속 함께 노력합시다. 그리고 이제부터 대외적으로 일반 명칭은 '메디아 – 페르시아'라고 부르며, 우리 두 나라가 이제 하나의 나라가 되며, 공식 국가명은 '아키메네스 – 페르시아'임을 선포합니다."

"와~ 고레스 왕 만세! 고레스 왕 만세!"

메디아의 백성들은 진심으로 기뻐하며 함께 외쳤다. 고레스 왕에 대한 그들의 존경심은 더욱 강해졌다. 고레스 왕은 엑바타나로 입성하기 전, 포로로 끌고 온 아스티아게스 왕을 성 입구에서 약속대로 하르파거스 장군에게 넘겨주고 성 안으로 들어가 버렸다. 그는 외할아버지가 참수당하는 것을 차마 직접 바라 볼 자신이 없었다. 입성한 후에는 여러 수하 장군들과 함께 높은 망루에 올라 성 밖에 있는 모든 군대를 바라보며 진심으로 감사의 표시와 격려를 했다. 장군들 한 명, 한 명 손을 잡고, 눈을 마주치며 격려하고 치하했다.

고레스 왕은 높은 망루에 올라서서 맨 뒤에 있는 병사 한 명까지도 들을 수 있게 큰 소리로 쩌렁쩌렁하게 외쳤다. 그리고 두 손을 하늘로 번쩍 치켜들었다.

"제군들! 마침내 우리는 승리하였소!"

병사들도 소리를 지르며 환호로 답하였다.

페르시아와 메디아 전쟁에서 승리한 고레스 왕과 포로로 잡혀 오는 아스티아게스 왕

ⓒJacques van der Borgt 『The Defeat of Astyages』 (wikimedia)

"이 승리는 나 혼자 얻은 것이 아니오! 그것은 페르시아와 우리 동맹국의 더 큰 이익을 위해 목숨을 걸고 나와 함께 싸운 용감한 여러분 병사들에 의해 승리한 것입니다."

"와~ 고레스 왕 만세! 페르시아 만세!"

병사들이 함성을 지르며 만세를 외쳤다. 페르시아 군인들은 고레스 왕 밑에서 전투한 것을 자랑스럽게 생각하고 동의하며 소리쳤다. 이제야 고레스 왕은 흡족한 웃음을 지었다. 백 번 싸워 백 번 다 이기는 것만이 최고의 선이 아니다. 싸우지 않고도 적을 굴복시키는 것이 선 가운데 가장 으뜸의 선인 것이다. 원래 전투는 마지막 수단이라고 하지 않던가? 싸우지 않고도 이기는 것이 가장 좋은 것이며, 적을 통하여 적을 제압하는 것이 더 최상 중에 최상이라 할 수 있겠다. 그렇게 하기 위하여 평소에 적에게도 덕을 보이는 모습이 있어야 하겠다. 어찌하였든, 하르파거스 장군으로 말미암아 수만의 병사들이 불필요한 희생을 피할 수 있었던 것은 하늘의 계획과 섭리가 있었을 것이다. 고레스 왕, 그는 큰 승리 후 정복자로서 패배한 적들에게 극도의 잔인함을 보였던 과거의 앗시리아 왕들과는 달랐고, 약탈 행위를 저질렀던 바벨론의 왕들처럼 억압하지도 않았다. 고레스 왕은 메디아인들을 노예로 삼는 대신, 관대하게 똑같은 시민이 되게 하였다. 또한 그는 메디아의 귀족들을 그의 진영으로 끌어들였으며, 아스티아게스 왕가에게는 품위 있는 삶을 살 수 있도록 계속하여 연금도 주었다. 또한, 하르파거스 장군 역시 자신의 사랑하는 아들을 죽인 원수이며, 자신이 그렇게도 죽이기를 소원하고 열망하였던 아스티아게스 왕이었지만, 한때는 자신의 가장 친한 친구였고 자신이 모셨던 주군이었던 그를 차마 죽이지는 못하였다. 그 대신 그를 종신 가택 연금하여 평생 집 밖으로 나오지 못하도록 조치하였다.

마침내 고레스 왕과 그의 병사들은 메디아 정복을 성공적으로 마무리하고 희망과 감사로 가득 찬 도시를 뒤로 한 채 멀리 페르시아를 향하여 동쪽으로 말을 타고 떠났다.

고레스 대왕은 그의 외삼촌 다리오 왕자에게 메디아의 분봉왕의 지위를 주고 계속해서 메디아를 통치하게 하였다. 또한 십 년 후 고레스가 바벨론을 정복하고 나서는 바벨론을 이어받아 계속하여 통치하게 하였다.

페르시아의 역사와 성경에는 네 명의 다른 다리우스 왕이 등장한다. 메디아의 분봉왕이 된 다리우스는 고레스 대왕의 사후에 그의 아들 캄비세스 2세가 이집트를 정복하기 위하여 출정했다가 도중에 죽게 된 후, 그의 7인의 시위대장들 중에서 선출되어 왕이 된 다리우스 히타페스 왕과는 다른 인물이다.

리디아

　　고레스 왕은 그의 고향이자 할아버지의 나라인 메디아를 정복한 지, 3년 후 내적으로는 국가적으로, 외적으로는 군사적으로 더욱더 힘을 키웠고, 마침내 리디아를 공격하기로 결정하였다. 리디아는 메디아의 서쪽 끝에 있는 나라로 영토의 크기로는 메디아보다는 다소 작지만, 에게해를 접하고 있어 왕성한 무역으로 모든 것이 풍부한 나라다. 바다가 없는 메디아 – 페르시아로서는 에게해를 넘어 그리스로 가겠다는 꿈을 이루기 위해서는 반드시 정복해야만 하는 위치적으로 아주 중요한 나라인 것이다. 리디아는 지금의 튀르키예의 일부분으로, 서쪽으로는 에게해와 북쪽으로는 흑해와 접하고 있으며, 칠백 년 이상 제국을 유지해 온 데에는 에게해와 흑해를 양쪽으로 접하고 있어 오리엔트 해상 무역의 본부 역할을 해왔기 때문이다. 당시에는 세계 최초로 주화가 통용되었을 정도로 인근 제국에서는 가장 부유한 나라였다. 그들의 발달한 교역으로 군사적으로도 최신 무기를 많이 갖추고 있다는 소문이 인근 열국에 파다했다.

　　이렇게 리디아는 통일된 메디아 – 페르시아보다 군사, 외교, 상업적으로 훨씬 더 강력한 제국이었기 때문에 그렇게 만만하게 볼 상대가 아니었다.

　　또한, 리디아의 왕 크로이세스의 금고에는 금은보화가 차고도 넘쳐 났다. 리디아 왕국에서 금이 많이 나오는 까닭은, 황금의 손 마이다스가 이곳의 팍톨루스 강가에서 목욕했기 때문이라는 전설이 전해 내려오고 있었다.

크로이세스에게는 시집갈 나이가 꽉 찬 예쁜 딸 아리아 공주와 두 명의 아들이 있었는데, 이 중 큰 아들은 벙어리였고, 크로이세스는 건강했던 둘째 아들인 아테에스 왕자를 후계자로 생각해 오고 있었다.

그런데 크로이세스는 몇 주째 같은 꿈을 꾸고 있었다. 꿈에서 그의 아들 아테에스는 창에 찔려 끔찍한 죽음을 맞이했다. 크로이세스는 그 생각에 몸을 떨며 침대에서 일어났다. 그는 자신이 무엇을 해야 할지 생각하기 시작하였다. 그는 아들이 당할 변고로부터 보호하기 위하여 가능한 한 빨리 아들을 결혼시켜야 한다고 생각했다. 또한 아들이 가장 분명하게 위험에 빠질 수도 있는 전쟁에 나가는 것도 막아야 했다. 이렇게 크로이세스는 가능한 한 아들 아테에스 왕자를 안전하게 지키기로 결심하였다. 그는 장군들에게 모든 무기를 숨기라 명령하였고, 아테에스가 무기를 사용하려는 유혹도 받지 않도록 조치하였다. 그러나 어느 날, 아테에스 왕자는 친구들과 멧돼지 사냥을 하러 가기로 약속하였고 이를 허락하지 않는 아버지 크로이세스 왕에게 간곡히 간청하였다.

"폐하, 저는 이미 친구들과 멧돼지 사냥을 가기로 약속했어요. 왕자로서 체면이 있으니 부디 사냥을 허락해 주십시오."

자식 이기는 부모는 없다 하지 않았던가? 단단히 마음먹은 크로이세스 왕도 마지못해 사냥을 허락했다. 멧돼지에게는 무기가 없으니 왕자가 죽지 않을 것이라는 마음도 있었다.

"좋다. 아테에스 왕자! 허락은 해 주겠지만, 부디 조심해서 다녀오너라."

조마조마했던 우려는 엄청난 현실로 다가왔다. 산에서 난동을 피우고 날뛰던 멧돼지를 사냥하던 중에, 메디아에서 도망 온 북부 스키타이의 망명 왕족인 아도라스가 던진 창이 멧돼지를 빗나가 왕자 아테에스의 가슴에 맞고 말았다.

"폐하, 청천벽력 같은 슬픈 소식을 폐께 전하옵니다."

그리스로부터 온 진상품을 둘러보고 있던 크로이세스는 짐작가는 바가 있어, 가슴이 철렁 내려앉았다.

"무슨 일인가? 빨리 말하여라."

"폐하! 사냥을 나갔던 아테에스 왕자께서 멧돼지를 향해 던진 창에 맞아 사경을 헤매고 있다고 합니다."

"어떻게… 어떻게 이럴 수가 있단 말인가? 내 그렇게도 조심하라 일렀거늘… 여봐라! 그곳이 어디인가? 아테에스에게 빨리 가보자."

이 소식을 들은 크로이세스는 아들을 찾아 사냥터로 말을 몰아, 쏜살같이 달려갔지만 때는 이미 너무 늦었고, 아테에스 왕자는 이미 죽어 있었다. 크로이세스는 온 세상이 무너지는 것 같았다. 그는 사랑하는 그의 후계자 아들이 죽었다는 것을 도저히 믿을 수가 없었다. 결국 아도라스가 스스로 자신에게 처벌을 요구했지만, 크로이세스는 그가 꿈을 꾸고도 아들의 사냥을 말리지 못하였으니, 그의 죽음은 예정된 운명이었다며 아도라스를 용서하였다. 그러나 아도라스는 아테에스의 장례식에서 자기 심장에 단검을 꽂아 자결하여 버렸다. 크로이세스는 망연자실했다. 그는 아들을 잃었고 이제는 간접적으로 다른 사람의 생명도 잃었다.

북부 스키타이족에서 살인을 하고 메디아로 망명하였고, 메디아에서 키악사레스 왕의 아들을 죽이고, 다시 리디아로 망명을 한 아도라스였다. 그로 인해 메디아와 리디아는 오 년 동안이나 전쟁을 하였다. 얼마나 많은 사람들이 목숨을 잃었던가. 그것으로도 끝나지 않고 리디아에서 또 한 명의 아끼는 왕자를 죽였으니 이 얼마나 기구한 운명의 장난이란 말인가? 의도하지 않았음에도 계속 이어지는 살인! 운명의 끈이 참으로 기구하였다.

공성차

하늘도 높고 따뜻했던 어느 날, 고레스 왕은 수사 평야의 끝자락에 위치한 언덕으로 사냥을 떠났다. 그날은 푸른 하늘과 따스한 햇살이 고레스 왕과 그의 용맹스러운 불사조 근위 대원들을 비추고 있었다. 그들은 사냥터에서 사냥감을 찾고, 활을 쏘며 늘 그랬듯이 즐거운 시간을 보내고 있었다. 그러나 즐거운 시간도 잠시 갑자기 하늘에서 바람을 가르는 소리가 들리더니 느닷없이 돌비가 쏟아져 내리기 시작하였다. 타나옥사레스 장군이 황급하게 소리를 질렀다.

"폐하를 보호하라! 어서 피하라! 동굴 안으로 피하라!"

고레스 왕 일행은 급하게 말을 달려 순식간에 닥쳐온 위험을 모면하기 위해 근처에 있는 동굴 안으로 몸을 피했다. 동굴 안에 도착한 고레스 왕 일행은 호흡을 가다듬고 안도의 한숨을 내쉬었다.

"폐하, 괜찮으십니까? 어디 다치신 데는 없으신지요?"

"그래. 나는 괜찮으니 다친 대원들을 치료해 주어라."

고레스 왕도 당황하고 놀라기는 마찬가지였으나, 다친 대원들 치료가 먼저였다. 타나옥사레스 장군이 동굴 밖을 확인해 보니 근위 대원 두 명은 하늘에서 떨어지는 돌에 맞아 이미 숨을 거두었고, 다른 셋은 어깨와 머리를 다쳐 피 흘리고 있었다. 여기저기에 쓰러져 있는 말도 여럿 있었다. 그나마 고레스 왕은 다친 곳 없이 무사했다.

동굴 안은 조금은 어두컴컴하였지만 서로 알아볼 정도는 되었다. 그 속에서 서로를 안심시켜주며 황당한 순간을 돌아보았다. 비 오듯이 쏟아지는 돌무더기와 땅이 갈라지는 듯한 엄청난 낙하 소리와 세상이 뒤집어지는 듯한 지옥 같은 모습은 그들에게 큰 두려움을 주었다. 시간이 흐른 후 그들은 동굴 밖 주변을 살펴보았다. 그때 타나옥사레스 장군은 멀리 지평선에 일련의 사람들이 모여 있는 것을 보고 고레스 왕께 말했다.

"폐하, 멀리 지평선 끝에 사람들이 보입니다. 잠시 동안만 이곳 동굴에서 피해 계시면, 제가 말을 타고 달려가서 더 알아보고 오겠습니다."

고레스 왕은 아직도 마음이 진정이 되지 않았는지 장군에게 주의를 주며 머리를 끄덕였다.

"조심하도록 하시오, 타나옥사레스 장군! 그들이 어떤 사람들인지 자세히 알아와 주시오."

타나옥사레스 장군은 근위대원 둘을 대동하고 말을 타고 지평선 광야 끝으로 향했다. 그의 마음은 궁금증과 동시에 걱정으로 가득 차 있었다.

'저곳에서는 도무지 어떤 일이 벌어지고 있는 것일까? 멀리 보이던 그 사람들은 도대체 누구란 말인가?'

그가 점점 가까이 다가갈수록 사람들의 모습이 분명하게 눈에 들어왔다. 다섯 명의 사람들이 나무로 만든 큰 기계에 돌무더기를 싣고 있었다. 그들은 사뭇 진지한 표정으로 서로의 동작을 확인하고 있었다. 모습으로 봐서는 군인들인 것 같기는 한데, 통일된 군복이 없었으므로 피아 구분할 수 없어 보였다. 타나옥사레스 장군이 그들에게 큰 소리로 외쳤다.

"멈추어라. 나는 페르시아 제국의 불사조 사령관 타나옥사레스 장군이다!"

타나옥사레스 장군의 큰 소리가 화살 같이 그들에게 날아갔다. 그들은 하던 일을 멈추고 타나옥사레스 장군을 향해 돌아섰다. 그들의 얼굴에 놀라운 표정이 역력했다.

"너희들은 누구이며, 지금 무엇을 하고 있는 것이냐?"

타나옥사레스 장군의 목소리는 넓은 광야를 휘어잡는 강력함이 묻어 있었다.

"저희는 페르시아의 보병소속, 중무장 부대의 부대원들입니다. 지금은 돌비 기계를 만들어 시험하고 있던 중이었습니다."

병사들은 고개를 숙이며 대답을 하였다. 그들의 목소리는 거짓말을 하는 것 같지는 않은 순수함이 묻어 있었다.

"너희들의 대장은 누구이며, 어디에 있는가?"

타나옥사레스 장군이 여전히 위엄 있는 목소리로 물어보았다.

"장군! 저는 중무장 부대를 맡고 있는 백부장 마다테스 입니다."

백부장 장교 마다테스라는 자가 한 발 앞으로 나서며 인사를 하였다. 깡마른 체구의 마다테스는 눈동자가 반짝반짝 빛나고 있었다. 오른손은 칼 허리를 잡고, 왼팔을 가슴까지 들어 올리며 허리를 숙여 인사하는 페르시아 병영의 장교 인사법이 분명했다. 그제야 긴장을 푼 타나옥사레스 장군은 부드럽게 말하기 시작하였다.

"오, 백부장 마다테스! 그렇다면 바로 전에 저 멀리 언덕 쪽으로 돌무더기를 쏘아 보낸 것이 너희들이었던가?"

"예, 그렇습니다 장군."

타나옥사레스 장군은 그 말에 너무 놀란 나머지 믿을 수도 없었고, 그 기계에 대한 궁금증에 한쪽 눈꼬리가 올라갔다.

"어떻게 그 멀리 무거운 돌들을 쏘아 보낼 수가 있단 말인가? 나는 여태 우리 제국에는 물론이고, 열방 어느 나라에도 그런 기계가 있다는 소리를 들어 본 적이 없다."

"그렇습니다. 장군! 상부에 보고한 적도 없고, 세상 어디에도 없는 것을 지금은 연구하며 시험 중에 있을 뿐입니다."

백부장 마다테스가 겸연쩍은 듯 머리에 손을 대며 말하였다.

"알겠다. 백부장 마다테스는 지금 모든 동작을 멈추고, 내일 아침에 왕궁으로 와서 나, 불사조 사령관 타나옥사레스를 찾아오라."

타나옥사레스 장군이 마다테스와 병사들에게 명령했다. 그의 목소리에는 단호함과 권위가 담겨 있었다.

"예, 알겠습니다. 장군."

군인들은 고개를 숙이며 예의 바르게 대답했다. 그들은 타나옥사레스 장군의 명령을 받고, 모든 동작을 멈추고 엑바타나 성으로 돌아갔다. 타나옥사레스 장군은 급히 동굴로 돌아가 고레스 왕에게 상황을 설명했다.

"폐하, 그곳에 가보니 우리 페르시아의 중무장 대원들 다섯이 있었는데, 그중 마다테스란 백부장이 있었고, 돌을 쏘아 대는 돌비 기계라는 것을 시험 작동하고 있었다고 합니다."

"그런 기계가 과연 있기는 하였단 말인가? 그런데 어떻게 우리의 부대에 우리도 모르는 그런 신박한 기계가 있을 수 있단 말인가?"

고레스 왕의 놀라움은 말할 수 없었다. 과연 그런 기계가 실제로 있다면, 앞으로의 전쟁 판도는 완전히 달라질 수도 있기 때문이었다.

"마다테스란 자가 취미 삼아 만드는 것이라 하는데, 아직은 상부에 보고한 적도 없고, 세상 어디에도 없는 것을 지금은 그저 연구하며 시험 중에 있을 뿐이라고 하였습니다."

"대단하다, 대단해! 그것을 빨리 보고 싶다."

고레스 왕은 자신이 그 피해를 직접 경험해 보았으니 그 효능과 결과는 충분히 알고 있는 터 인지라, 그것을 빨리 보고 싶었다.

"그들을 내일 아침에 왕궁의 뜰로 오라 명령하였습니다. 내일 아침에 자세히 추문하여 보겠습니다."

"알겠다. 나도 내일 아침에 그 자리에 참석하겠다. 나도 궁금한 것도, 물어볼 것도 많구나."

고레스 왕은 마음이 두근거릴 정도로 내일이 기대되었다. 믿을 수 없는 일이 일어나고 있었다.

"알겠습니다. 이제는 환궁하시지요. 폐하!"

타나옥사레스 장군도 내일이 기대되기는 마찬가지였다. 세상에 그런 기계가 있다니…. 그것도 우리 병사가 개발 중이라니…. 그도 믿을 수가 없기는 마찬가지였다.

아침 일찍 백부장 마다테스와 네 명의 부하들이 왕궁의 뜰로 들어왔다. 그때 마침 고레스 왕이 타나옥사레스 장군과 고브리야스, 구바루, 아샤드 장군 및 다른 장군들 몇 명과 함께 뜰로 들어서고 있었다. 동시에 백부장 마다테스와 그의 부하들이 들어오는 왕을 향하여 오른쪽 무릎을 꿇으며 인사하였다.

"폐하. 만세수를 하옵소서. 백부장 마다테스 인사 올립니다."

"오, 그래. 마다테스! 모두 편하게 일어서라. 그리고 어제 일을 상세히 말하여 보거라."

"네, 폐하. 저는 평소에 무기를 만드는데 관심이 많이 있었고,

특히 오래전부터 커다란 돌 대포를 만드는 꿈을 가지고 있었습니다. 연구를 하고 시제품을 만들어 온 지는 십여 년이 되었습니다만, 제대로 된 대포를 만들지는 못하였는데, 어제 처음으로 작은 돌들을 조금 멀리 날려 보낼 수 있었습니다."

고레스 왕은 믿을 수 없다는 듯 눈이 커지면서 물었다.

"대단하구나. 네 상급 부대장은 이 사실을 아는가? 나는 그 누구에게서도 이러한 것을 보고 받은 적이 없다."

"아닙니다. 폐하. 이것은 오롯이 저 혼자만의 연구였고, 세상 어디에도 없는 물건입니다. 제 부하들을 사적으로 운용한 것은 제 잘못입니다. 다시는 그렇게 하지 않도록 하겠습니다. 용서하여 주십시오."

마다테스는 고레스 왕이 자기를 문책하는 줄로 알고 무서워서 벌벌 떨고 있었다.

"알겠다. 그러면 그 물건을 이리로 가지고 오라. 내 눈으로 직접 보아야겠다."

"폐하. 그 물건은 아직 완성품이 아니라, 시제품으로 임시 조립했을 뿐입니다. 그리고 운송이 쉽지 않아 광야 그 자리에 그대로 있습니다. 그리고… 사실 그것은 규모가 크고, 무겁고, 또 운송이 쉽지가 않을 뿐만 아니라, 전투 시에는 근처에 마땅한 돌을 많이 확보하기 어려워 실제 전투에서는 용이하지 않습니다."

마다테스는 당황하며 대답하였다.

"그렇다면, 어떻게 하면 폐하께서 직접 보실 수 있겠는가?"

타나옥사레스 장군이 끼어들어 고레스 왕 대신 질문하였다.

"현재의 상태 그대로 보시기를 원하신다면, 죄송하지만 폐하께서 광야로 직접 나가 보셔야 할 것 같습니다. 아니면 저에게 한 달의 기한을 주신다면, 그것들을 이곳으로 가져와서 제대로 만들어 보여 드리겠습니다."

"그러면 마다테스 그대는 작은 돌들 말고, 큰 바위도 던져 보낼 수 있는 대포를 만들 수 있는가? 예를 들어 큰 성을 공격할 때 쓰이는 공성차 같은 것 말이다."

이번에는 고레스 왕이 직접 물어보았다.

"예, 폐하. 아직 만들어 보지는 못 하였지만, 제 머릿속에 상상하며 그리고 있는 것은 있습니다. 사실 공성전에서는 그런 기계가 반드시 있어야 합니다. 왕국에서 지원만 해 주신다면 서너 달 안에 만들 수 있을 것 같기는 합니다만…."

마다테스는 가지고 온, 손에 든 도면을 고레스 왕에게 내밀며 용도를 설명하였지만 뒷말을 흐리고 있었다.

"솔직히 제 도면에 완전히 확신은 없습니다. 혹시라도 그리스의 수학자나 철학자를 찾아서 제 도면을 근거로 새로운 설계도를 요청하시면 어떨까 합니다."

"알겠다. 타나옥사레스 장군은 내일 직접 가서 그 기계를 시험 운행하여 본 후에 내게 보고하라. 그리고 고브리야스 장군은 그리스에 큰 기계를 설계할 수 있는 수학자를 수소문하여 내게 보고하라."

며칠 후….

"폐하. 타나옥사레스 장군과 고브리야스, 아샤드 장군 그리고 구바루 장군이 들어왔습니다."

"어서 들라해라!"

장군들이 왕궁의 왕좌가 있는 방으로 인사하며 들어왔다. 네 명이 들어왔는데도 불구하고 방이 꽉 찬 느낌이었다.

"오, 장군들! 어서들 오시오. 그래, 직접 보시니 어떻소? 말씀해 보시오."

고레스 왕이 재촉하였다.

"그 돌비 대포는 정말이지 대단하였습니다. 폐하! 소가죽으로 된 주머니에 주먹 보다 더 큰 돌을 한꺼번에 삼십 여개는 쏘아 보냈습니다. 거리도 상당히 멀리까지 날아갔습니다. 기능을 향상시키고 더 크게 제작하면, 사람 머리보다 큰 돌들도 동시에 세 개 이상 날려 보낼 수 있을 것 같았습니다."

타나옥사레스 장군이 실제 본 것을 그대로 보고 하였다.

"수고하였소. 정말 대단하오! 그리고 고브리야스 장군은 그리스 쪽에 좀 알아보셨소?"

"네, 폐하. 그리스의 철학자이자 수학인 프로타고라스가 적임 자라고 합니다. 특별히 이곳으로 초대하여 설계도를 맡기심이 어떨까 합니다."

"좋소. 그렇게 추진하도록 하고, 비용과 대가는 충분히 주도록 하고, 기본 설계는 이미 가지고 있다 전하시오. 그리고 당분간 이 일은 비밀에 부칠 것이오. 또한, 중무장 부대를 독립시켜 공성차 부대로 전환하고, 부대원은 오백 명으로 새로 구성하되 운용 부대 백 명, 돌 공급 부대 이백 명, 보호 부대 이백 명으로 개편하라. 그리고 백부장 마다테스는 장군으로 임명하고, 사령관으로 임무를 수행하도록 조치하며 그가 필요로 하는 모든 것은 신속히 공급하여 주어라."

"예, 알겠습니다. 폐하."

고레스 왕은 백부장 마다테스를 장군으로 임명하고 사령관으로 삼는 파격적인 인사를 단행하였다. 그만큼 이번 업무 추진이 그에게 는 아주 중요하다는 것을 의미하였다.

　"그리고 앞으로 돌비차나 공성차를 시험 운행할 때에는, 주위 여러 군데 높은 장대에 깃발을 매달아, 출입을 통제하고 위험을 미리 알리도록 하라."

　"예, 알겠습니다. 그렇게 조치하겠습니다. 폐하!"

　페르시아로 초청되어 온 그리스의 철학자이자 수학자인 프로타고라스는 마다테스가 사전에 준비한 도면을 보고는 놀라움을 감추지 못하였다. 자신도 지난 십 여 년 동안 이런 대포를 만들기 위하여 노력하였지만 실패를 거듭하고 있었는데, 마다테스의 도면을 보자마자 뇌리를 스치는 영감이 있었다. 그리하여 오래지 않아 새로운 설계도가 그려지는데, 나중에 고레스 왕의 요구대로 네 바퀴를 추가하고, 여섯 마리의 말이 끌 수 있는 기능도 추가하기로 하였다.

　아울러 프로타고라스는 보수를 너무 많이 받았다며, 공성탑도 설계하여 주었다. 이는 성벽을 공격할 때, 적의 화살이나 돌로부터 보호를 받으면서 탑 안의 계단을 통하여 성의 높은 위치까지 도달할 수 있게 만든 나무로 만든 탑이었는데, 이동과 수송이 쉽지 않다는 단점이 있었다. 이제 제작만 남아 있었다. 그러나 이런 규모로 여러 개를 제작하려면 특별히 튼튼한 나무를 확보하여야 하는데, 엑바타나 인근에는 적당한 참나무가 없어서, 리디아와의 국경에 있는 속국 길리기아에서 나무를 공급받아 그곳에서 직접 제작하게 되었다. 길리기아의 남부에 위치한 레바논에는 참나무보다 더 크고 더 단단한 백향목이 많다는 정보가 있었지만 그곳은 바벨론의 속국이라 어쩔 도리가 없었다. 그리하여 고레스 왕은 마다테스 장군을 길리기아로 보내어 그곳에서 직접 제작하기 시작하였던 것이다.

불사조 군단

불사조 아메샤 군단은 페르시아 왕실의 근위대이자 특수정예 부대였다. 그들은 오직 귀족의 자녀들, 그중에서도 무예가 특별히 뛰어난 자들로 선발하여 구성하였으며, 메디아의 파자르에서부터 함께 훈련을 해온 고레스 왕의 친구들이자 형제들이 백부장과 천부장의 직책을 맡아 수행하고 히다르네스 장군이 사령관으로 지휘하고 있었다. 규모는 처음에 수백 명으로 시작하였으나 바벨론 성을 공격할 당시부터는 만 명이었다. 이 불사조 군단의 초대 사령관은 타나옥사레스 장군이었는데, 나중에 리디아 원정부터는 히다르네스 장군이 맡아 오랫동안 지휘하였다. 고레스 대왕 사후에 다리우스 왕이 '마고스' 가우마타의 반란을 물리치고 왕위에 오를 때에도 불사조 아메샤 군단의 총사령관이었던 히다르네스 사령관을 자신의 편으로 끌어들였기에 가능하였다. 그리고 이후에는 불사조 아메샤 군단은 대대로 히다르네스의 후손에게로 그 지휘권이 세습되었다.

불사조 군단은 만 명의 선택받은 전사들의 자존감을 높이기 위하여 그들 중 한 명이 전사하거나 질병으로 인하여 결원이 생기게 되면, 대기 중이던 다른 전사가 자동으로 보충되었으므로 결코 그 수가 늘어나거나 줄지 않았다. 이들은 특히 일반 병사들이 사비로 군복과 장비를 마련하였기 때문에 복식이 제각각이었던 것과는 다르게, 고대 시대임에도 이례적으로 통일된 복식을 갖춰 입고 싸웠다. 그래서 적국의 입장에서 보면, 아무리 죽이고 또 죽여도 똑같이 생긴 전사들이 계속 나오는 것처럼 보여서, 불사조라 불렸다. 그들은 나무 껍질이나 갈대 밑동으로 엮어 만든 통일된 방패를 들었고, 무기로는 사과 장식이 달린 창과 활을 사용하였다. 백부장 이상 장교들은 금으로 장식된 창을 사용하였다. 보조 무기로는 짧은 단검과 도끼를 사용하였고, 목까지 길게 가리는 두건과 뾰족한 모자를 쓰고 겉옷 안에는 물고기 비늘처럼 생긴 철판 갑옷을 입었다. 그들은 근접 전투와 사격에 모두 능하며 숫자로는 만 명이나 되는 강력한 특수 정예 부대였지만, 그리스 군이 쓰던 얼굴 전체를 가리는 청동 투구나 정강이 받이 등을 사용하지 않았기에 정작 제2차 그리스-페르시아 전쟁 테르모필레 전투에서는 스파르타 군대와의 정면 대결에서 참패하고 말았다.

외교전

크로이세스는 아들을 잃고 이 년간 큰 슬픔에 잠겨 있었지만, 극복해가던 중이었다. 그러던 어느 날 갑자기 왕실의 문이 열리면서 신하인 마테우스가 잔뜩 흥분한 채 얼굴을 붉히며 달려왔다.

"폐하, 페르시아 쪽에서 소식이 왔습니다!"

크로이세스 왕이 눈썹을 치켜올리며 물었다.

"무슨 소식인데 그렇게 호들갑을 떠는 것인가?"

"페르시아의 카이러스 왕이 메디아를 침공하여 두 왕국이 통합된 지 벌써 삼 년이 지났습니다. 그들이 곧 우리나라를 침공할 거라는 소식입니다."

"고레스는 아직 풋내기다. 그가 나의 매부인 아스티아게스 왕을 죽이고 합병한 것이 못내 마음에 걸렸는데, 이제 우리 리디아까지 공격해 오는구나."

크로이세스는 주먹을 꽉 쥐며 말했다.

"그렇다면, 우리가 먼저 공격을 감행하는 것은 어떤가? 우리의 다른 동맹국들은 어떠한가?"

마테우스는 고개를 저었다.

"그들이 페르시아와의 전쟁에서 우리를 곧바로 지원할 거라는 보장은 없습니다. 그리스의 스파르타는 바다 건너 너무 멀고, 아라비아는 너무 약하고, 이집트와 바벨론은 서로 싸우느라 우리에게 신경을 쓸 겨를이 없습니다."

크로이세스 왕은 한숨을 쉬었다.

"그렇다면, 우리에게 선택의 여지가 없다. 곧바로 전쟁을 준비하여야겠다."

"예, 알겠습니다. 폐하."

"혹시 모르니 그리스의 스파르타, 아라비아, 바벨론, 이집트 등 동맹국들에게는 신속히 연락을 취하여 페르시아와 전쟁을 준비하라는 외교 문서를 전달하라."

"예, 알겠습니다. 폐하."

크로이세스 왕은 다음 몇 주 동안 군대를 더 모으고, 이웃 국가들과 동맹을 맺었다.

"스파르타, 이오니아, 아라비아, 바빌론, 이집트에 사자를 보내어 페르시아와의 싸움에서 우리와 합류하면, 참전비를 평소의 세 배를 금으로 주겠다고 전하라."

이것은 정말이지 파격적인 보상 약속이었다. 사실 지난번 그리스와의 전쟁 때 만 명 파병에 금 100 탤런트를 주었으니 이번에는 300 탤런트가 되면, 십만 명 파병에는 금 3,000 탤런트가 된다. 삼천 세겔이 일 탤런트이고, 금 일 탤런트는 34kg인 것이니, 이는 요즘 달러로 환산하면 1 탤런트에 약 200만 불, 곧 일 인당 파병비가 6만 불에 육박하였다. 이로써 리디아의 크로이세스 왕에게는 얼마나 금이 많았는지 짐작이 간다. 이번에는 동맹군의 파병이라고 하기보다는, 일종의 용병 요청인 셈이었다. 이러한 실정으로 인근 왕국들은 리디아의 파병 요청이 있으면, 언제든지 군대를 보내려고 항상 준비하고 있었다. 그러나 그들은 결국, 바다의 풍랑으로 인해 일찍

출병하지도 못했고, 팀브라 전투에 맞추어 간신히 올 수 있었다.

한편 페르시아의 고레스 왕은 작전 상황실에서 장군들과 마주하고 있었다.

"동료 장군 여러분, 우리는 메디아를 정복하고 영토를 확장하여 '메디아–페르시아' 대제국을 건설했소. 그러나 우리의 꿈은 여기서 끝나지 않고 리디아 땅을 정복하여 넘어야만 하오."

"폐하, 리디아는 만만치 않은 상대입니다. 그들의 군대는 우리보다 훨씬 강합니다. 특히 리디아의 크로이세스 왕은 지혜와 용맹이 아주 뛰어나다고 합니다. 우리가 그들과 싸울 위험을 감수해야 한다고 확신하십니까?"

고브리야스 장군이 모든 장군들 앞에서 똑 부러지게 물어보았다.

"고브리야스 장군, 나는 리디아의 군사력을 알고 있소. 그러나 두려움이 우리를 주저하게 해서는 안 되오. 우리의 운명은 에게해 너머에 있으며, 리디아를 정복하지 않고는 그것을 성취할 수 없소이다. 우리는 우리 자신의 능력에 대한 믿음을 가지고 모든 힘을 다해 싸워야 하오. 더군다나 리디아는 국경 여러 곳에서 계속하여 우리를 시험 삼아 공격해오고 있기 때문에 이번에 제대로 정복하려는 것이오."

고레스 왕이 고브리야스 장군을 바라보며 자신 있고 단호하게 답하였다. 바로 그때 불사조 근위대 두 명이 숨을 헐떡이며 급하게 작전 상황실로 들어왔다.

"폐하, 프테리아 성에서 긴급히 전갈이 왔습니다."

"무슨 일인지 보고하라!"

"리디아의 크로이세스가 할리스 강을 건너 프테리아 성을 공격하였고, 성은 사흘 만에 함락되었다 합니다.”

상황실 안의 모든 장군이 머리를 망치로 한 대 맞은 듯 충격받았다. 그들이 상황실에서 리디아 공격을 왈가왈부하는 사이 그들은 이미 페르시아로 선제공격을 감행한 것이었다. 그러나 고레스 왕은 이미 그들의 침략을 예견하고 있었다는 듯 그리 놀라지도 않았다.

“알겠다. 불사조여! 그만 나가도 좋다. 자, 회의를 계속하겠소. 여러분도 방금 들었다시피 리디아가 우리를 공격해 왔고, 프테리아 성은 이미 함락 되었소. 그들이 우리를 먼저 공격해 왔다는 것은 우리를 과소평가하면서도, 또한 우리를 두려워하고 있다는 것을 의미하오. 이제 우리의 선택은 한 가지요. 모든 힘을 다해 그들을 정복합시다.”

“알겠습니다. 폐하. 리디아를 물리치기 위한 폐하의 전략은 무엇입니까? 그들은 수많은 숙련된 군인과 고급 무기를 가지고 있습니다. 또한 최근 수집한 정보로는 리디아가 인근의 여러 국가와 동맹을 강화하고 있다 합니다.”

하르파거스 총사령관이 물었다.

“역시 백전노장답게 하르파거스 사령관은 전략적인 질문을 하시는군요. 우리는 현명하고 전략적으로 접근해야 할 것이요. 그들의 약점을 연구하고 가장 취약한 곳에서 그들을 공격할 것이요. 그리고 우리도 막강 메디아와 페르시아의 통일 연합군이오.”

“잘 알겠습니다. 하지만 리디아를 정복하시려면 저의 제안을 반드시 받아들이셔야 하십니다. 폐하.”

하르파거스 총사령관은 웃으며, 고레스 왕을 바라보았다.

“물론이오. 말씀하시오. 장군!”

고레스 왕 역시 호쾌하게 대답하였다.

"우선 가능한 한 많은 낙타를 확보해야 합니다. 리디아의 팀브라 언덕은 뜨겁고 건조하여 낙타가 말보다 훨씬 더 유리합니다. 그리고 리디아는 보병보다 기병이 많습니다. 특히 실제로 말은 낙타 냄새를 싫어하고 낙타를 두려워합니다. 그리고 리디아까지 가는 여정에서는 낙타를 후방에 위치하여, 보급 부대의 물자 이동 수단으로 활용하고, 유사시 꼭 필요할 때만 전투에 투입하겠습니다."

"아주 중요한 정보군. 낙타는 시간이 좀 걸릴 수 있으니, 미리 준비하고 훈련시키도록 하라!"

"폐하께서 원하시는 대로 그렇게 준비하겠습니다. 폐하, 우리는 반드시 승리하기 위해 죽을힘으로 싸울 것입니다."

프테리아 성은 국경 변방에 있는 작은 성이었지만, 위치적으로 아주 중요한 성이었다. 메디아-페르시아의 북서쪽 끝에 리디아와 국경을 이루고 있는 할리스 강 인근에 있는데, 페르시아에서 리디아를 거쳐 에게해 쪽으로 진출하려면, 에게해를 접하고 있는 속국인 길리기아를 거쳐서 가거나 북쪽의 할리스 강을 건너야만 하였다. 그러나 다행히, 현재 길리기아 안에서 제작 중인 공성차와 마다테스 장군의 군대는 곧바로 사르디아 방향으로 갈 수 있도록 조치하였다.

"자, 마지막으로 가장 중요한 한 가지가 더 남았소이다."

"무엇입니까? 폐하."

고브리야스 장군이 진지하게 물었다.

"동맹 외교전이오. 리디아와 우리 페르시아, '누가 먼저 인근의 국가들과 동맹을 맺어 참전하게 하는가'가 관건이고, 이것이 어쩌면 이번 전쟁의 승패를 결정지을 수도 있소이다."

"폐하. 그러면 지난번 폐하께서 지시하신 대로, 지금까지 진행되고 있는 외교 동맹에 대하여 간단히 보고 드리겠습니다. 그러나 이것은 우리 쪽에 그렇게 유리한 상황은 아닙니다."

하르파구스 총사령관이 침을 삼키며, 보고를 시작하였다.

"먼저, 아래쪽 아라비아에게는 용병으로 이만 명을 요청하였고, 파병 약속을 받아 내었습니다. 이집트와 바벨론은 리디아와 오랜 기간 결혼으로 맺어진 동맹이라 리디아로 파병할 것으로 보입니다. 다만 두 나라가 서로 전쟁 중이라 파병하여도 소수의 병력만을 보낼 것으로 보입니다."

"그리고 다음은 리디아와 우리 메디아 사이에 있는 길리기아입니다. 길리기아는 원래부터 우리 메디아의 속국이니 참전은 할 것입니다만, 왕국의 규모가 작아서 이만 명만 파병을 약속했습니다. 대신, 바벨론이 육로로 파병할 경우를 대비하여, 육로를 차단하기 위하여 일만의 군사를 바벨론과의 국경에 배치하기로 하였으며, 군량미를 지속적으로 지원하여 주기로 약속하였습니다. 그리고 이미 일년 전에 공성차 제작을 위해 마다테스 장군을 선발대로 길리기아로 보내었는데, 마침내 제작에 성공하였고 이제 곧 시험 운행을 실시한다고 합니다."

"아주 좋소, 사령관. 공성차는 차후에 사르디스 성을 공략할 때 반드시 필요하니 곧바로 전장에 투입될 수 있도록 준비해 주시오. 에게해 연안 소아시아에 있는 이오니아와 인근 도시 국가들은 어떻소?"

"예, 폐하. 이오니아와 인근의 모든 도시 국가는 복잡한 국내 정세로 어느 쪽에도 파병하지 않고 중립을 지키겠다고 약속을 하였으나, 이것도 핑계일 뿐 더 두고 지켜보아야 할 것 같습니다."

"걱정하지 마십시오. 폐하. 우리 메디아-페르시아는 일당백으로 싸우겠습니다. 인근의 모든 왕국은 우리 불사조 이름만 들어도 오줌을 지린다고 합니다."

불사조 부대 부사령관, 히다르네스 장군이 고레스 왕을 위로하며 다짐하였다.

"그래요. 자, 나는 우리 군대의 단결만을 믿습니다. 우리는 함께 모든 문제를 극복하고 승리할 것입니다. 메디아-페르시아의 영광을 위하여!"

모두 함께 외쳤다. 우렁차고 사기 높은 목소리가 상황실 밖까지 멀리 울려 퍼졌다.

"메디아-페르시아의 영광을 위하여!"

프테리아 전투

리디아의 크로이세스 왕은 곧바로 군대를 일으켜 동쪽 페르시아를 향하여 이동하였고, 페르시아와 국경에 위치한 할리스 강 근처에까지 도달하였다. 할리스 강은 물살이 빨라 혹시라도 강을 건너다 페르시아 군의 기습을 받는다면 크게 패할 수도 있는 상황이었다. 크로이세스 왕은 여제관 피티아가 준 신탁의 내용, '크로이세스 왕이 할리스 강을 건너고 페르시아와 전쟁을 벌인다면 대제국이 무너진다'라고 하는 내용만을 믿고, 페르시아에게 전쟁을 선포하였으니, 이 할리스 강을 반드시 건너야만 하였다. 할리스 강을 넘는다는 뜻은 국경을 넘는다는 뜻과 같았다. 선왕 때의 휴전으로 당시 리디아와 메디아의 국경은 할리스 강이었다. 그런데 이 할리스 강은 강폭은 그리 넓지 않았으나 수심이 깊고 물살이 빨랐다. 이것을 사전에 알고 할리스 강을 건너기 위하여 크로이세스 왕은 그리스의 철학자인 아리스토텔레스에게 강을 건너기 위한 자문을 미리 요청하였었다. 그는 수학적인 계산 방법인 그림자의 길이로 피라미드의 높이를 계산하기도 하였고, 육지의 두 관측 지점에서 바다 위에 떠 있는 배까지의 거리를 재었고, 또한 인류 최초로 일식이 일어날 날짜를 정확히 계산해 낸 수학자이기도 하였다. 아리스토텔레스는 리디아의 모든 군대를 강 앞까지 최대한 이동시킨 후에, 군대의 뒤편으로 수로를 다시 파서 강의 물줄기를 그들의 뒤로 흐르게 한 다음, 물이 빠진 강을 건너 앞으로 나아가도록 조언하였다. 아리스토텔레스의 지혜로 무사히 강을 건넌 리디아 군은 프테리아로 공격해 왔다. 프테리아 성은 사흘 간은 잘 버티었으나 갑자기 공격해 온 리디아에 길게 저항을 할 수 없어 함락되어 버렸다. 리디아는 그곳의 성민들을 노예로 삼고, 인근의 성들도 차례로 함락시켜 나갔다. 군대가 성 하나를 함락시켜서 얻으면, 그 다음 성을 무너뜨리는 것은 그리 어렵지도 않았다. 도미노 현상이 일어나기 때문이다. 이 소식을 뒤늦게 들은 고레스 왕은 그동안 준비했던 군대를 모아 곧바로 프테리아로 진군하였고 머지않아 프테리아에서 페르시아 군대와 조우하게 되었다. 프테리아에서 만난 양쪽 군대는 곧이어 전투를 시작하였고, 전투는 점점 더 격렬해졌다. 하지만 전력이 비슷했던 양쪽 군대는 쉽게 승부를 내지 못하였다.

    격한 전투가 끝난 후 양측은 서로 먼저 공격하지 않고 시간을 보냈다. 겨울이 되자 크로이세스는 군대를 리디아의 수도인 사디스로 작전상 후퇴를 명령하였고, 팀브라 고원에서 재집결하기로 하였다. 이는 전혀 예상치 못한 놀라운 작전의 전개였다. 당시 소아시아 국가 사이에서는 겨울 건조지에선 말을 운용할 수 없기 때문에 군대를 물렸다가 봄이 오면 다시 싸우는 관례가 있었는데, 크로이세스는 고레스도 그렇게 할 것이라고 믿었다. 크로이세스는 자신이 서쪽으로 후퇴하면 고레스가 프테리아를 점거해 요새화할 것이라고 생각해 프테리아 성에 불을 질러 방어 시설을 무력화시켰다.

    그리고는 곧바로 사르디스 성에 사자를 보내어 사르디스 성에 잔존해 있는 성의 방어 병력 전부를 팀브라 평원으로 오게 하였다. 또한 속속 들어오는 이집트와 바벨론, 그리고 아라비아 국제 연합군

베두인들의 낙타를 이용하여 승리한 팀브라 전투

©Walter Hutchinson 《History Of The Nations Vol 2》 [wikimedia]

들도 모두 팀브라 평원으로 집결하도록 요청하였다. 이곳은 사르디스에서 북쪽으로 이틀 거리에 있는 나무도 별로 없는 평원으로 할리스 강의 지류와 다른 몇 개의 강들이 만나는 헤르모스 강을 이루는 곳이었다.

팀브라 전투

리디아와의 전쟁은 예상 밖으로 오랜 시간 이어졌으며, 특히 팀브라 전투는 치열함으로 가득한 전장이었다. 고레스 왕은 프테리아 전투에서 크로이세스 왕과 치열하게 맞섰으나, 결국 어느 쪽도 승리를 거두지 못하였고 비긴 상태가 지속되면서 건조한 겨울이 다가오고 있었다. 말이 이동하기 어려운 겨울에는 서로 휴전하는 것이 관례였기에, 크로이세스 왕은 고레스 왕이 그곳에서 겨울을 나고 봄에 다시 전투를 할 것으로 추측했다. 그렇게 프테리아를 버리고 서쪽으로 이동하였으나, 고레스 왕은 예상과는 다르게 전쟁을 멈추지 않고 계속 추격하여 리디아의 깊숙한 곳까지 따라 들어가게 되었다. 전쟁에서 적의 영토 깊숙이 들어가는 것은 많은 위험을 감수하여야 했으며, 승리에 대한 확신이 있어야 했다. 그만큼 쉽지 않은 결정이었다.

마침내 고레스 왕은 리디아의 수도 사르디스 성의 북쪽, 헤르모스 강 인근에 있는 팀브라 평원에서 리디아의 부대를 만나게 되었다. 이에 크로이세스 왕은 곧바로 사르디스 성의 모든 남아 있던 병력을 긴급히 소집하였고, 또한 아라비아, 바벨론, 이집트에서 파병 온 동맹군들도 뒤이어 도착했다. 그러나 한 가지 아쉬운 것은 스파르타 군은 당시 아르고스인들의 본토와 키테라 섬을 포함한 영토를 차지하기 위하여 전투를 치르고 있었다. 스파르타군은 나중에 크로이세스의 패배와 비운을 통탄하였지만 끝내 참전하지는 못했다. 당초에 에게해를 가로질러와, 진작 도착해야 했을 동맹군은 북서풍의 풍랑으로 겨우 도착했던 것이다. 마치 크로이세스 왕의 계략인양 삽시간에 아군의 두 배 전력을 상대해야 했던 고레스 왕의 페르시아 군은, 엎친 데 덮친 격으로 적진으로 너무 깊숙이 들어와 버렸다. 더구나 식량 보급이 늦어져 난관에 봉착하였다. 페르시아 군은 이미 세끼 식사를 두 끼니로 줄여서 병사들의 불평이 이만저만이 아닌 상황이었다. 길리기아에서 제공하기로 약속한 군량미는 심한 흉년으로 제한된 양만 오고 있었다. 어려운 보급 상황임에도 고레스 왕과 그의 군대는 치열하게 싸웠지만 지나친 열세를 극복할 수 없었다. 이를 반전시킬 특별한 전략이 급히 필요했다. 이에 고레스 왕은 하르파거스 사령관과 모든 장군들을 소집하여 어려움을 타계할 묘수를 모색했다.

　"자, 어떻게 생각하시오? 하르파거스 사령관! 리디아 쪽에는 이미 아라비아, 바벨론, 이집트의 동맹군들이 도착하였소. 우리의 병력은 적의 절반에 불과하오. 이 병력으로 전투에 승산이 있겠소?"

　고레스 왕은 하르파거스 사령관을 간절하게 바라보며 입을 열었다. 이런 상황에서 믿을 수 있는 건 백전노장인 하르파거스 사령관뿐이었다. 깊은 생각에 빠져 있던 하르파거스 사령관이 고개를 천천히 들며 대답을 하였다.

　"폐하, 우리도 이제 막 아라비아에서 2만, 길리기아에서 2만, 총 4만 명의 지원병이 도착했습니다. 아라비아에서는 양쪽으로 용병을 보냈습니다. 하여 우리에게로 온 2만의 아라비아의 군대는 리디아 쪽 4만의 아라비아의 군대를 상대하게 하겠습니다. 그들의 입장에서는 가장 피해를 줄일 수 있는 대결 구도이므로, 아라비아도 이런 상황을 예측하고 또 바랐을 겁니다. 저희는 2만의 병력으로 4만의 병력을 막을 수 있는 묘수라고 생각합니다. 전투에서는 수적으로 절대적으로 열세인 이런 상황이 가장 위험한 순간입니다. 우선 적의 포위 공격을 가장 먼저 경계하여야 하므로, 우리 군은 신속하고도 은밀한 작전으로 이 전투를 속전속결로 끝내야만 할 것입니다. 이 싸움이 길어지면 길어질수록 우리에게는 더 불리해집니다. 또한 리디아의 연합군은 병력이 많으니, 군수 물자도 많이 필요할 겁니다. 우리는 불사조 사령관인 히다르네스 장군으로 하여금 불사조 특공대를 조직하여, 동쪽에서 해가 떠 오르기 전의 미명을 틈타 적의 보급로를 차단 및 공격하여 물자를 탈취하겠습니다."

하르파거스 장군이 그의 왼쪽 귓불을 만지며 대답했다. 그가 아주 심각한 생각을 할 때의 습관이었다. 아침 기운은 힘이 강하고, 낮의 기운은 게으르며, 저녁 기운은 그 힘이 다한다. 그러므로 군사를 잘 쓰는 사람은 아침 일찍 솟아오르는 기를 사용할 줄 알아야 한다. 이것이 하르파거스 장군의 기본 병법인 것이었다. 이번 리디아 원정부터는 불사조 군단을 맡게 된 히다르네스 사령관은 8피트가 넘는 큰 키에 양손에 세 명씩을 거뜬히 들어 올리는 거구였다. 그가 6피트가 넘는 칼을 휘두를 때는 한 번에 십여 명이 추풍낙엽처럼 쓰러졌다. 후에 '마고스' 가우마타의 반란을 물리치고 왕위에 오른 다리우스 1세도 히다르네스 사령관 없이는 모든것이 불가능하였을 것이다. 이런 공으로 히다르네스의 후손에게 대대로 불사조 아메샤 군단의 지휘권이 세습되었다.

"대단한 작전입니다, 장군. 하지만 그 탈취한 물자를 어떻게 이곳까지 조달할 수 있겠소?"

고레스 왕이 그의 작전이 궁금해서 되물었다.

"일단 탈취한 물자는 그곳 말론 계곡에 감추어 두고, 곧바로 적 후방을 공격하도록 하겠습니다. 동시에 구바루 장군이 이끄는 부대는 전방의 왼쪽을, 엠바스 장군은 오른쪽을 공격하게 하겠습니다."

하르파거스 사령관이 계속 말을 이어 갔다.

"동시에 저와 마다테스 장군, 아르사메스 장군은 적의 본진을 공격할 것입니다. 물론 공격은 미리 계획한 대로, 제일 먼저 돌비 공성차로 전열을 흩뜨려 놓습니다. 뒤이어서 베두인들의 낙타 부대를 한꺼번에 투입시키면, 적의 말들은 갑자기 나타난 낙타들로 두려움을 느끼고 날뛰게 될 것입니다. 적진이 순식간에 혼란에 빠지게 되면, 이때를 노려 대열 좌우에 전차를 배치하고 중간에 투석기와 궁병을 배치하여 공격할 것입니다. 또한 리디아 연합군 용병들은 긴 항로를 이동하는 동안 쌓인 피로와 도중에 맞닥뜨린 태풍으로 인한 뱃멀미로 지쳐 있을 겁니다. 우리는 그들이 회복하기 전에 서둘러 공격을 단행해야 할 것입니다. 결국 크로이세스 왕은 병력을 재정비하려고 사르디스 성으로 급히 후퇴하여 돌아갈 것입니다. 더불어 리디아 군의 병력이 갑자기 저렇게 많이 늘어났다는 것은 성 안의 병사들 상당수를 차출해 왔을 것이기 때문에 성이 비어있다는 추측을 해볼 수 있습니다. 그렇다면 더욱 빨리 후퇴하려고 할 것입니다."

그렇다, 하르파거스 사령관은 명장이었다. 백전노장의 지혜는 전장의 모든 상황을 꿰뚫고 있었다. 고레스 왕은 이런 그를 경이로운 모습으로 물끄러미 바라보며 '이런 명장이 적군의 사령관이 아니어서 천만 다행이로구나.' 생각하며 감탄하였다.

사실 리디아의 연합군 부대는 아라비아 4만, 바벨론 5만, 이집트 12만 병력의 연합군으로 조직된 30만여 명의 병사와 기병이 5만, 창병 2만, 전차가 300대의 대전력이었다. 이에 반해 페르시아 군은

14만의 일반 보병에 불사조 특수부대 1만, 기병 2만, 창병 2만의 병사와 낙타기병이 1,300명, 전차가 300대, 공성차가 6문 정도였다. 리디아의 병력이 페르시아의 두 배가 넘는 셈이었다. 그러나 페르시아의 고레스 왕에게는 있지만, 리디아의 크로이세스 왕에게는 없는 중요한 것이 '낙타 부대'였다. 낙타 부대는 낙타를 기르고 키워왔던 베두인들이 운영하였는데, 팀브라와 같이 덥고 건조한 곳에서는 아주 유용하였다. 더불어 말은 낙타를 무서워하고, 그 냄새를 싫어하기 때문에, 리디아의 5만 기병에 비해 지극히 소수인 1천3백의 페르시아 낙타 부대가 충분히 활약할 수 있었다. 또 '돌비 공성차'가 훌륭한 전력이 되었다. 이것은 마다테스 장군이 새로이 개발하여 가지고 온 것인데, 리디아의 연합군이 "하늘에서 돌비가 쏟아 지다니…. 이것은 하늘이 노한 것이다."라며 도망갔을 정도였으니, 리디아 군과 연합군은 하늘에서 쏟아지는 돌비에 혼비백산할 수밖에 없었다. 고레스 왕은 하르파거스 장군이 노련한 전사이자 뛰어난 전략가라는 것을 충분히 알기에 동의하며 고개를 끄덕였다.

"그런 다음에는 탈취한 물자를 확보하고, 부대를 재정비한 후에 다시 성을 공격하자는 것이겠군?"

"네, 그렇습니다. 폐하."

"좋소. 정말 탁월한 작전이요. 사령관."

불사조 사령관인 히다르네스 장군이 이끄는 불사조 특공대는 작전대로 해가 떠 오르기 전 미명에 적 후방의 군수 부대부터 공격하기 시작했다. 보급품을 탈취하고 곧바로 2개조로 나뉘어 1개 조는 탈취한 군수 물자를 말론 계곡에 감추고, 다른 1개 조는 도망가는 남아 있던 군수 부대원들을 추격했다. 그리고 다시 병력을 정비하여 적의 후방을 공격하기 시작했다.

고레스 왕은 군대를 모아 고지대에서 크로이세스 군대를 맞이했다. 해가 떠오르면서 팀브라 고원의 전장은 전투가 벌어지는 순간부터 피바다가 되었다. 각각의 모든 부대는 주어진 작전대로 사투를 벌였다. 울려 퍼지는 전투의 흉포한 소리는 그야말로 죽음의 노래처럼 들렸다. 리디아와 페르시아의 주력군은 기병이었다. 그들은 병거(兵車) 앞에 도열해 있었다. 크로이세스는 밀집 대형을 갖춘 12만 명의 이집트의 보병을 앞에 세웠는데, 전투가 시작되자마자 페르시아의 새로운 돌비 공성차는 이들의 밀집 대형을 순식간에 무너뜨려 버렸다. 무너진 적군의 대형을 향해 고레스 왕의 낙타 부대가 뛰어들었고, 이집트 보병과 리디아 기병이 혼란에 빠진 사이, 페르시아의 궁수 부대는 진지와 방어 탑에서 쉴 새 없이 화살을 쏘아 댔다. 하르파거스 사령관의 예측대로 리디아 군대는 큰 혼란에 빠질 수밖에 없었다. 어떤 기병은 놀라 떨어지기도 하고, 말을 버리고 도망가기도 하였다. 팀브라 전투에서 양측 모두가 상당한 피해를 입기는 했으나 결국 페르시아의 대승이었다. 이것은 모든 전투가 하르파거스 사령관이 예측한 대로 흘러갔기 때문에 가능한 일이었다. 또한 전혀 예상치도 못하게 4만의 아라비아군이 연합군의 왼쪽 언덕, 즉 페르시아의 오른쪽에 배치되었는데, 이 아라비아 군대는 전투 경험이 그리 많지 않았던 터라 사실상 오합지졸이었다. 처음에는 잘 버티는가 싶었으나, 앞쪽이 한번 무너지자 터진 봇물처럼 와르르 무너지기 시작하였다. 이것을 재빨리 간파한 고레스 왕은 하르파거스 사령관의 주력군을 아라비아군 쪽으로 집중하였고 그 덕분에 페르시아 군은 승리할 수 있었다.

전쟁에서는 전세를 잘 파악하는 것이 무엇보다 중요하다. 리디아 군과 연합군은 페르시아 군이 이렇게 강력한 군대인지는 미처 몰랐다. 그들은 페르시아의 두 배가 넘는 병력으로 무참히 무너져 버렸다. 고레스 왕의 페르시아 군대는 전혀 예상치 못한 신무기와 낙타를 동원하여 사막에서 불어온 회오리 모래 바람과도 같이 리디아군과 연합군을 휘저어 버렸다. 고레스 왕은 전력의 약세에도 불구하고 전투를 승리로 이끌었다. 이는 고레스 왕의 리더십과 지혜, 휘하 장수들과 병사들의 용맹함, 특히 하르파거스 장군의 출중한 계략 덕분이었다. 그렇지만 전쟁은 아직 완전히 끝나지 않았다. 하르파거스 장군의 예상대로 크로이세스 왕은 급히 병력을 사르디스 성으로 퇴각할 것을 명령하였다.

공성 작전

페르시아 고레스 왕의 군대는 수적인 열세와 적진 깊이 들어가면서 발생한 군수 물품의 조달, 그리고 인근 국가와의 외교 협상 실패 등, 그들이 직면했던 여러 어려움에도 불구하고 팀브라 전투에서 승리하였다. 이것은 고레스 왕의 지도력과 그의 장군들과 병사들의 용기, 베두인들의 활약, 신무기 공성차의 역할, 특히 하르파거스 장군의 뛰어난 전술 작전 때문이었다.

리디아의 연합군 중, 대패한 이집트와 사우디는 이미 본국으로 귀국하였고, 일부만 남아서 사르디스 성으로 들어갔다. 페르시아 군대는 말론 계곡에 숨겨 두었던 물자들을 확보한 뒤, 숨 돌릴 틈도 없이 곧바로 사르디스 성을 향하여 진군하였다. 성은 견고했고 반드시 승리하기를 소원하는 고레스 왕과 그의 군대는 작전이 필요했다.

고레스 왕은 리디아의 사르디스 성을 공격하기에 앞서 계획을 설명하기 위해 장군들을 소집하여 상황실에서 작전 회의를 열었다.

"이번 작전 회의는 사르디스 성을 어떻게 공격할지 설명하기 위함이오."

고레스 왕이 회의 시작부터 자신 있게 말을 하였다.

"먼저 지형적으로 볼 때, 사르디스 성은 도시형의 큰 성이지만, 그들이 이 주 이상 버틸 수 있는 충분한 물과 식량이 성내에 확보되어 있지 않다는 것이오. 10만 대군이 버티기에는 턱없이 부족할 것이오. 그리고 물도 평소라면, 성 바로 옆의 강에서 공급받겠지만, 우리는 그들의 물 수송 마차가 접근하지 못하도록 차단할 것이오. 강의 경비는 엠바스 장군이 맡아 주시오."

"예, 알겠습니다. 폐하."

엠바스 장군이 두 손으로 칼을 높이 들어 움켜잡으며, 자신 있게 대답했다.

"그리고 혹시라도 성으로부터 물 수송 마차가 나온다면, 우리는 곧바로 성으로 치고 들어갈 것이요. 이 또한 만반의 준비를 하고 있어야 하오. 우리는 이 주째가 되는 날에 성을 향해 공격을 감행할 것이오. 그동안 우리 군은 사르디스 성을 완전히 포위한 후, 주위 경계를 철저히 해야 하오. 또한 부상당한 병사들을 치료하고, 충분한 휴식을 취할 수 있도록 하여 사기를 재충전해야 할 것이오."

"예, 알겠습니다. 폐하."

모든 장군들이 이구동성으로 함께 대답하였다.

싸울 곳과 싸울 날을 안다는 것, 즉 때와 장소를 가릴 줄 안다는 것은 전쟁에서 이미 반 이상을 이기고 가는 것과 같다. 고레스 왕은 사르디스 성에 대하여 언제 그렇게 자세히 연구를 하였는지 막힘이 없었다. 지형 분석은 그 누구도 고레스 왕에게 견줄 자가 없었다. 고레스 왕이 최종적으로 작전을 엄중하게 발표하였다.

"우리는 오랫동안 이날을 준비해 왔소. 먼저 구바루 장군, 적의 성 뒤쪽은 산과 언덕이 있기 때문에 그쪽이 진입하기에 가장 적합하오. 그러니 장군은 사다리를 사용하여 그쪽에서 공격을 이끌어 주시오."

구바루 장군이 서서 고개를 숙이며 충성스럽게 대답했다.

"네, 폐하. 저는 폐하를 실망시키지 않을 것입니다."

고레스 왕이 만족하는 듯 고개를 끄덕였다.

"좋소. 이제 마다테스장군! 장군은 돌 대포, 공성차를 사용하여 성의 오른쪽에서 공격을 이끌어 주시오. 적의 주의를 그쪽으로 집중시켜 구바루 장군의 공격이 눈에 띄지 않도록 하시오. 그리고 지금부터 열사흘 동안 가능한 최대한 많은 돌과 바위를 확보하시오."

마타데스 장군이 주의를 기울이고 고개를 숙이며 대답했다.

"알겠습니다, 폐하."

이어 고레스 왕은 하르파거스 사령관을 바라보며 말했다.

"마지막으로 하르파거스 사령관! 불사조의 주력군을 이끄는 히다르네스 장군과 함께 성의 정문을 부수고 들어 가시오. 우리가 가진 가장 강력한 성문 부수는 파성추(성문을 부수는 공성 무기)를 준비하시오."

하르파거스 장군은 모두의 주목을 받으며 절을 한다.

"네, 폐하. 저는 반드시 성문을 부수고 나머지 병력을 위해 길을 만들 것입니다."

고레스 왕은 그의 모든 장군들을 바라보며 최종 명령을 내렸다.

"작전 시간은 이 주가 되는 날, 해 뜨기 전 새벽이 될 것이오. 장군들은 각 부대별로 작전대로 준비하시오! 마지막으로 질문이 있다면 해도 좋소."

"없습니다, 폐하."

모든 장군들이 단호하게 대답했다. 고레스 왕은 자신 있게 웃으며, 모든 장군들을 바라보면서 어깨를 한 명씩 두드려 주었다.

"훌륭하오."

모든 장군이 함께 크게 외쳤다.

"예, 폐하!"

장군들이 군대를 이끌고 전투에 나설 만반의 준비를 했다. 곧이어 장군들은 각자 맡은 계획을 실행할 준비를 하며 각자의 병력을 모았다.

한편, 크로이세스 왕의 딸인 아리아 공주는 성 안에 갇혀 있었다. 성 안에는 갑자기 당분간 별도의 지시가 있을 때까지 소등하라는 명령과 통행 금지령이 왕명으로 하달되었다. 그러나 이미 커져가는 반달은 가릴 수가 없었다. 성을 가로지르는 중앙로에는 성문과 덧문을 걸어 잠그고 군사들이 삼엄하게 경계를 펼치고 있었다. 이미 여러 날 이러한 상황이 계속되자 성 안의 아이들과 부녀자들은 지쳐 있었다. 사르디스 성에 이러한 조치가 내려진 건 이번이 처음이었다. 아울러 아리아 공주도 성 안에 갇혀 고레스 왕의 군대가 이 주동안 성을 포위하는 것을 지켜보았다. 그녀의 방은 신전 쪽으로 이어지는 망루 바로 밑, 가장 높은 곳에 위치하고 있기에 양쪽의 모든 군사 작전을 한눈에 내려다볼 수가 있었다. 그녀 또한 부족한 음식과 물에 무척이나 힘들어하고 있었으며, 특히, 수많은 군인들이 만들어 내는 많은 배설물에 온 성이 지독한 냄새로 고통이 이만저만이 아니었다. 그녀는 비록 적군이지만 페르시아, 고레스 왕의 결단력과 작전에 감탄하였다.

사르디스 성

사르디스 성 안이 훤히 비칠 정도는 아니었지만 예쁜 반달이 떠오르며, 700년을 이어온 리디아 제국의 마지막 밤을 비추고 있었다. 달에 비친 적막한 사르디스 성은 너무나 아름다웠다. 그러나 언제나 그랬듯이 총공격하기 전날 찾아오는 적막감은 되려 무겁게 느껴졌다. 고레스 왕은 그런 적막감 속에 뜬금없이 외로움을 느끼고는 멀리서 성을 한 바퀴 돌아보려 장막을 나섰다. 불사조 근위 대원들이 극구 따라나서려 하였지만, 적이 알아보지 못하도록 변복하고 근위대 사령관과 대원 한 명만을 대동하고 길을 나섰다. 한 겨울밤, 흑해의 찬바람이 이곳까지 불어오는 듯 얼굴을 스치는 밤바람이 제법 쌀쌀하였다. 이 모습을 사르디스 성에서 보고 있는 사람이 있었다. 망루 바로 밑, 가장 높은 곳에서 리디아의 아리아 공주가 고레스 왕을 세심히 보고 있었던 것이다.

그런데 그 밤에 또 다른 병사 하나가 잠을 이루지 못하고 천막 밖을 어슬렁 거리다 사르디스 성벽을 바라보았다. 그곳은 성의 남쪽 끝, 트몰로스 산 쪽에 절벽과 연결된 곳으로 누구도 접근하기 어려운 곳이다. 그곳에서 그의 귀에 무언가 떨어지는 소리가 들렸다. 소리가 나는 곳으로 눈을 돌려 자세히 보니, 잠시 후 거무스름한 사람의 형체가 성을 타고 내려오는 것이 보였다. 그는 이내 떨어진 물

체를 주워 머리에 쓰고 성과 바위를 오가며 성벽을 오르고는 중간에
서 갑자기 사라져 버렸다. 분명 떨어진 것은 졸던 병사가 떨어뜨린
투구였고, 투구를 주우러 성을 내려온 병사가 투구를 머리에 쓰고는
다시 성벽을 오르다가, 중간에 사라진 것이었다. 눈앞에서 신기한
일이 벌어진 것이었다. 그는 순간적으로 뇌리가 스치며 머릿속이 정
리가 되었다. 그곳 어디인가에 비밀 통로가 있음이 분명해 보였다.

날이 밝았다. 공격 신호를 기다리는 동안 양쪽 진영에는 모두
팽팽한 긴장감이 느껴졌다. 드디어 고레스 왕이 칼을 든 오른손을
하늘 높이 올렸다가 힘차게 내리치며 외쳤다.

"제군들! 이제 리디아는 우리 손에 달려 있다. 저들을 정복하자!
리디아에게 우리가 누구인지 본때를 보여 줄 시간이다. 공격하라!
공격하라! 저들을 반드시 정복하라!"

세상이 떠나갈 듯 큰 소리로 쩌렁쩌렁하게 외치는 고레스 왕은
청동으로 된 왕의 갑옷과 공작새 깃털이 있는 왕의 투구를 제대로
갖추어 입고, 오랜만에 전선의 최선봉에서 직접 진두지휘하고 있었
다. 그의 모습은 햇빛같이 빛나고, 그의 위엄은 하늘을 뚫고 구름을
타는 듯, 모든 군대를 단 몇 마디의 말로써 전군의 사기를 높이기에
충분하고도 남았다.

마침내 오랫동안 이 순간만을 기다려온 하르파거스 총사령관도
고레스 왕의 뒤를 이어 명령을 내렸다.

"나를 따르라! 용감하게 전진하라!"

하르파거스 총사령관의 우렁찬 목소리가 대지를 울렸다. 지금
까지와는 다른 독기를 품은 다짐이자 명령이었다. 다른 장군들도 소
리를 지르며 그의 뒤를 이었다.

사르디스 공성전

〔wikimedia〕

"앞으로! 전진하라~"

전장은 장군들의 함성으로 울려 퍼졌고, 그 소리는 두려움에 잠긴 병사들에게 힘과 용기를 실어 주었다.

"와! 와! 와!"

"포석을 발사하라! 발사!"

마다테스 장군도 마침내 공성차 부대에 명령을 내렸다. 공성차 부대원들은 오랫동안 명령을 기다렸다는 듯, 사르디스 성을 향하여 쉴 새 없이 돌 대포를 쏘아 댔다. 공성차에서 바위 덩어리와 불덩이들이 성을 향해 엄청난 속도로 날아갔다. 성벽에 부딪히는 그 순간, 성 안에서는 무수한 성벽 조각들이 무너져 내리며, 불덩이들이 사방으로 튀어 날아다녔다. 사실 공성차는 실제 전투에는 처음 사용하는 것이다. 그리스의 철학자이자 수학자인 프로타고라스에게 특별히 부탁하여 어렵사리 설계도를 받았다. 엑바타나 인근에는 제작하기에 좋은 적당한 참나무가 없어서, 리디아와의 국경에 있는 속국 길리기아에서 나무를 공급받아 그곳에서 직접 제작하게 되었다. 마다테스 장군이 일 년 전에 미리 선발대로 보내어져 길리기아에서 제작하기 시작하였고, 리디와의 전쟁에 맞추어서는 시간이 너무 촉박하여 시험 운행을 세 번밖에 해보지 못한 것이 못내 아쉬웠다.

"방어하라! 방어하라! 막아서라!"

리디아 병사들은 성벽을 막기 위해 필사적으로 앞으로 다가섰다. 사르디스 성은 그리스의 건축 공법으로 축조된 도시형 성으로 아주 튼튼하며, 성읍을 방어하기에 완벽하게 잘 지어져 있었지만 페르시아의 새로운 신무기인 공성차로 계속 쏘아대는 돌 대포에는 속수무책이었다.

"활을 쏘아라! 발사!"

궁수 부대 사령관, 아라쉬 장군의 지휘하에 궁수들은 연신 화살을 쏘아 올렸다. 궁수 부대 사령관 아라쉬 장군은 신궁이라 불리는 명사수이다. 500m 이상 떨어진 곳에 있는 적장의 가슴팍을 화살 하나로 맞추었고, 100m 떨어진 곳에서는 화살 다섯 개로 적병 다섯 명을 동시에 쓰러뜨리는 신기를 가지고 있었다. 그가 지휘하는 궁수 부대원들은 화살 하나하나에 영혼을 실어 보내듯이 진심으로 열심히 활을 쏘아 댔다. 그들의 활이 휘청거리며 날아가는 소리는 전장을 가득 채우고 있었다. 궁수들은 아라쉬 장군의 지휘 아래 대포처럼 활을 쏘아 대며 공격을 시작했다.

"돌격하라! 앞으로 전진하라!"

보병 창검 부대 사령관인 고브리야스 장군의 강력한 외침에 병사들은 길게 만들어진 사다리를 밀어 올리며 부서진 성벽 사이를 기어오르기 시작하였다.

병사들이 성벽을 오르는 동안 칼과 창이 부딪히는 금속 소리와 함성, 성벽을 오르다 떨어지는 비명이 여기저기서 들려왔다.

"와! 와! 와!"

수 없는 병사들이 고함을 지르며, 떨어지고 또 떨어졌다. 그럼에도 불구하고 계속해서 성벽 위를 향해 기어올랐다. 전투는 계속되었고, 이때 하르파거스 총사령관과 엠바스 장군은 한 무리의 리디아 병사들이 퇴각하는 것을 발견했다. 그들은 성 밖에서 1차 저지를 담당했거나 척후병임이 분명해 보였다. 그렇다면 어느 곳인가 성안으로 통하는 작은 비밀 암문이 있을 터다.

"적들이 도망치지 못하게 하라! 나를 따르라!"

하르파거스 총사령관이 불사조 전사들과 연합하여 그들을 추격하기 시작하였다. 총 1만여 명에 달하는 불사조 전사들은 페르시아 고레스 왕의 최측근 근위대이자, 가장 강력하고도 충직한 전사들로 이루어진 불멸의 특수 정예 부대이다. 하르파거스 총사령관과 그의 군대는 완강하게 버티다 퇴각하는 적의 병사들을 추격하였지만, 갑자기 위에서 나타난 리디아의 궁수들에게 역습당하고 말았다. 순간 하르파거스 장군은 함정에 빠졌음을 직감하고 급하게 소리쳤다.

"엄폐하라! 반격하라!"

그러나 순식간에 하르파거스 총사령관을 호위하던 엠바스 장군과 병사 셋이 비명을 지르며 고꾸라졌다. 이때 다행히도 불사조들이 급히 나타나 엄호하기 시작했다.

"사령관님을 엄호하라!"

그 순간, 불사조의 히다르네스 장군이 재빠르게 손에 들고 있던 방패로 하르파거스 장군을 향해 날아오는 화살들을 막아냈다. 하지만 막상 자신은 하르파거스 장군 대신 팔에 화살을 맞고 말았다. 하마터면 큰일 날 뻔한 상황이었다. 그러나 그가 제일 아끼던 엠바스 장군은 이미 왼쪽 목에 화살을 맞고 쓰러졌다. 작전을 제대로 펼칠 겨를도 없이 맥없이 당하는 게 아닌가 싶은 순간이었다. 이에 히다르네스 장군에게 손을 들어 고마움을 표시한 하르파거스는 이 사건으로 그가 자신의 생명의 은인이라며 불사조의 부사령관으로 삼았고, 평생 고마움을 표시하며 지냈다. 히다르네스 장군은 나중에 바벨론 정복 전쟁에서 불사조 사령관이 되었다. 양측은 화살과 화살을 수없이 교환하였지만, 리디아 궁수들이 위치적으로 좀 더 우위를 점하는 것으로 보였다.

"후퇴하라! 엄호하라!"

아무래도 열세를 느낀 하르파거스 총사령관이 후퇴를 명령하였다. 하르파거스 장군과 그의 군대는 서둘러 후퇴해 공격을 가까스로 피할 수 있었다.

"휴, 이런! 하마터면 큰일 날뻔했군. 아무래도 부대를 재편성하고 새로운 계획을 세워야겠군."

하르파거스 총사령관이 가쁜 숨을 몰아쉬며 말하였다.

"돌격, 앞으로! 성문을 부수어라!"

하르파거스 사령관과 그의 주력 부대가 전진하여 파성추로 성문을 부수고 있었다. 청동으로 만들어진 성문은 충격으로 흔들리지만 웬만해서는 꼼짝도 하지 않았다. 그래도 불사조들은 성문을 부수기 위해 집중적으로 공격하고 있었다. 메디아－페르시아 군대가 리디아 군대와 국제 연합군들과 충돌하면서 전투는 계속되었다.

고레스 왕은 사르디스 성을 포위하고 나서 성의 공략이 쉽지 않자, 한 가지 공표를 한다.

"사르디스 성채에 가장 먼저 오르는 자에게 큰 상을 내리겠다."

하지만 성을 방어하는 국제 연합군의 수성이 워낙 강하여 성공하는 병사가 없어 모두 단념하고 있을 때, 히로이아데스라는 병사가 리디아의 경비병이 미처 배치되어 있지 않은 남쪽 성벽의 비밀 통로로 기어올랐고, 이를 본 다른 병사들도 따라 올라갔다. 이어 수많은 병사들이 성채에 올라 성을 정복하기 시작하고, 마침내 사르디스 성의 성문이 활짝 열렸다. 그리고는 히데르네스 장군과 불사조 부대가 제일 먼저 물밀듯이 성안으로 들어가 성을 함락할 수 있었다. 제일 먼저 성벽을 올랐던 히로이아데스는 어젯밤에 성벽을 숨죽이고 바라보았던 바로 그 병사였다. 공격하여 반드시 빼앗는 것은 그 지키지 않는 곳을 치기 때문이고, 수비가 견고한 것은 그 공격하지 못하는 곳을 지키기 때문이다. 적의 허점을 노려 공격하면 반드시 이긴다는 것은 병법의 기본인 것이다.

한편, 고레스 왕은 크로이세스 왕을 죽이지 말고 생포하라고 전 군대에 명령하였으나, 그를 미처 알아보지 못하는 병사들에게 포위되어 죽을 위기에 놓인다. 이때 갑자기 성안에서 뛰어나온 그의 벙어리 아들이 기적적으로 입을 열어 외쳤다.

"그는 리디아의 크로이세스 왕이니 그를 죽이지 마시오!"

그의 다급한 외침이 아버지 크로이세스의 목숨을 구하게 된다.

크로이세스 왕은 오래전에 그의 벙어리 아들이 나중에 말할 수 있겠는지 델포이 신탁소에 물어본 적이 있었는데, 이때 델포이의 무녀들은 이렇게 말했다.

"당신의 아들이 처음으로 말하는 순간이 당신에게는 가장 암울한 날이 될 것이오."

적에게 포위되어 죽게 된 절체절명의 순간에 벙어리 아들의 외침으로 목숨을 구하기는 하였으나, 그의 왕국이 페르시아에 정복당하는 순간이었다. 오늘이 바로 그날인 것이다. 메디아 – 페르시아 군이 사르디스 성을 포위한 지 이 주만이었다. 고레스 왕이 감격하여 칼을 든 손에 힘껏 힘을 주어, 하늘 높이 치켜들고 외쳤다.

"제군들! 마침내 이제 우리는 리디아를 정복하게 되었다."

"페르시아 만세! 고레스 왕 만세!"

모든 병사들도 함께 만세를 부르며 환호하였다.

"하르파거스 장군님이 없었다면 해낼 수 없었을 겁니다."

고레스 왕이 가장 신뢰하는 하르파거스 사령관에게 몸을 돌리며 진심으로 깊은 존경을 담아 말했다.

"아닙니다. 폐하, 이 모든 승리는 폐하의 위대한 결단과 지도력덕분입니다. 폐하와 함께 할 수 있어 영광입니다."

하르파거스 장군은 자부심을 담아 답했다. 고레스 왕이 리디아를 상대로 거둔 승리는 용감함과 지도력에 대한 전설적인 이야기가 되었고, 하르파거스 장군은 그의 전술적인 리더십으로 영웅으로 칭송 받았다.

화형

결국 크로이세스 왕은 붙잡혀 쇠사슬에 묶인 채 고레스 왕 앞으로 끌려 나갔다. 원대한 제국의 큰 꿈을 가졌던 고레스 왕은 그를 살려 주었고 분봉왕으로 삼는다. 정복한 나라의 왕을 살려주고 회유하여 그를 분봉왕으로 삼는 것이 고레스 대왕의 기본 정책이었다. 그는 또한 아리아 공주도 아버지 크로이세스 왕 곁으로 돌아갈 수 있도록 해주었다. 그러나 크로이세스 왕은 처음에는 모든 것을 수긍하고, 순종하는 듯하였으나, 곧바로 이에 불복하고 얼마 후 다시 반란을 도모하다가 잡혀 결국 화형대에 오르게 된다.

"폐하, 오래전부터 반란을 꾀하다가 잡히면, 그들을 화형으로 벌하였습니다. 크로이세스 왕의 화형 집행을 허락하여 주십시오. 그래야 피정복국에서 다시는 반란을 일으키지 못할 것입니다. 또한 크로이세스에게 반란을 촉구하고, 도모한 리디아의 귀족 열네 명도 함께 화형에 처해주십시오."

하르파거스 장군은 고레스 왕이 혹여나 너무 부드러운 정책으로만 일관하여 또다시 그들을 살려 줄까 염려되어 강력하게 주장하고 나섰다. 그러나 고레스 왕도 이번에는 단호하고 엄중하게 대처하였다.

"알겠소. 그들의 화형 집행을 허락하겠소."

"충분한 장작을 준비하고 크로이세스 왕과 그의 동조자 열네 명을 함께 끌고 와라!"

하르파거스 총사령관이 휘하 장군들에게 엄하게 명령하였다.

수많은 장작들이 차곡차곡 쌓이고, 높이 솟은 십자가 장대 위에 쇠사슬로 꽁꽁 묶인 크로이세스 왕이 산 채로 올려졌다. 이 세상에서 자신이 가장 행복한 사람일 것이라는 자만과 허영심을 채우려던 크로이세스 왕은 결국 죽음을 직면하고 나서야, 오래전 그리스의 철학자 솔론이 자신에게 하였던 말이 생각났다.

'미래에 어떤 예상치 못한 일이 생길지도 모르니, 죽기 전에는 누구도 함부로 예단할 수 없습니다.' 솔론의 말을 기억하며 크로이세스가 한탄하듯 솔론의 이름을 부르며 중얼중얼거렸다.

"그래, 솔론. 당신 말이 맞았네. 솔론. 솔론! 아~ 솔론."

장작에 불이 붙고, 이제 막 활활 타오르기 시작할 바로 그때, 갑자기 먹구름이 몰려오더니 장대비가 내리기 시작했다. 지나가는 소나기였다. 갑자기 내린 비에 장작불은 꺼지고, 죽음을 바로 앞둔 크로이세스가 혼자 중얼거리는 것에 호기심을 느낀 고레스 왕은 화형 집행을 중지시키고 그에게 이유를 물어보았다.

"크로이세스여, 죽음을 앞에 둔 당신은 무슨 주문을 그렇게 외우는 것인가? 그렇다고 당신이 죽음을 면할 수 있을 것 같은가?"

잠시 생각에 잠긴 크로이세스는 솔론과의 일전의 일화를 고레스 왕에게 들려주었다. 이를 듣고 난 후 고레스는 철학자 솔론의 대답이 매우 지적이고 정확한 대답이라고 인정하였다.

"그는 과연 현인이자 철학자로구나."

"그래, 미래는 영원한 것이 없으며, 절대적으로 예측할 수 없는 것이로다."

크로이세스로부터 솔론의 철학을 전해 듣고, 이를 깨달은 고레스 왕은 앞으로 자신이 대접받고 싶은 방식 그대로, 크로이세스를 살려 주기로 하였다. 또한 그를 친구로 삼고 우정을 나누었을 뿐만 아니라 각종 전투에서는 참모로 활용하였다. 나중에는 자신의 아들인 캄비세스 2세에게도 그를 아버지와 같이 동일하게 잘 모시라고 조언까지 해주었다. 어제의 적이 오늘의 동지가 될 수 있다는 귀한 모범적인 선례이며 가르침이다. 아울러 크로이세스는 많은 페르시아 장군들과 병사들이 지켜보는 가운데, 그동안의 반역을 꾀한 것과 고레스 왕에 대한 무례함을 반성하고 용서를 빌었고, 특히 같이 공모를 하였던 자신의 신하들은 자신이 반란을 부추긴 것이니 그들을 용서해 달라고 간청하였으나, 고레스 왕은 이 요청만은 단호히 거절하였고, 귀족 열네 명의 화형을 바로 집행하였다. 화형 집행을 면한 크로이세스는 고레스 대왕이 리디아 왕국의 화폐 제도를 페르시아에 적용할 수 있게 도와주었고, 그 결과로 페르시아는 더욱 크게 번영하였다.

한 번은 크로이세스가 길을 가다가 페르시아 병사들이 리디아인들을 상대로 약탈하는 것을 보았다. 그 후 고레스 왕을 만난 크로이세스는 크게 질타하였다.

"왕이시어! 그대들은 어찌하여 그대들의 것을 약탈하는가?"

내용을 들은 고레스 왕은 얼굴이 빨개지며 크로이세스에게 재발 방지를 약속하였다. 고레스 왕은 정복한 국가에서 병사들의 약탈을 금지하고 이를 군법으로 엄하게 다스렸지만, 일부 병사들의 일탈을 완전히 뿌리 뽑을 수는 없었다. 이로써 고레스 왕과 그의 군대는 어렵고도 도전적인 리디아를 정복하는 여정을 완수하였다.

그들은 역경에 직면했을 때 용기와 결단력과 힘을 보여주었다. 고레스 왕의 군대는 승리의 함성을 지르며 리디아의 수도 사르디스에 입성했다. 리디아 사람들은 두 팔 벌려 그들을 환영했다. 그는 리디아 사람들을 존경심과 친절로 대했고, 잘 보살폈다. 또 그들이 무엇이 필요한지를 먼저 확인했다. 페르시아는 리디아를 정복함으로써 서쪽 끝으로 지중해까지 패권을 넓히게 되었을 뿐만 아니라, 리디아의 부를 기반으로 엄청난 군자금을 확보하게 되고, 고대 근동의 새로운 주인이 되어 정복 전쟁을 활발하게 나설 수 있게 된 것이다.

크로이세스는 당대 최고의 부자로서 자신의 재산을 무척이나 자랑스럽게 여기는 리디아의 왕이었다. 그의 궁전은 희귀한 최상품으로 가득 차 있어서 바라보는 이들로 하여금 그 아름다움에 빠지게 하였다. 또한 모든 나라에 금과 은이 넘쳐날 정도로 번영했던 리디아 왕국엔 크로이세스 왕 때문에 '크로이세스만큼 부자'라는 말이 떠돌기도 하였다.

어느 날, 그리스의 현자인 철학자 솔론은 이오니아 등 지중해 연안의 여러 그리스 도시 국가를 방문하던 중 리디아의 수도 사르디스 성에 이르러 거리를 홀로 거닐고 있었다. 이 소식을 들은 크로이세스 왕은 솔론을 궁전으로 초대하였다. 솔론은 크로이세스의 친절한 초대에 기꺼이 응하여 사르디스 왕궁을 방문하였다.

"세상에서 가장 부유한 사람인 내가 세상에서 가장 현명한 사람인 솔론과 이야기하는 것은 정말 멋있는 일이 될 거야."

크로이세스는 교만한 생각으로 우쭐하였다. 왕은 자신이 그토록 자랑스러워하던 보석, 가구, 아름답게 꾸민 정원 등 수많은 재산을 솔론에게 보여 주었다. 아울러 크로이세스는 솔론을 위하여 특별한 만찬을 준비하였고, 그 자리에서 자신의 부와 재물에 대해 우월감을 드러냈다. 궁전 안에서는 황홀한 분위기가 흐르며, 크로이세스는 자신의 재물과 재산을 자랑하며 솔론을 감탄케 하였다.

"솔론이여, 누가 이 세상에서 가장 행복한 사람 같습니까?"

허영심으로 가득한 크로이세스가 솔론에게 물었다.

"아테네에 사는 텔루스입니다."

실망한 크로이세스는 이유를 물었다.

"왜 그렇지요? 이유를 말씀해 주시겠습니까?"

"텔루스는 자녀들이 최고의 교육을 받도록 애쓴 좋은 아버지였습니다."

솔론은 의외의 설명을 했다. 텔루스는 자녀들을 훌륭하게 교육했지만, 늙은 그는 홀로 아테네 군대에서 전사했기 때문에 그를 높이 평가한 것이었다. 이에 짜증 난 크로이세스는 또다시 물었고 잠시 고민한 솔론은 대답했다.

"텔루스 외에 가장 행복한 사람은 누구입니까?"

"가난했지만 어머니를 잘 모시다가 죽은 젊은 아테네인입니다."

솔론은 가장 행복한 세 사람의 예를 통하여 '충'과 '효'와 자녀 '교육'의 중요성을 강조한 것이었다.

"이 세상에서 가장 부유하고 모두가 잘 사는 왕국을 통치하는 리디아의 왕인 나 크로이세스가 왜 가장 행복한 사람이 아니란 말인가?"

크로이세스는 결국 이성을 잃고 따져 물었다.

"미래에 어떤 예상치 못한 일이 생길지도 모르는 것이니, 죽기 전에는 함부로 예단할 수 없습니다."

솔론은 과도한 재산과 부의 중요성을 부정하지는 않았지만, 철

크로이세스 왕과 철학자 솔론

©Claude Vignon 『Croesus and Solon』(wikimedia)

학적인 신념을 가지고 있었고, 아직 끝나지 않은 크로이세스의 부와 재산이 진정한 행복과 만족을 가져다주지 않을 수도 있음을 말하였다. 솔론은 인간의 내면적인 가치와 현명한 행동, 그리고 더 큰 의미가 있는 삶을 추구하는 것이 더욱 중요하다고 말하였다. 크로이세스는 불쾌하고 솔론의 말에 동의하지 않았지만 친절하게 말했다.

"현자이신 솔론이여! 우리는 언제든지 당신의 방문을 환영하니, 부디 다시 한번 방문해 주시오."

그리고 화형 집행장에서 비로소 솔론의 말을 깨달은 크로이세스는 계속해서 중얼거릴 수밖에 없었다.

"그래, 솔론. 당신 말이 맞았네. 솔론. 솔론. 아~ 솔론!"

아리아 공주

크로이세스 왕의 딸이었던 리디아의 아리아 공주는 고레스 왕의 신임 받는 조언자로서 그의 곁에서 충실히 일하게 되었다. 그녀는 고레스 왕의 지혜와 지도력에 감탄하였고, 그의 궁정 일원이 된 것에 감사했다. 어느 날, 아리아 공주는 고레스 왕과 함께 궁전의 정원을 산책하며 대화를 나누고 있었다. 이들은 왕과 조언자, 그리고 가장 믿을 수 있는 동반자로서 서로 깊게 이해하고 있었다.

"왕께서 이번 정복에서 가장 감명 깊으셨던 것은 무엇인가요?"

아리아 공주는 그의 내면을 알고 싶어했다. 그녀는 고레스 왕의 통찰력과 지혜에 감탄하며, 그의 성공 비결을 알고자 하였다. 고레스 왕은 햇살 가득한 고요한 정원을 바라보며 잠시 생각에 잠겼다. 그리고는 천천히 입을 열어 말했다.

"내가 가장 깊게 감명받은 것은, 리디아 사람들입니다. 희생하고 고통을 겪었음에도 불구하고, 그들은 이곳에서 긍정적인 자세로 우리를 맞이하여 주었습니다."

아리아 공주는 고레스 왕의 말에 마음이 따뜻해졌다. 그녀는 그 순간 왕의 올곧은 가치관과 리더십에 감동했다.

"정말 대단하십니다. 고레스 대왕이시어. 여러 사람의 마음을 얻고 그들과 연결하는 능력은 참으로 훌륭하시군요. 이것이 바로 왕이라는 존재의 빛나는 가치입니다."

고레스 왕은 그녀에게 고개를 숙여 고마움을 표했다.

"나는 단지 나 자신의 이익을 위하여 힘을 발휘하는 것보다, 이런 순간들을 위하여 힘쓰는 것이 훨씬 더 중요하다고 믿습니다. 인간의 마음은 소중한 보물이며, 그들과의 연결은 더 큰 성취와 만족을 안겨줍니다."

아리아 공주는 그의 말에 깊은 공감을 느끼며, 두 손을 가슴에 올려 감사의 표시를 하였다.

"저는 이렇게 폐하와 함께 일할 수 있어 영광입니다. 우리의 길은 아름다운 인연으로 연결되어 있으며, 리디아와 페르시아 왕국은 서로에게 영감을 주고 힘을 실어주는 것 같습니다."

자연스럽게 이야기를 나누며 걸어가던 아리아 공주는 자기도 모르게 자신이 고레스 왕의 손을 잡고 있다는 것을 뒤늦게 알아차리고 깜짝 놀랐다. 이에 고레스 왕은 빙그레 웃으며 아리아 공주를 사랑스럽게 바라보았다. 정원에는 그들의 만남 같이 향기로운 꽃들이 피어 있었고, 햇살은 그들의 대화를 더욱 따뜻하게 비추고 있었다. 이 순간은 둘의 마음속에서 영원히 간직될 아름다운 추억이 되었다.

"왕이시어, 제가 할 수 있는 일에 최선을 다할 것입니다. 지금부터는 폐하의 성공은 곧 저의 성공이기도 하답니다."

그들은 서로의 말에 귀 기울이고, 서로를 존경했다. 뿐만 아니라 그들은 각자의 역할을 다하면서 서로를 지원했다. 리디아 왕국은 고레스 왕의 통치와 아리아 공주의 자문 아래 더욱 번영했다.

관대한 고레스 왕의 정복 국가 정책은 리디아 민족도 차별하지 않았다. 같은 아리우스 민족에게 그랬던 것처럼 그는 정복 후 비아리우스계 리디아인들에게도 포용 정책으로 대우하였다. 그리고 그는 리디아 궁전에 있는 금고를 페르시아로 약탈하지 않고 남겨 두었다. 금고에는 수많은 금과 금화들이 가득하였으나 전쟁 비용과 세금만을 거두어 가고 나머지는 다 남겨 둔 것이다. 이런 결단은 신하들도 깜짝 놀라게 하였는데, 메디아의 정복 때와는 확연히 다른 특별한 처우였던 것이다. 그것은 아마도, 고레스 왕에게 특별히 협조적이었던, 아리아 공주에 대한 왕의 배려와 애착이었는지도 모르겠다.

리디아 왕국의 금화들

소아시아

고레스 왕이 리디아를 정복하자마자, 이오니아와 아이올리스에 있는 도시 국가들이 자발적으로 페르시아에 복종하겠다며 사자를 통해 화친의 편지를 보내왔지만, 고레스는 그들의 행동이 오히려 더 괘씸하게 보였다. 리디아를 공격하기 전에 모든 그리스의 도시 국가에 도움을 요청하였으나, 이를 무시하고 모른 척하고 있다가 페르시아의 승리가 확정되고 나니, 이제야 머리를 숙이고 오는 그들에게 화가 날 수밖에 없었던 것이었다. 이 소식은 순식간에 이오니아의 인근 도시 국가들에 전달되고, 이오니아의 각 지도자는 한곳에 모여 대책을 의논하게 되었다. 그러나 페르시아와 이미 협정을 맺고 있던 밀레토스만이 이 모임에 참석하지 않는다. 한곳에 모인 이오니아인들은 그리스의 도시 국가 중에서 가장 강력한 군사력을 가지고 있는 스파르타에게 도움을 요청하기로 하였다. 그러나 스파르타는 자국의 정복 원정으로 인하여, 파병을 거부하였고, 그 대신 그들 도시 국가의 존경을 받고 있는 나크리네스라는 자를 고레스 왕이 머물고 있는 리디아의 사르디스 성으로 파견하여 사자로 보내기로 하였다. 그러나 화친하기 위해 사르디스로 간 나크리네스는 경고성 발언을 하고 말았다.

"만일, 당신들 페르시아가 이오니아를 공격한다면 스파르타는 이를 결코 좌시하지 않겠다."

　이것은 고레스를 더욱 화나게 하였고, 그를 더욱 자극하게 된다. 사실 고레스는 그때까지도 스파르타의 존재를 알지 못 했다. 그는 도리어 시종에게 묻기도 했다.

　"스파르타가 도대체 어떤 나라인가?"

　그는 이제 이오니아를 넘어 그리스까지 정복할 마음을 가지게 되었다. 다행히 지금의 그는 바벨론 정복이 더 우선인지라, 그리스와 이오니아는 뒤로 젖혀 두고 다시 바벨론을 향하여 동쪽으로 떠나면서 연합군의 사령관이었던 마자레스에게 아나톨리아 동부에 해당되는 이오니아 지역, 즉 소아시아 일대의 정복을 맡겼다. 그러나 마자레스 사령관이 전선에서 병사하게 되자, 할 수 없이 하르파거스 장군이 다시 그의 후임자가 되어 이오니아 정복을 총괄 지휘하는 총사령관이 되었다.

　한편, 이오니아에게는 리디아 - 페르시아 전쟁에 참전하지 않은 책임을 물어 합병을 요구하였으나, 이오니아의 강력한 반발로 결국은 정복 전쟁을 하게 되었다. 하르파거스 사령관이 가장 먼저 공격한 곳은 '포카이아'였다. 포카이아는 예로부터 동서로 항해하는 모든 선박이 모여드는 유명한 항구 도시로서 멀리는 이베리아 반도와 아프리카에서도 항해하는 배들이 들어오는 큰 항구 도시 국가였다.

　"그들은 떠오르는 신흥 제국이다. 우리는 페르시아에게 상대가 되지 않을 것이고, 우리 모두 반드시 몰살당할 것이다. 그러니 차라리 새로운 삶을 찾아 이곳을 떠나 다른 항구를 찾아 정착하자."

　포카이아는 이렇게 스스로 판단하고는, 모든 시민들과 재산을 배에 나누어 싣고 포카이아를 버리고 떠나 버렸다. 텅 빈 포카이아를 손쉽게 차지하고 난 후, 하르파거스 총사령관은 나머지 이오니아 국가들도 정복하였다. 어차피, 페르시아의 입장에서는 에게해 쪽의 해안 도시 국가들을 모두 정복하여야 진정한 마무리나 다름없었다.

전술의 명장 하르파거스 장군은 그리스의 도시 국가들의 성을 차례로 공격하면서 기묘한 전술을 도입하였는데, 바로 그리스인들을 막강한 전투력으로 공격하여 그들을 성벽 안으로 몰아넣은 다음, 그 바깥에 흙으로 토산을 쌓아 올린 후, 성벽을 넘어 공략하는 것이다. 이것은 세계 전쟁 역사에 길이 남을 최초의 토목적인 공법이었다. 이 토산을 쌓아 공격하는 방법은 후에 로마군이 이스라엘의 마사다 요새를 공격 할 때, 3년 동안 줄기차게 공격하다가 실패하고 결국은 마사다 요새의 꼭대기까지 토산을 쌓아 공격하였는데, 이는 모두 이때 배운 공격법이었다. 하르파거스 장군은 포카이아와 테오스를 정복한 후, 남하하여 카리아, 카우노스, 페데사, 리키아, 크산토스 등을 모두 차례로 정복하였다. 특히 크산토스의 저항은 참으로 격렬했다. 그곳의 시민들은 패배에 직면하게 되자 자신의 처자식들과 노예 및 재산까지 모두 아크로폴리스에 모아 놓고, 불을 질러 태워버린 후에 그 자신들도 모두 페르시아 군과 끝까지 싸우다가 전멸당했다. '배수지진'이 아닌 '배화지진'으로 항전하였으나, 이로 인하여 크산토스는 결국 한 명의 생존자도 남기지 못한 채 이 세상에서 완전히 사라져 버리고 말았다.

고레스 대왕은 이처럼 이오니아의 그리스 도시들을 차례로 정복한 후 하르파거스 장군을 이오니아의 총독으로 임명하려 하였으나, 그는 극구 사양했다.

"본인은 총독의 직책과 임무에 전혀 적당하지 않습니다."

대신 '사트라프'라는 현지 총독제도를 추천하였고 임명된 사트라프가 총독의 직책을 수행하였다. 이후 그는 고향인 메디아의 엑바타나로 돌아와 살았고 그도 이제는 나이가 들어 예전 같지는 않았다.

아스티아게스 왕의 충실한 신하의 관계로 시작하여 한 시대를 풍미했던 하르파거스 장군의 지혜와 전술은 고레스 왕에게는 수많은 전쟁에서의 승리를 가져다주었고, 적어도 이란 지역에서는 고레스 왕 다음 가는 명성과 존경을 받게 되었다.

역사

고대 바빌로니아는 원래 수메르인들과 아카드인들로 구성된 제국이었다. 메소포타미아 지역의 티그리스 강과 유프라테스 강 유역에 비옥한 땅을 가지고 있었고, 상업적으로도 동서를 가로지르는 동서무역의 통로에 위치한 좋은 조건을 가지고 있었기에, 타민족들의 침입을 지속적으로 받아오고 있었다. 고대 바빌로니아는 바벨론을 중심으로 수메르 이후 오랫동안 도시 국가들로 나누어져 있던 주변에 있는 여러 나라들을 정복하게 되면서, 고대 바빌로니아 제국을 건설하게 되었다. 고대 바빌로니아의 여섯째 왕인 함무라비 왕은 메소포타미아 전역의 패권을 장악하였는데, 그는 다방면으로 유능한 왕이었다. 그는 문화의 부흥을 일으켰고, 법전을 만들어 제국을 공정하고도 확고하게 통치하였는데 이는 세계 최초의 법전으로 '함무라비 법전'이라고 한다.

바벨론은 동쪽으로부터는 페르시아를 통하여 들어오는 인도, 중국의 물품들과 서쪽으로부터는 이집트, 시리아, 유다까지 아우르는 무역이 성황을 이루었다. 고대 바빌로니아는 북쪽으로는 하란, 나가르, 남쪽으로는 엘람, 이신, 우르크 등의 여러 도시 국가들과 마리 왕국까지 정복하고 서쪽으로는 지중해까지 그 영토를 확장하였다. 이렇게 세력을 넓혀가던 고대 바빌로니아는 이집트의 힉스인들로 구성된 카사이트에 의해 멸망하게 되었고, 결국은 카사이트 왕조가 세워지게 된다. 그러나 카사이트의 지배권과 영향력은 머지않아 축소되기 시작하여 서아시아에서 패권을 잃게 되었고, 나중에 그들은 오로지 서쪽으로만 치우쳐 이집트 인근의 통치에만 전념하게 되었다. 그리하여 앗시리아의 일부 상류층 귀족이 바벨론을 자연스럽게 다시 회복시켜 유지되어 오다가, 앗시리아로 편입되면서 완전히 해체되었고 바빌로니아는 앗시리아의 속국이 되어 버렸다.

그러나 그때, 앗시리아의 폭정에 견디지 못한 바빌로니아의 갈데아 사람 나보폴라살이 메디아 왕국의 프라오르테스 왕과 연합하여 반란을 일으키어, 앗시리아의 마지막 왕 아슈르바니팔을 제거하고 신바벨론 제국을 건설하였다. 그는 통치 초기에 왕궁 수리와 더불어 아들 느부갓네살에게 왕권을 선포하였다. 이후 나보폴라살은 바벨론으로 돌아갔으나 느부갓네살은 계속 남아서 이집트와의 갈그미스 원정 전쟁을 하게 된다. 갈그미스 전투는 느부갓네살이 이집트 세력을 꺾고 바벨론의 영토를 확장하는 중요한 전투였다. 이 대규모 전쟁에서 이집트에 승리하고, 곧이어 유다 왕국, 예루살렘 성을 공격하여 삼 개월 동안 성을 약탈하고 불 지르면서 전쟁의 선봉에 섰다. 그러나 바벨론으로 돌아갔던 나보폴라살이 갑자기 죽자, 그는 예루살렘에서 약탈한 것들과 포로들을 데리고 바벨론으로 급히 돌아갔다. 앗시리아를 점령하고 난 후, 서아시아는 메디아, 갈데아 왕조의 바벨론, 리디아, 카사이트 왕조의 이집트, 이렇게 4대 왕국으로 팽팽한 세력 다툼을 펼치고 있었다. 바벨론의 느부갓네살 왕은 이 균형의 패권을 잡기 위하여, 메디아의 키악사레스 왕의 딸인 아미테스 공주와 결혼하여 '혼인 동맹'을 결성하였다. 이후 앗시리아를 공격해서 이집트 세력을 제압하였고, 아울러 이집트의 영향권 아래에 있던 남유다 왕국도 격파하여 정복하게 되었다. 바벨론의 초대 왕 나보폴라살의 뒤를 이은 아들 느부갓네살 왕은 뛰어난 지도력과 통치력으로 페니키아를 정복하여 합병하여 영토를 크게 늘리는 등 신바벨론을 다시 한번 세계 문명의 중심지로 만들었다. 바벨론 왕국 이 세워지고 오십 년도 채 못되어 세계 제일의 강대국으로 성장시킨 느부갓네살 왕은 왕자 시절부터 이미 군사적인 능력을 발휘하여 앗 시리아의 잔존 세력들을 물리친 다음, 레반트를 점령하였다. 군소국 가의 정복과 상업 독점으로부터 들어오는 막강한 재정으로 그의 사 십삼 년간의 통치 기간은 황금 시기를 이루었다. 당시 느부갓네살은 수도인 바벨론에 신전과 제단을 쌓았는데, 신들의 여왕인 이시타르 를 위한 제단을 180여 곳에 세웠으며, 고대의 7대 불가사의 중 하나 인 공중 정원을 세우기도 하였다.

　느부갓네살 왕이 죽고 난 후에는 페르시아의 고레스 대왕에게 함락되기까지 바벨론은 이십일 년 동안 대혼란을 겪었다. 느부갓네 살 왕 사후, 그의 아들 에윌므로닥이 순조롭게 왕위를 승계하지만 이 년 만에 느부갓네살의 사위인 느리게랏살이 반역을 일으켜 에윌 므로닥을 살해하고 왕위를 찬탈하였다. 느리게랏살이 사 년을 통치 하다가 전쟁에서 죽음을 맞이하게 되고 그의 아들 라보로소 알코드 가 왕위에 오르지만 저능아였던 그는 일 년도 채 되지 않아 느부갓 네살의 또 다른 사위인 나보니두스의 주변 사람들에게 맞아 죽고, 왕위에 오른 나보니두스는 느리게랏살의 딸인 처조카와 결혼을 하 였다. 거기에서 얻은 아들이 벨사살 왕이었던 것이다. 메디아는 프 라오르테스 왕이 앗시리아와의 전쟁 중에 전사하자 아들인 키악사 레스가 곧이어 메디아의 왕위를 물려받았다.

한편, 유다는 가나안 남부를 부르는 지명으로, 구약 성서에서는 야곱의 아들 이름이었다. 이스라엘의 열 두 지파 중 하나이며, 유다 왕국과 유대교 등의 이름이 여기에서 유래되어 왔다. 북이스라엘이 앗시리아 제국에 정복당하고 얼마 지나지 않아서, 앗시리아는 바벨론의 나보폴라사르와 메디아의 프라오르테스의 동맹군에게 멸망한다. 이와 더불어 이집트의 바로, 느고 왕은 군대를 이끌고 갈그미스로 진군하여 느부갓네살과 전쟁하는데, 이 과정에서 유다왕 요시아가 바로 느고와 싸우러 나갔다가 므깃도에서 죽게 된다. 이로 인해 유다는 잠시 이집트의 통치 아래 들어가게 되었고, 바로 느고는 요시아 왕의 뒤를 이은 여호아하스를 3개월 만에 폐위시켜 이집트로 잡아가고, 그의 동생 여호야김을 왕위에 앉혔다.

느부갓네살 왕은 갈그미스 전투에서 어렵게 승리하고 이집트를 정복하였고, 곧바로 그의 재위 원년에 유다를 침공 하였다. 느부갓네살 왕은 성경 다니엘서에 자주 등장하는데, 선지자 다니엘이 섬긴 바벨론의 아홉 명의 왕 중 가장 악명이 높았다. 그 후 앗시리아, 유다를 차례로 정복할 때에는 예루살렘 성을 무너뜨리고, 유대인 1만여 명의 엘리트들, 병력과 성벽 쌓는 기술자들, 목수들까지 포로로 삼아 바벨론으로 데려갔다. 또한 성전에 있던 모든 금, 은 기명(器皿)들, 언약궤의 장대 등, 왕궁의 보물들을 약탈하여 바벨론에 있는 그들이 섬기는 신들의 여왕인 이시타르의 '달의 신전'으로 가져갔다. 이것이 바로 그 바벨론 유수이다.

이에 지금까지는 이집트에 조공을 바쳐 오던 유다는 이제는 바벨론의 속국이 되어 바벨론에게 모든 것을 빼앗기고 조공을 바치게 되었다. 이때가 여호야김 재위 사 년이었고, 예레미야 선지자와 바룩은 지난 사 년 동안 줄기차게 이를 미리 경고하였으나, 여호야김

바벨론의 유수

왕은 예레미야가 보낸 경고성 예언인 두루마리를 읽고 나서 모두 칼로 찢고 난롯불에 던져 불태워 버리고 이를 무시하고 말았다.

결국, 여호야김 재위 사 년째에 바벨론에 완전히 정복당하였고, 칠 년 후에 다시 반란을 일으켰으나, 바벨론의 파견 군대가 반란을 시도하던 여호야김 왕을 바벨론으로 데려가서 죽여 버린다. 왕의 시체는 나뒹굴어 아무도 손 볼 수 없도록 처참한 결과를 맞이한다. 여호야김 왕은 스물다섯의 나이에 갑자기 얼떨결에 망해가는 유다의 왕이 되었다가, 원정을 온 이집트 왕에게 사로 잡혀 이집트의 속국으로 전락하고 조공을 바치기 시작하였으니, 참으로 기구한 운명이었다.

이에 유다 왕국은 할 수 없이 삼 개월 후에 열여덟밖에 되지 않은 그의 아들 여호야긴을 새 왕으로 세웠지만, 바벨론의 느부갓네살 왕은 그마저도 폐위시켜 버리고 그의 어머니와 함께 바벨론으로 끌고 갔다. 모든 것을 다 빼앗긴 유다 왕국! 이제 다스릴 것이 무엇이 남아 있겠는가만은, 그래도 바벨론으로 유배를 간 조카를 대신하여 어쩔 수 없이 그의 삼촌 '맛다니야'가 왕위에 올라 이름도 시드기야로 바꾸어 부르게 하였다.

시드기야 왕은 왕위에 올라서 처음 사 년은 바벨론의 식민 정책에 잘 순응하는 것 같이 보였다. 그러나 그는 예루살렘에서 에돔, 모압, 암몬, 두로, 시돈의 왕의 사절단들을 극비리에 비밀 국제회의에 초대하여 반란을 모의하려 하였는데, 갑자기 초대받지 않은 예레미야 선지자가 소에 거는 멍에를 쓰고 나타나서, 독립은 꿈도 꾸지 말라는 선포를 하였다.

"이 모든 시련과 멸망은 하나님이 미리 예정하고 지시하셨다. 바벨론의 속국 정치는 70년이니, 70년 후에나 너희가 예루살렘으로 다시 돌아오리라."

예레미야가 목에 맨 멍에는 '구속'이란 뜻을 표현한 것이다. 결국 이 반란 도모 사건을 알게 된 바벨론의 느부갓네살 왕은 시드기야 왕에게 경고하기 위해 그를 바벨론으로 소환하였다. 강력한 경고를 받고 돌아온 시드기야 왕은, 그러나 재차 에돔, 암몬 등 친 이집트 나라들과 동맹을 맺고 바벨론에게 반역을 꾀하였고, 느부갓네살 왕은 유다 왕국을 다시 공격하였다. 이것이 느부갓네살의 3차 침공이었다.

이때 유다는 1년 6개월을 버텼지만, 예루살렘 성과 솔로몬 왕이 세운 솔로몬 성전은 완전히 파괴되어 버리고, 4만 8천여 명의 나머지 백성들 마저 거의 다 포로로 잡혀갔다. 느부갓네살 왕은 시드기야 왕을 사로잡고 결박한 채, 이번에는 그가 보는 앞에서 그의 사랑하는 두 아들을 비참하게 죽여 버렸다. 눈앞에서 두 아들의 죽음을 목격한 시드기야 왕은 크게 소리 지르며, 숨도 제대로 쉬지 못하면서 울부짖었다. 자신이 원하는 모든 것을 할 수 있었던 유다의 왕 시드기야는 이젠 두 팔이 묶인 채로 아들의 죽음을 하염없이 바라보며 아무것도 할 수 없는 자신이 너무나도 비참했다. 이제야 예레미야 선지자의 경고를 기억해 내지만, 너무 늦었다. 그는 두 눈을 부릅뜨고 느부갓네살 왕을 노려보며 외쳤다.

"느부갓네살이여! 그대는 하나님이 두렵지도 않은가? 나는 비록 아무것도 할 수 없는 포로이지만, 나의 하나님 야훼께서는 반드시 너를 벌하시고, 너는 광야로 쫓겨 나리라!"

그러나 느부갓네살 왕은 울부짖으며 노려보는 시드기야 왕의 두 눈도 뽑아 버린 뒤, 쇠사슬로 묶어 다른 유대인 포로들과 함께 바벨론으로 끌고 갔다. 이후 시드기야 왕은 결국 감옥에서 1년 만에 사망하게 되었고 남유다의 마지막 왕으로 기록되었다. 이로써 공식적으로 남유다는 사라지게 되었다. 붕괴되고 망가지고 끌려가고 약탈당한 텅 빈 예루살렘! 그래도 이를 다스려야 하니 할 수 없이 총독으로 그달랴를 세웠으나, 그마저도 바벨론의 총독 정치에 반감을 사고, 앙심을 품은 이스마엘에 의하여 두 달 만에 암살되고 말았다.

그 후 남아 있던 백성들은 요시야 왕 때부터 시작되어 오십여 년간 계속된 전쟁의 공포와 잔혹한 바벨론의 왕들을 두려워하여, 조상 때에 모세와 함께 간신히 벗어났던, 이집트로 다시 돌아가서 살게 되었으나 이집트에 가서도 우상 숭배는 여전히 계속되었다.

한편 어머니와 함께 포로로 잡혀간 여호야긴 전 왕은 다행히 먼 인척이었던 다니엘 총리의 도움을 받아서 특별 사면을 받고 석방되어, 왕족으로서 대우받고 연금도 받으면서 남은 삶을 바벨론에서 잘 살아가게 되었다. 그의 손자는 후에 바벨론의 한 주의 주시사가 되었고, 나중에 고레스로부터 유다 총독으로 임명받아 이스라엘 민족을 예루살렘까지 인도하여 간 스룹바벨이었다.

다니엘

고레스 왕이 바벨론을 함락 시키기 칠십 년 전, 예루살렘을 침공한 느부갓네살은 아버지 나보폴라살이 바벨론에서 죽었다는 연락을 받고, 급하게 바벨론으로 돌아가게 되었다. 이때 느부갓네살은 성전의 기물 가운데 일부를 약탈하여 바벨론으로 가지고 갔다. 뿐만 아니라 이스라엘의 왕과 귀족의 자손 가운데 몸에 흠이 없고, 용모가 잘생기고, 모든 일을 지혜롭게 처리할 수 있으며, 지식과 통찰력이 있어 왕궁에서 왕을 모실 능력이 있는 소년들을 바벨론으로 데리고 간다. 그리고 그들에게 바벨론의 언어와 문학을 가르치게 하였다. 아직 유다가 망하기 전, 1차 포로로 끌려간 사람들이었다. 이를 바벨론 유수라고도 불렀다.

키가 크고 준수한 용모를 지닌 다니엘은 유다의 왕족 출신으로 요시야 왕 때 궁정에서 성장하였다. 예루살렘이 멸망하며 그의 나이 불과 열세 살에 다른 소년들과 함께 선택되어 먼 사막 길을 따라 포로로 끌려갔다. 느부갓네살 왕은 그들에게 갈데아의 학문과 언어를 가르치게 하는데, 당시 바벨론은 갈데아어를 사용하고 있었다. 이때 끌려간 다니엘과 사드락과 메삭과 아벳느고는 3년 동안 교육받고 뛰어남을 인정받아 바벨론의 왕이 있는 왕궁에 머물게 되었다.

"저희는 다른 신에게 제사를 지낸 음식은 먹지 않습니다."

다니엘은 비록 어렸으나 그의 신앙은 확고하였다. 그들은 왕이 주는 고기와 포도주를 먹지 않았으나, 다른 소년들보다 더 윤택하였다. 그러므로 하나님이 네 소년에게 지식과 학문과 재주에 명철을 더 하시었고, 특히 다니엘에게는 이상과 꿈을 해석할 수 있게 하셨다. 왕이 그들을 불러 말하여 보니, 그들보다 더 뛰어난 자가 없었다. 그리하여 그들로 하여금 왕을 모시게 하고 왕이 그들에게 모든 일들을 물으니, 그 지혜와 총명이 온 나라 박수와 술객보다 열 배는 뛰어났다.

한편, 느부갓네살이 왕위에 오른 지 이 년이 되는 해에 이상한 꿈을 꾸었고 그로 인해 잠을 이루지 못하였는데, 그 꿈을 해몽하기 위해 마술사와 주술가, 점쟁이, 점성가들을 불러 해석하라 하였으나, 그들은 해몽하지 못하였다. 아니, 도저히 할 수 없었다. 왕 자신도 기억나지 않는 꿈을 어떻게 말하며 해석을 할 수가 있겠는가?

"폐하, 저희에게 꿈 내용을 알려 주시면, 마땅히 해몽해 드리겠습니다."

불려 온 이들이 왕에게 꿈을 말해줄 것을 요청했으나 왕은 전혀 말할 수 없었다. 그러자 그들이 이렇게 말하였다.

"왕의 꿈을 해몽할 사람은 아무도 없으며, 다만 신만이 그 일을 왕에게 알려드릴 수 있을 겁니다."

이에 왕은 크게 화내며, 바벨론의 박사와 박수들을 모두 죽이라 명령 내리게 되었다. 왕의 신하들은 그의 세 친구도 박사들과 함께 죽이려 찾고 있었다. 그러자 이를 안타깝게 여긴 다니엘은 왕의 시위대 장관 아리옥을 찾아가 자신이 왕의 꿈을 해몽할 테니 시간을 줄 것을 요청하였다. 그리고 아울러 다니엘의 세 친구 사드락과 메삭과 아벳느고에게 기도해 줄 것을 요청하였다.

"나는 오늘 밤 하나님께서 나에게 이 비밀을 알게 해 주시기를 간구하는 기도에 들어가네. 오늘밤에 자네들도 이를 위하여 합심 기도를 부탁하네."

그날 밤 기도 중에 환상을 보고 왕의 꿈의 뜻을 알게 된 다니엘은 꿈을 해몽하기 위해 느부갓네살 왕 앞으로 담대히 나아갔다.

"폐하! 만세수를 누리소서. 폐하의 꿈, 그 비밀을 알려 주시는 분은 오직 하늘에 계시는 하나님뿐이라는 것을 아뢰옵니다. 하나님께서 왕에게 앞으로 일어날 일을 알려주기 위해 꿈을 꾸게 하셨습니다. 왕께서 본 거대한 형상의 머리는 금이고 가슴과 팔은 은이고, 배와 넓적다리는 구리, 다리는 철, 발은 흙이 섞인 철로 되어 있었습니다. 그런데 산에서 잘려 나온 돌 하나가 힘이 약한 발 부분을 쳐서 그 형상을 부수고 가루로 만들어 버렸습니다."

다니엘은 왕의 꿈에 대해 자신 있게 말하였다. 느부갓네살이 본 꿈과 다니엘의 해몽은 이러하였다. 느부갓네살이 본 거대한 신상의 머리는 금이었다. 금은 금이 많은 나라 바벨론을 말하는 것이었다. 신전에 있는 우상들과 기구들은 모두 금으로 만들어졌고 그 금의 무게가 약 20톤이 넘는다. 순금처럼 부귀영화를 누린 바벨론이었지만, 그 나라는 오래가지 못했다.

두 번째 은의 나라는 페르시아였다. 역사적으로 보면 페르시아는 은으로 세금을 거두었고 은이 화폐로서의 가치를 가진 나라였다. 금나라인 바벨론이 망하고, 은나라인 페르시아 제국이 세워졌지만, 약 이백 년 만에 페르시아도 망하고 말았다.

세 번째 나라는 놋의 나라, 그리스였다. 그때에 알렉산더 대왕이 등장하였고 알렉산더는 놋 제련 기술을 발전시켰다. 그래서 군인들이 쓰는 투구, 창, 방패 등 무기를 청동으로 만들어 막강한 군대를 갖추게 되었다. 그리고는 알렉산더는 스무살에 대왕이 되어 세계 역사상 가장 짧은 기간에 페르시아와 인도의 갠지스강, 유럽까지 정복하게 되었다. 하지만 알렉산더 대왕은 젊은 나이에 요절하고 만다.

그 후 나라가 분열되면서 네 번째 나라가 등장하게 되었다. 바로 철의 나라, 로마다. 로마는 약 천 년간 지속된 나라였는데, 마지막 통치 기간에 다리가 두 개인 것처럼 동로마와 서로마로 갈라지게 되었고, 발가락이 열 개인 것처럼 뿔뿔이 갈라지고 흩어지게 되었다.

"이는 형상의 각 부분이 금으로 된 머리 바벨론을 필두로 오랜 세월에 걸쳐 등장할 세계 강국들을 상징합니다. 마지막 강국이 이 악한 세상을 통치할 때 그 왕국은 이 세상의 모든 정부를 영원히 통치할 것이며, 그때에는 하나님의 왕국이 행동을 취할 것입니다."

이에 느부갓네살 왕이 다니엘에게 절하고 신하들에게 명령하여 예물과 향품을 그에게 바치며 말하였다.

"너희 하나님은 모든 신의 신이시며, 모든 왕의 주재시로다. 네가 능히 이 은밀한 것을 나타내었으니, 네 하나님은 또 은밀한 것을 나타내시는 자이시로다."

이에 왕이 다니엘을 높여 귀한 선물을 많이 주고, 직책도 주어 바벨론 전체를 다스리게 하였으며, 바벨론의 모든 박사들 위에 지도자로 삼았다. 또 다니엘의 요청대로 그의 세 친구들은 바벨론 도(State)의 일을 하는 도지사로 삼고, 다니엘은 계속하여 왕궁에 남아 있게 하였다. 다니엘이 바벨론에서 긴 생애를 보내는 동안 하느님은 그를 크게 축복하였으며, 환상으로 먼 훗날을 내다보기도 하였다. 그는 모든 학문에도 능하여 행정 전문가로 등용되어 고위 공직자로도 있었고, 해몽에도 능했기에 갈데아의 모든 술객, 현인, 박수들을 다스리는 박수장에도 있었다. 유다왕 여호야긴이 열여덟에 바벨론으로 잡혀 왔을 때도 느부갓네살 바로 다음 왕인 에윌므로닥 왕이 여호야긴에게 잘 대해 준 것도 모두 다니엘의 영향력이었다.

다니엘은 여든여덟의 나이까지 이방 땅, 바벨론의 제2총리로 지내면서 바벨론이 멸망하는 것을 직접 보았다. 예언자들의 예언대로 페르시아의 고레스 왕이 그 도시를 함락시켰다. 얼마 후에 유대인들은 고레스 왕의 칙령으로 마침내 유배 생활에서 해방되고, 그로 인해 그들의 고향이 칠십 년간 황폐해진 채로 있을 것이라는 예언이 정확히 적중하게 되었다. 충실한 유다 총독 스룹바벨과 제사장인 예수아의 인도 아래, 유대인들은 마침내 예루살렘으로 돌아와 야훼의 성전을 재건하게 되었다. 이로써 그는 바벨론에서 칠십 오 년을 왕궁에서 지내는 동안, 첫 느부갓네살 왕부터 고레스 대왕과 마지막 다리우스 왕까지 총 열세 명의 왕을 섬겼고, 네 개의 왕조와 두 개의 제국을 거치면서 신실한 신앙을 이어갔다. 성경에는 다 나오지 않지만, 벨사살 왕 이전에 아주 짧게 재위한 네 명의 왕이 더 있었다.

바벨론이 멸망하는 순간, 그는 벨사살 왕의 마지막 명령으로 120개 군의 지방 장관을 감독하는 세 명의 총리 중 한 사람으로 다시 한번 더 임명받게 된다. 이로 인하여 그는 나중에 고레스 대왕을 만날 수 있게 되었으며, 이때 유대민족의 해방을 건의하는 큰 기회를 갖게 되었다.

공중 정원

느부갓네살은 바벨론의 왕이 되자마자, 메디아 왕국의 키악사레스 왕의 딸인 아미테스를 왕비로 맞이하였다. 메디아의 아미테스 공주는 인근 국가들에게는 널리 알려진 절세미인이었다. 이 결혼은 두 나라의 국가적인 이익을 위하여 군사 동맹의 정략적인 조약 조건으로 이루어졌지만, 절세미인을 왕비로 맞은 느부갓네살 왕은 아내를 깊이 아끼고 사랑하였다. 그러나 얼마 되지 않아 아미테스 왕비는 시름시름 앓기 시작하였다. 느부갓네살 왕은 왕비의 상태가 걱정되어 물어보았다.

"아미테스 왕비여, 어디가 아픈 것이요? 내게 말해 보시오."

느부갓네살 왕은 혹시라도 왕비가 죽을병에 걸린 것인지, 아니면 자기를 싫어하는 마음이 생긴 것인지 궁금해, 안절부절못하며 물었다. 아미테스 왕비는 눈물을 흘리며 힘 없이 말했다.

"폐하! 저는 엑바타나가 그립습니다. 고향에 가고 싶어요."

"왕비! 이곳이 엑바타나 보다 못하다는 것이요?"

"폐하, 이곳 바벨론이 좋기는 합니다만…. 저는 엑바타나의 숲과 나무와 꽃들을… 그리고 아름답게 지저귀는 새들의 노랫소리가 듣고 싶어요."

어린 나이에 시집 온 아미테스 왕비가 그녀의 고향 엑바타나 궁의 울창한 숲과 나무와 꽃들을 그리워하며 향수병에 걸린 것이다. 느부갓네살 왕은 마음 아파하며 아내를 위해 특별한 선물을 준비하기로 결심하였다. 그는 아미테스 왕비의 궁전 바로 옆에 거대한 공중 정원을 지어 주었다.

"나의 사랑하는 아미테스여! 이 아름다운 공중 정원을 보시오. 이 정원은 오로지 당신만을 위해서 만들었으며, 이곳은 우리 사랑의 영원한 상징이 될 것이오."

느부갓네살 왕이 아미테스 왕비의 반짝이는 눈을 바라보며 자랑스럽게 말했다. 아미테스의 입에서는 감동의 탄성이 새어 나왔다. 햇살은 부드럽게 공중 정원을 비추며, 예쁜 꽃들은 아름다운 향기를 풍기고 있었다. 아미테스 왕비는 너무 감동하였다. 어디에서 왔는지 작은 새들이 나뭇가지에 앉아 노래하고, 햇빛에 반짝이며 바람에 흔들리는 꽃들의 모습은 꿈속에서 그리워하던 엑바타나 궁전보다 더 아름다웠다. 아미테스 왕비는 느부갓네살 왕의 고마운 선물에 감격하며 두근거리는 마음으로 말하였다.

"폐하, 엑바타나 궁전보다도 훨씬 더 아름답습니다. 이곳은 저에게 큰 위안으로 평생 동안 기억할 것입니다. 폐하의 무한한 사랑과 배려에 감사드립니다."

느부갓네살은 그 말에 아미테스 왕비가 더욱 사랑스럽게 여겨졌다. 그는 아미테스 왕비와 함께 공중 정원에서 많은 시간을 보내며 깊은 사랑을 나누었다. 아미테스 왕비는 이곳의 숲과 나무, 그리고 새들의 노랫소리가 엑바타나에 대한 그리움을 조금씩 달래주는 것을 느꼈다. 공중 정원은 아미테스 왕비를 향한 느부갓네살 왕의 애정과 사랑이 듬뿍 담긴 영원한 선물이었다.

고대 7대 불가사의 중의 하나인 바벨론 공중 정원은 하늘에 지

공중 정원이 있는 바벨론 성

©playgroundai

어진 것이 아니라, 궁전 높은 곳에 위치한 벽돌이 아치 모양으로 테라스를 떠 받들며 지탱하는 형태로 지어진 것이었다. 그러나 일반인이 아래에서 위로 쳐다볼 때는 마치 공중에 떠있는 것 같은 착각이 들게끔 설계하였기 때문에 공중 정원이라고 불렸다. 공중 정원은 온갖 나무와 꽃들과 각종 과일나무들까지 테라스에 층층이 심은 계단식으로 그 웅장하고 아름다운 모습은 멀리서 바라보면, 초록빛 산처럼 보였다. 이 공중 정원은 당시에도 매우 유명하였는데, 황량한 광야 한가운데에 있는 오아시스 같은 아름다움뿐만 아니라 혁신적인 기술도 담고 있었다. 정원은 유프라테스 강에서 직접 물을 끌어올리는 장치를 사용하여 식물들이 언제나 생기 넘치는 상태를 유지할 수 있도록 하였다. 느부갓네살 왕은 이집트, 시리아, 유다 등 원정 정복전쟁으로 자주 바벨론 궁을 비웠지만, 아미테스 왕비와는 이 공중 정원에서 많은 시간을 함께 보냈다. 그러나 느부갓네살이 갑자기 이상한 꿈을 꾸고 난 후, 그는 정신 질환을 앓게 되었다. 그가 칠 년 동안이나 광야에 유리하며 짐승같이 지내게 되면서 공중 정원을 찾지 않게 되었고, 이 공중 공원도 점점 사람의 발길이 끊기고 생기를 잃게 되었다.

한편, 느부갓네살 왕은 두 가지 이상한 꿈을 꾸게 되었다. 그 꿈은 기괴하고 거대한 거상이 나타나더니 산산이 부서져 버리는 꿈이었다. 또 나중에는 어딘가에서 자라난 나무가 끝도 없이 거대하게 자라서 하늘까지 닿으며, 세상의 모든 새들이 그 나무에 둥지를 틀고, 세상 사람들이 다 먹고도 남을 정도의 수많은 열매가 열렸다. 그런데 하늘에서 천사가 내려와 소리쳤다.

"이 나무를 베어 버리고, 새들을 쫓아내고, 나뭇잎을 다 털어 버린 후에 그루터기에 사슬만 감아 두어라. 그가 칠 년간 소처럼 풀을 먹게 될 것이다."

이 꿈을 해석하여 설명하여 준 이가 바로 다니엘이었다. 느부갓네살 왕은 그가 꾼 꿈 대로 나중에 신경쇠약증을 앓게 되었는데, 이는 우광증(boanthropy) 또는 낭화증(lycanthropy)이라는 정신병의 일종으로 자신을 소나 동물이라고 착각하고 살아가는 병이었다. 하여 결국 그는 야생으로 쫓겨나 칠 년간 광야에서 유리하고, 소같이 풀을 뜯어 먹으며 짐승처럼 생활하게 되었다. 이는 그가 유다를 침공하여 예루살렘 성을 허물었고, 성전을 파괴하였으며, 여호와가 선택한 왕과 가족을 죽였으며, 히브리인들을 노예로 끌고 간 것에 대한 야훼의 분노였다. 그러나 그의 뒤를 이은 벨사살 왕은 아버지 선왕의 교훈을 깨닫지 못하고 다니엘을 모함한 자들의 말만 믿고, 그를 다시옥에 가두어 버리고 말았다. 그의 치세는 과다한 세금 징수와, 폭정과 억압으로 주위의 속국들과 시민들의 원성이 자자 하였다. 이때메디아를 정복한 고레스 왕은 국력을 키워 페르시아의 서북부인 메소포타미아의 영토를 확장하면서, 마침내 바벨론 정복 원정에 나서게 된 것이었다.

그러던 중 어느 날, 고레스는 바벨론의 벨사살 왕에 대한 바벨론 백성들의 원성이 높다는 정보를 듣게 되었다. 당시에 바벨론은 '마르두크'라는 신을 고대부터 주신으로 섬기고 있었는데, 벨사살 왕은 이에 반하여 백성들에게 대대로 왕족들이 섬기던 '달의 신'인 루시퍼를 숭배하도록 강요하자 백성들의 반발이 갈수록 심해졌다는 것이다.

이에 고레스는 바벨론의 성안에 '머지않아 페르시아의 고레스 대왕이 벨사살의 폭정으로부터 바벨론 백성들을 해방시키러 간다'는 소문을 내고, 바벨론 해방 전쟁을 선포하여 바벨론으로 진군하였다. 백성들을 해방시킨다는 명분은 벨사살에게 등을 돌린 백성들에게는 의외로 큰 호응을 얻게 되었다.

오피스 전투

고레스 왕과 그의 군대는 바벨론 왕국의 국경을 넘어 티그리스 강까지 별다른 저항 없이 순조롭게 진군하였다. 그러나 그들이 티그리스 강가에 도달해 보니 강 너머 오피스에는 바벨론의 시파라 장군이 십만여 명의 군사들과 함께 진을 치고 기다리고 있었다. 강의 유속이 빠른 것 같지도 않았지만, 꽤나 깊고 넓어 보였다. 이는 페르시아 군이 강을 건너면서 힘을 다 빼고 나면, 기다렸다는 듯이 공격하여 쉽게 승리하려는 시파라 장군의 작전인 것 같았다. 그러나 페르시아 군은 급할 것도 없었다. 저쪽에서 먼저 공격해 오지 않는 이상, 강 이쪽은 안전을 확보하고 있었으니 일단 전 부대를 강가에 숙영하게 하고, 그동안 진군하느라 지친 부대를 쉬게 하였다. 아무 데나, 눕고 싶은 대로 눕고, 쉬고 싶은 대로 쉬라고 장군들에게 지시했다. 그러나 여러 장군은 고레스 왕에게 한결같이 간청하였다.

"적이 바라보이는 바로 앞에서 이렇게 군기와 질서 없이 휴식을 취하면, 적이 갑자기 공격해 올 수도 있고 우리를 무시하고 적의 사기가 올라갈 수도 있으니, 재고하여 주시기를 바랍니다."

왕은 이렇게 대답하였다.

"병술에는 적을 속이기 위해 일부러 무능하게 보이는 것도 있는 것이오. 무조건 그렇게 보이라는 것이 아니오. 오히려 선제공격을 당할 수 있기 때문에 무능해 보이지는 않되, 우리가 당장 공격할 뜻도 없다는 것을 보여 주려는 것이오."

이어 고레스 왕은 고브리야스 총사령관을 비롯하여 모든 장군에게 더 가까이 오라고 손짓을 하며, 속삭이듯이 소리를 낮추어 명령을 하달했다.

"우리는 오늘 밤 어두워지면, 강 상류로 올라가 곧바로 도강한 후 공격을 감행할 것이오. 그러니 지금은 최대한 흐트러진 모습을 보이면서 쉬도록 하시오. 모든 부대는 저녁 식사 후 어두워지면, 어떠한 소리도 내지 말고, 강의 상류로 집결하시오. 그리고 말과 기병들은 지금, 미리 숙영지 뒤쪽으로 배치하시오. 그리고 공성차 부대와 경계 부대는 남겨 두되, 최대한 강 앞쪽에 서서, 뒤쪽은 천막을 쳐서 가리고 앞쪽에는 여러 장소에 수십 여개의 모닥불을 피워서 적이 우리 경계병들이 잘 보이도록 경계를 서게 하시오. 그리고 불사조 부대 히다르네스 사령관은 제일 먼저 출발하여 도강한 후에 적 후방을 교란하시오."

이는 먼 길을 행군하고 온 병사들에게 잠깐이지만 휴식을 갖게 하는 대신, 바벨론의 시파라 장군을 방심하게 하는 작전이었다. 불사조 부대는 후방에서 매복하다 공격을 감행하는 것이다. 전쟁을 할 때 숨어서 드러나 있는 적을 치면 힘을 적게 들이고도 싸움에서 이길 수 있다. 적은 수의 병력으로 더 많은 적을 상대로 수월하게 싸울 수가 있는 것이다. 이것은 적으로부터 철저히 아군의 힘을 숨기기 때문에 가능한 것이다.

한편 바벨론의 시파라 장군은 휘하 장군들을 불러들이고 작전 회의를 주관하고 있었다.

"페르시아 군대가 저렇게 퍼질러 있는 것을 보면 이곳까지 먼 길을 진군하느라 아주 많이 지쳐 있는 것 같소. 그러니 더 이상 기다리지 말고 이 기회에 당장 공격하여 부숴버립시다."

그러나 그중 바벨론에서 지혜가 출중하다는 시파라 장군의 참모장 자카르 장군이 나서며 말하였다.

"아닙니다, 장군! 고레스는 지혜가 있는 왕입니다. 우리가 바라보는 바로 앞에서 저렇게 행동하는 것은, 우리의 작전을 이미 알아차렸다는 것입니다. 이는 우리를 유혹하여 오히려 우리로 하여금 강을 건너게 하려는 속임수입니다. 우리가 먼저 강을 건너면 절대로 안됩니다."

"이런! 그렇구먼, 장군 말이 맞소. 하마터면 큰일 날 뻔하였소이다. 그러면 우리도 오늘은 느긋하게 쉬면서 적이 어떻게 나오는지 내일 상황을 기다려 봅시다."

그날 밤, 고레스 왕의 군대는 야심한 어둠을 틈타 바벨론 군대가 알아채지 못하도록 티그리스 강을 은밀히 건넜다. 4km 정도의 조금 더 위쪽 상류는 깊지도 넓지도 않아서 모든 부대가 의외로 쉽게 건널 수 있었다.

이번에는 기병과 궁수 부대와 보병 부대가 공격을 시작하기 전 돌비 공성차 부대로 적의 숙영지를 먼저 공격하게 하였다. 다행히 이번에는 공성차의 성능이 증가되어 강 건너편에 있는 적들이 사정거리 안에 들어올 수 있었다. 공성차로 성이 아닌 적의 야영지를 공격하기는 이번이 처음인데, 훨씬 더 작은 돌로 쏘아 보내 의외로 큰 효과를 보았다. 다행히 위치가 강가인지라 주먹보다 더 큰 자갈을 쉽게 확보할 수 있었다.

드디어 모든 부대가 강을 건넌 후, 고레스 왕은 돌비 공성차의 공격을 알리는 불화살을 쏘아 올렸다. 마침내 기다리던 불화살이 하늘 높이 올라오자 돌비 공성차 부대의 공격이 가열차게 시작되었다. 초반부터 돌비 공성차의 공격으로 적은 이미 궤멸되기 시작하였다. 고브리야스 총사령관이 지휘하는 주력군도 공격을 시작하였다. 어두움 사이로 번득이는 칼들이 부딪치는 소리와 공성차에서 떨어지는 불덩이들이 온 광야를 가득 채우고, 북소리, 나팔 소리, 그리고 병사들의 함성이 어두운 광야를 꽉 채웠다가 아스라이 사라질 무렵, 동편 하늘이 서서히 밝아왔다. 전투는 새벽까지 계속되었다. 날이 밝으면서 어둠에 가리어져 보이지 않았던 먼지와 연기로 앞을 가렸던 광야는 북소리도 병사들의 함성도 차츰 사라지며, 점차 정적을 되찾았다.

이어 바벨론 군대의 퇴각을 알리는 나팔 소리가 정적을 깨며 온 광야에 울려 퍼졌지만 이미 때는 늦어 버렸다. 시파라 장군이 지휘하는 바벨론 군대는 이렇게 경계를 풀고 기다리고 있다가, 느닷없이 들이닥친 페르시아 군대에게 대패하고 항복하고야 말았다. 페르시아 군대가 포로로 잡은 바벨론의 병사가 총 5만이었는데 그중 부상병만도 2만이 넘었다.

시파라 장군의 치명적인 전술적 실수였다. 시파라 장군은 천연 방어 요새와도 같은 강의 넓고 깊은 지형 대신, 좁고 얕은 곳에 매복하여야 했다. 진군하느라 지친 페르시아 군대가 도착하자마자 곧바로 그들을 공격해야만 승산이 있는 전투였다. 군사 작전은 때로는 바람처럼 빨라야 하고, 숲처럼 고요해야 하며, 불길처럼 맹렬해야 하고, 큰 산처럼 의연해야 하며, 속내는 어둠과 같아야 하고, 움직임은 번개와 같아야 한다. 승리한 고레스 왕의 작전이 이와 같았다. 티그리스 강을 의외로 쉽게 건넌 페르시아 군은 오피스 전투도 승리하였으니, 급할 것도 없이 천천히 바벨론을 향하여 진군하였다. 5만의 포로들이 속도를 더 느리게 하였다.

마침내 고레스 왕과 그의 군대가 유프라테스 강 유역에 도달하였다. 아침 일찍, 그는 말을 타고 장군들을 대동하여 그 일대에서 가장 높은 곳으로 올라가 바벨론 쪽으로 정찰을 나갔다. 고레스 왕이 유프라테스 강과 장군들을 번갈아 바라보며 말하였다.

"여러분, 우리는 먼 길을 돌아왔소. 그리고 칠 년 동안 이 순간을 준비 하였소. 드디어 저 바벨론 성을 정복할 때가 왔고 우리 앞을 가로막는 것은 오로지 이 유프라테스 강뿐이오."

"폐하, 이 강은 넓고 깊습니다. 배 없이 건너는 것은 거의 불가능해 보입니다."

하짐 장군이 볼멘소리를 하였다. 그러나 고레스 왕은 결의에 찬 듯 단호하게 대답하였다.

"잘 알고 있소. 그러나 불가능한 건 없소이다! 우리는 이 강을 건너 바벨론 성을 함락시킬 것이오."

티그리스 강은 쉽게 건너왔지만, 유프라테스 강은 너무 넓고 깊었으며, 유속도 빨랐다. 고레스 대왕은 강 상류 쪽인 북서쪽으로 조금 더 우회하기로 하였다. 떠오르던 태양은 어느덧 머리 위 높은 곳에서 강렬한 힘으로 고레스 일행을 비추고 있었다. 멀리 보이던 바벨론 성이 더욱 확연히 보였다.

고레스 대왕은 바벨론을 향해 출발하는 정복 여정 처음부터 큰 걱정이 있었다. 백전노장의 하르파거스 장군이 노쇠하고 병들어, 이번 바벨론 정복 전쟁에는 참여할 수가 없었던 것이었다. 자신이 태어날 때부터 아스티아게스 왕의 명령을 어기고 자신의 생명을 지켜

주었고, 메디아와의 전쟁에서는 가장 어려운 시점에 반란을 일으킨 후, 고레스 대왕 편으로 돌아서서 전쟁을 극적으로 승리하게 하였으며, 이후에는 페르시아의 총사령관으로서 수많은 전쟁을 승리로 이끌었고, 특히 리디아와의 전쟁에서는 출중한 전술과 지혜와 용맹으로 페르시아를 승리하게 하였었다. 그런데 그런 하르파거스 장군이 바벨론 정복 전쟁에 참여할 수 없었던 것이다. 본인은 이번 전쟁에 꼭 참여하고 싶다고 여러 번 피력하였지만, 그때마다 고레스 대왕은 간곡하게 그를 말리며 말하였다.

"하르파거스 장군, 장군은 나에게는 아버지와 같은 분이시오. 이제 전쟁은 고브리야스 장군에게 맡기고, 장군은 빨리 몸을 회복하여 건강하게 우리의 승리를 기다려 주시오."

"감사합니다. 폐하. 마음만은 누구보다도 꼭 참전하고 싶지만, 폐하의 명령에 따르겠습니다. 반드시 승리하고 오십시오."

고레스 대왕은 그가 가장 신임하는 친구요 의형제인 고브리야스 장군을 이번 바벨론 정복 전쟁에 총사령관으로 임명하였다.

애마

———

병술에 '병사들을 사랑하면 작전이 번거로워진다'는 말이 있다. 왕이 백성이나 병사들을 아끼고 사랑하는 것은 당연한 일이나 그것이 지나치면, 오히려 그 마음 때문에 전투에 소홀해져서 오히려 불리한 상황에 처할 수도 있다는 말이다. 정찰을 다녀온 후부터 고레스 왕은 계속 말이 없었다. 고레스 왕이 그의 막사 안에서 깊은 생각에 잠겨 있을 때 불사조 사령관, 히다르네스 장군이 상황실로 들어오며 보고하였다.

"폐하, 폐하의 말 청지기 카발리노가 폐하께 긴히 드릴 말씀이 있다고 합니다."

"그를 들라 하시오."

"폐하! 말 청지기, 카발리노 인사드립니다."

고개를 숙이며 들어서는 카발리노는 깡마른 체구에 입고 있는 옷이 땀으로 젖어 있었고, 그의 몸에서는 고레스 왕의 애마 블랑코의 냄새가 훅 풍겨 왔다. 고레스 왕은 그가 얼마나 많은 시간을 블랑코와 같이 하고 있는지 금세 느낄 수가 있었다.

"오, 친애하는 카발리노. 오늘 어쩐 일로 나를 보자고 하였는가? 그렇지 않아도 그대를 부를 생각이었는데 잘 왔네."

"폐하, 폐하의 애마 블랑코의 상태가 조금 이상합니다."

"어떠하다는 것인가?"

"어디가 아픈지 열도 조금 있는 것 같고, 오른쪽 다리와 무릎을 다쳤는지 약간 절뚝거리고 있습니다! 블랑코가 그런 상태에서 폐하를 계속 모신다면, 더 이상 걸을 수 없을 상황이 올 수도 있을 것 같습니다."

이때 히다르네스 장군이 참견하며 끼어들었다.

"네, 폐하. 블랑코에게는 약간의 휴식을 주시고, 다른 말을 타시는 것이 좋을 것이라고 생각합니다."

하지만 고레스 대왕은 생각이 따로 있었다. 그는 잠시 숨을 멈추고 생각에 잠긴 듯하더니 이내 대답하였다.

"블랑코가 열이 계속 오르면, 찬물을 좀 먹이도록 하거라."

"폐하, 몸이 아픈 말에게 찬물을 먹이는 건, 사랑을 베푸는 것이 아닌 독을 주는 것입니다. 그만큼 치명적일 수도 있습니다."

"흠. 괜찮다. 걱정하지 마라! 찬물을 주는 것은 내가 블랑코에게 베푸는 사랑의 방식이다. 그리고 나는 내일 블랑코를 탈 것이다!"

"폐하를 걱정하는 마음으로 말씀드립니다마는, 블랑코가 회복할 시간을 주는 것이 최선이라고 생각합니다. 폐하."

고레스 대왕이 긴 한숨을 쉬며 다시 말했다.

"그렇다면 다른 말은 준비가 되어 있는가?"

"네, 폐하. 폐하께서 언제든지 타실 수 있게 준비된 최고의 종마는 여럿 있습니다요."

"좋다, 카발리노. 블랑코를 최대한으로 보살펴 주어라."

"감사합니다, 폐하. 블랑코를 최고의 보살핌으로 돌보겠습니다."

고레스 왕이 미소를 지으며 말하였다.

"그래, 카발리노! 그대의 근면에 감사하네. 허나 나는 내일 블랑코를 탈 것이다."

"폐하? 좋은 생각은 아니지만 그렇게 준비하겠습니다. 그리고 제가 폐하를 도울 수 있는 다른 것이 있습니까?"

"아닐쎄, 지금은 그게 다야. 고맙고, 수고하시게."

"물론입니다, 폐하. 물러 나겠습니다."

고레스 대왕이 고개를 끄덕이며 대답하였다.

"그러시오, 카발리노."

고레스 왕은 인사하고 나가는 카발리노의 굽은 어깨를 물끄러미 바라보았다. 이젠 그도 늙어가는가 보다. 카발리노는 고레스가 처음 페르시아에 갔을 때, 왕자이던 시절부터 그의 말이 세 번 바뀌는 동안 줄곧 그의 말을 관리해 온 성실한 마부였다. 카발리노가 젊었을 때는 전장에서 말과 함께 달리곤 했다. 말이 발굽을 두 번 내딛는 순간에 그는 단 한 번의 도약으로 공중에 체공하며 같이 내 달렸었다. 한 번은 이를 몹시 궁금해하던 고레스가 카발리노에게 물어보았다.

"카발리노! 어떻게 그대는 말과 함께 달리는 것이 가능한가? 말보다도 더 빨리 달릴 수도 있는가?"

카발리노는 그가 애지중지하는 말처럼 누런 이를 내보이며 씨익 웃었다. 어느덧 그도 말을 닮아가는 것 같았다.

"아닙니다, 폐하. 제가 어떻게 말보다도 더 빨리 달릴 수가 있겠습니까? 말과 제가 서로를 믿고 호흡만 잘 맞으면 됩니다."

"호흡이 잘 맞으면 된다?"

"예, 폐하! 저는 내딛는 발이 아닌, 고삐를 쥐고 있는 팔 힘으로 버텨야 하고, 말은 균형된 목의 힘으로 저를 지탱하여 주어야 합니다. 그러니 서로 신뢰하고 도와주어야만 하는 것이지요."

균형 있는 힘, 그리고 신뢰….

바벨론의 땅과 유프라테스 강의 지형….

고레스 왕은 그의 전쟁 상황실에 들어갔지만, 하루 종일 막사에서 나오지 않았다. 그의 생각은 점점 깊어져 갔다. 보초를 서는 병사 하나가 조용히 속삭였다.

"왕께서는 하루 종일 막사에서 무엇을 하고 계시는지 모르겠군."

다른 병사 하나가 역시 속삭이면서 대꾸하였다.

"명상을 하고 신의 축복을 구하고 계시는 것은 아닐까?"

유프라테스

이튿날 아침, 전군이 출정 도열을 끝내고 고브리야스 총사령관이 출정 준비가 완료되었음을 고레스 대왕에게 보고하였다.

"전군, 도강 준비가 완료되었습니다. 폐하!"

보고를 받은 고레스 대왕이 마침내 도강을 명령하였다.

"용감한 자여, 너희는 담대하여라! 용맹한 자여, 너희는 승리하리라! 페르시아여, 나를 따르라!"

"와~ 와!"

그가 제일 먼저 앞장서서 그의 군대를 이끌고 유프라테스 강을 건너기 시작하였다. 물결은 아침 햇살을 받아 잉어 비늘과 같이 반짝거리며 거칠고도 빠르게 흐르고 있었다. 저 도도히 흐르는 유프라테스 강이 승리의 강이 될지, 패배의 강이 될지는 아직 아무도 모른다. 오래전부터 이 전쟁을 기획한 하나님만이 알 것이다. 고레스 대왕이 그의 군대를 향해 소리치며 외쳤다.

"제군들! 두려워 말라, 우리는 페르시아인이며 무엇도 우리를 막을 수 없다. 나를 따르라!"

모든 병사가 소리 지르며 그의 뒤를 따라가지만 여전히 두려운 그림자가 드리워져 있었다.

"와~ 나가자!"

한편 다른 사람들의 눈에는 보이지 않았겠지만, 히다르네스 장군의 눈에는 오늘따라 애마 블랑코를 토닥이고 만져주는 고레스 왕의 손길이 유난히도 세심하고 사랑스러워함을 느낄 수 있었다. 그런데 강을 조금 건너자마자, 백마 블랑코가 갑자기 물살에 휘말려 넘어지게 되었고, 고레스 대왕이 말에서 떨어지며 강에 곤두박질치고 말았다. 모든 장수와 병사가 놀라 어찌할 바를 모르고 쳐다볼 뿐이었는데, 고레스 대왕은 아무렇지도 않게 벌떡 일어나며 물을 툭툭 털어 내더니, 강을 향해 크게 소리치며 저주를 선포하였다.

"이 어리석은 유프라테스 강이여! 너는 나 고레스 대왕을 알지 못하는가? 너는 감히 나를 넘어뜨리고, 내게 수치를 주었다. 이제 나 고레스 대왕의 이름으로 너를 저주하노니, 너 유프라테스 강은 지금부터 메말라 다시는 강이 되지 못할 것이며, 역사에 영원히 이름만 남길 뿐이노라."

고레스 대왕이 칼을 번쩍 빼어 들더니 그의 사랑스러운 애마 블랑코의 목을 단숨에 내려쳤다. 순간 애마 블랑코가 풀썩 쓰러지면서 붉은 피가 강으로 흘러 퍼져갔다. 이를 본 병사들이 어리둥절하여 벌벌 떨었으나, 고레스 대왕은 하늘을 향해 칼을 높이 쳐들고 큰 소리로 외쳤다.

"이로써, 나는 신들에게 제물을 바쳤고, 장차 유프라테스 강에게는 내가 누구인지 반드시 보여주겠다."

워낙 지혜가 뛰어난 고레스 대왕은 아마도 이 장면을 일부러 기획했는지도 모르겠다. 대왕은 지혜와 용기와 위엄과 지도력을 갖추어야 한다. 이 일을 계기로 그는 두려워하고 주저하는 병사와 장군을 이끌고 앞으로 나아갈 수 있었다. 이후로 고레스 대왕은 말을 타지 않았다. 대신 말 네 마리가 이끄는 거마를 탔다. 네 바퀴에 날카로운 칼이 여러 개가 달린 거마는 두 명의 마병이 속도가 느려진다 싶으면, 어김없이 채찍을 휘둘러 댔다. 거마 안 양쪽에는 병술이 가장 뛰어난 두 명의 불사조 근위대인 호위병이 앉아 있었다. 그의 거마가 달릴 때는 기병과 불사조 일백 명이 그의 사방을 에워싸면서 같이 달렸다. 그러나 불행하게도 그가 전사한 마사게타이 족과의 전투에서는 토미리스 여왕에게 그의 늠름한 모습을 보여주고 싶었기 때문인지, 직접 말을 타고 전투에 참여하였고 적의 매복에 걸려 그만 전사하고 말았다.

아무튼 이 유프라테스 강의 저주 사건으로 세계 4대 문명 발상지 중의 하나인 유프라테스 강은 고레스 대왕에 의해 갈가리 찢기어지게 되었다. 결국에는 조그마한 개천의 모습으로 바뀌게 되는 운명을 맞게 되었다. 고레스 대왕과 유프라테스 강은 절대 권력과 대자연의 만남이었지만 악연이었다. 그러나 그 악연은 결국 사막만이 있는 이란과 이라크 지역의 후손들에게 풍요한 옥토를 선물하게 되었다.

바벨론 요새

바벨론은 바벨이라는 단어에서 유래 되었다. 메소포타미아는 두 강, 즉 티그리스 강과 유프라테스 강 사이의 땅이라는 뜻인데 강의 수로와 운하가 도시를 가로질러 흐르는 지형으로, 천혜의 해자로 둘러 있어서 자연적으로 풍요롭고 최고의 안전한 요새였다. 또한 서양과 아시아는 물론이고 아프리카까지 아우르는 무역의 도시 바벨론 성은 부유함으로 항상 활기가 넘쳐나고 사치로도 유명했다. 이 도시에는 호화로운 궁전과 화려한 사원이 있었으며, 높은 궁전 위에는 공중 정원이 있었고, 성의 중앙에는 번화한 시장이 있었다. 가운데로는 아름다운 유프라테스 강이 흐르고, 거리에는 상점마다 금과 은이 즐비해 있었고, 도시는 보물과 보석으로 가득 차 있었다. 바벨론은 요즘 서울의 규모 정도로 철저히 방비 된 난공불락의 도시형 성이요, 요새 그 자체였다. 성경에는 바벨론을 가리켜 '저 큰 성 바벨론이여!'라고 표현하였는데 이는 과연 바벨론 성의 크기를 짐작할 만도 했다.

바벨론 성은 한 변의 길이가 120 스타디온인데, 사각형의 모양이었으므로 전체 둘레가 480 스타디온이라고 기록되어 있다. 이는 오늘날의 도량으로는 한 변의 길이가 23km로 둘레가 대략 92km인 것이었다. 성벽의 두께는 50 페키스인데, 1 페키스가 약 60cm 정도로 약 30m나 되었으므로 성 위에서 여덟 대의 마차가 나란히 달릴 수 있는 폭이었다. 높이는 약 200 페키스인데 120m나 되었다. 그리고 성의 둘레에는 한쪽에 스물다섯 개씩 총 백 개의 성문이 있었다. 모든 성문은 두꺼운 놋쇠로 만들어져 있으며, 커다란 두 개의 빗장은 꺾쇠로 만들어져 있어서 병정 열 명이 함께 들어올려야 간신히 열리는 장치였다. 그중 각 둘레의 중앙에 있는 네 개의 '이슈타르 문'이라 불리는 정문은 느부갓네살 왕의 정교한 건축 양식으로 제작된 성문이었다. 이 아름답고 웅장한 도시를 가로질러 유유히 흐르고 있는 유프라테스 강 너머로 핏빛으로 물든 저녁 해가 지고 있었다. 멀리 아롱거리는 밤안개 너머로 바벨론 성이 보였다.

'저 바벨론 성은 너무도 높고 위압감을 주는구나. 우리가 과연 저 성을 함락시킬 수 있을지….'

고레스 대왕은 장군들과 정찰을 나가서 멀리 바벨론을 바라보며 생각이 많아졌다. 그는 잠시 눈을 감았다. 눈을 감고 그의 앞에 펼쳐지는 새로운 유프라테스 강과 바벨론 성을 바라보았다. 그때 눈을 번쩍 뜨면서 강을 바라보는 그 순간 문득, 직감 같은 것이 그의 뇌리를 스쳐 지나갔다.

"바벨론의 요새는 난공불락입니다!"

작전 회의가 시작되자마자 사령관 고브리야스 총사령관이 먼저 말을 꺼냈다.

"그들은 십 년 동안이나 버틸 수 있는 충분한 식량과 농지와 물을 가지고 있으므로 바벨론 요새를 무너뜨릴 최선의 다른 공격과 방법을 연구해야 합니다."

고브리야스 총사령관이 계속 이어서 보고하였다. 그러나 고레스 대왕은 이미 모든 것을 다 알고 있다는 듯 여유 있게 미소를 지으며 말했다.

"장군들은 들으시오! 내가 이틀 전에 가장 높은 곳에 올라가서 유프라테스 강을 내려다보며 정찰하였을 때, 이미 준비하였소."

"무엇입니까? 폐하! 궁금합니다. 말씀해 주십시오."

"우리는 이제 바벨론 성에 대한 공격을 잠시 연기하고 유프라테스 강에 많은 수로들을 건설해야 할 것이오."

"폐하, 전쟁하다 말고 갑자기 운하를 건설한단 말입니까?"

고브리야스 총사령관이 너무 의외인 듯 조심스럽게 질문하였다. 고레스 대왕이 확신에 찬 듯 지그시 눈을 감았다.

"그렇소. 자, 이제부터 우리의 모든 부대는 360개의 부대로 나뉘어 강 양쪽에 배치할 것이오. 강의 양쪽으로 각 180개의 수로를 파서 물길을 분산할 것인데. 먼저 강의 이쪽에서부터 수로를 만든 후, 점차 수량이 줄어들면, 강을 건너가서 양쪽에서 함께 수로를 만들어 갈 것이오. 그러면 결국 유프라테스 강은 바벨론 요새를 둘러싸고 있는 강 하류까지 천천히 말라버릴 것이오. 그런 다음 우리는 다 말라 버린 수로를 통하여 해자를 건너고 바벨론의 성벽과 성문을 공격할 것이오."

"폐하, 이것이 최선의 공격 계획이라고 확신하십니까? 수로 공사는 쉽지 않은 공사입니다. 어찌 보면 전쟁 보다도 더 어려울 수도 있을 것입니다."

고레스 대왕의 자세한 설명에도 불구하고 고브리야스 총사령관이 묻는다.

"물론이오. 어느 방법을 선택하든 위험하기는 마찬가지일 것이오. 물은 그들의 생명이자 유일한 방패요. 우리가 그것을 차단한다면, 그들은 항복할 수밖에 없을 것이오."

"하지만 수로 건설에는 일 년 이상이 걸릴 수도 있을 것입니다. 또한 우리는 공격에 추진력을 잃을 수도 있습니다."

"고브리야스 총사령관의 걱정은 이해하지만, 우리는 서두르지 않아야 하고, 천천히 이 작전을 수행하여야 하오. 인내의 과정을 거쳐야만 하오."

"존경하는 폐하, 이것은 위험한 계획입니다. 우리는 많은 병사들을 전쟁이 아닌 수로 공사에서 잃을 수도 있습니다."

지금까지 계속 입을 다물고 있던 아라쉬 궁수부대 사령관이 근심 어린 표정으로 말하였다.

"그렇소, 물론 사상자가 많이 있을 것이오. 나는 그것을 최소화하기 위하여 최선을 다 할 것이고, 우리의 승리는 그만한 가치가 있을 것이오. 장군들이여! 왜 승리를 의심하여 내 마음을 실망케 하는가? 저 바벨론 성이 우리를 부르지 아니하는가? 장군들은 지혜가 부르는 소리를 들어라! 최고의 병술은 적이 알지도 못하고, 예비하지도 못하는… 상대방이 전혀 뜻밖이라고 생각하는 길로 나아가는 것이오. 그리고 우리 페르시아는 바벨론을 정복한 사람들로 영원히 기억될 것이오."

그의 자신에 찬 말에 모든 장군들이 계획을 받아들이면서 방이 조용해졌다. 비록 이 작전은 위험하고 시간이 많이 소요되어 인내가 필요한 작전이지만 효과가 있을 수 있다. 그렇게 된다면, 바벨론은 고레스 대왕과 그의 군대의 위력 아래 의외로 쉽게 무너질 것이다. 그렇게 유프라테스 강의 수로 공사는 시작되었다. 다들 일 년을 넘기게 될 것이라고 예상하였으나, 오피스 전투에서의 승리로 얻은 5만 명의 포로들이 있었기에, 불과 백일 만에 수로 공사를 완료할 수 있었다. 그 이후로 유프라테스 강의 하류는 하루가 다르게 점점 말라가기 시작하였다. 이로써 고레스 대왕이 계획한 수로 공사는 모두 완료되어가고 있었다. 결과적으로 페르시아 대군은 모두 안전하게 유프라테스 강을 건넜을 뿐만 아니라, 하류에 있는 바벨론 성을 둘러싸고 있는 깊이 4m가 넘는 강으로 된 해자는 점점 말라서 바닥이 거의 들어 나고야 말았다. 전쟁에는 일정한 태세가 없고, 물에는 일정한 형태가 없으니, 적의 형국에 따라 지형의 형세에 따라 작전을 변화시키는 지도자를 신묘하다고 말할 수 있겠다. 이는 성경에 나오는 강의 줄기를 바꾸고, 강을 마르게 한다는 말씀을 이루게 함이었다.

역설적으로 전쟁의 승패를 떠나, 고레스 대왕이 저주한 유프라테스 강은 그의 말 그대로 말라 버렸다. 그러나 그가 만든 수로 공사 덕분에 바벨론 성을 둘러싸고 있던 해자도 말라 버렸지만, 강물은 여러 수로를 통하여 사막 여기저기로 흘러들었고, 옛날, 그의 외할아버지 아스티아게스 왕이 꾼 꿈 그대로 온 땅을 적셨고, 포도나무는 왕성했으며, 사람들은 풍요를 누리게 되었다.

비밀 통로

"장군님! 바벨론 요새 인근, 그발 강가에 히브리인들의 거류민 마을이 있답니다. 텔아비브라는 그 마을에 잠입한 첩자가 돌다리 밑에서 두 명의 히브리 노예들을 사로잡아 왔습니다."

불사조의 천부장 아샤드 장군이 흥분하여 다소 호들갑을 떨며 들어왔다.

"그래, 그들을 심문해 보았는가?"

"사령관님께 먼저 보고드리려고 아직 심문은 하지 못하였습니다."

"좋다. 가서 심문해 보자. 혹시 바벨론 성에 대하여 좋은 정보를 얻을 수도 있을 것 같구나."

히다르네스 장군은 곧바로 두 명의 히브리인들을 끌어내어 심문하기 시작하였다. 하지만 처음에는 별다른 정보를 얻어내지 못하고 그저 노예들의 구슬픈 하소연만 들을 뿐이었다. 그러나 어느 순간 그들 중 한 명이 마음을 바꾸어 자신에 대하여 털어놓기 시작했다.

"여보시오, 장군님! 나는 지금 배가 몹시 고픕니다. 우선 먹을 것과 물을 좀 주시오. 내가 다 말씀드리지요."

그 말을 들은 히다르네스 장군이 손짓을 하며 병사에게 지시하였다.

"그렇게 하라."

이에 병사들이 자신들이 먹다 남은 보리빵 두 개와 물을 바가지에 재빨리 담아 왔다. 얼마나 배가 고팠던지 허겁지겁 빵을 다 먹은 노예가 물을 마시면서 입을 열기 시작하였다.

"저는 여기에서 태어난, 예순여섯의 히브리인 노예, 세자르입니다. 저희 아버지께서는 65년 전에 예루살렘으로부터 이곳 바벨론으로 끌려왔었지요. 저는 아버지와 함께 바벨론 성의 보수 작업에 노역한 적이 있었습니다요. 한… 10년은 족히 되었을 겁니다. 그것은 바벨론 성의 지하에 비밀 통로 작업이었는데, 통로가 매우 협소해서 소수의 인원만 참여했었다오. 그때는 대우도 매우 좋았지요. 공사 기간은 대략 넉 달이 조금 넘게 걸렸었습니다."

히다르네스 장군은 믿을 수가 없었다. 히브리인 노인, 세자르가 놀랍게도 바벨론 성안으로 통하는 비밀 통로에 대해 알고 있는 것이었다.

"그래, 그것이 정말인가? 그래서? 계속하여 보아라, 세자르!"

"그런데 한편으로 공사가 끝나가면서… 저희는 점차 불안해지기 시작했지요."

"왜 그랬었지?"

"공사가 다 끝나면, 혹시라도 비밀 통로에 대한 정보가 밖으로 새어 나갈까 봐, 저희를 다 죽일 거라는 소문이 돌기 시작했기 때문이었지요."

"그래? 그런데… 그 비밀 통로가 궁 내부의 비밀 통로인가? 아니면 성 외부와의 비밀 통로인가?"

히다르네스 장군이 침착하게 물었다.

"아, 물론 궁전에서 성 외부로 이어지는 비밀 통로이었지요. 지하 깊숙이 내려가서 수로로 통할 수 있었으니까요. 그래서 그들이 우리들을 다 죽이려고 했었다오. 내 아버지께서는 그것을 미리 눈치 채시고, 나를 미리 극적으로 도망치게 하셨지요. 그런데, 내 아버지께서는 내가 도망치기 전에, 내게 신신당부하셨소.”

“그것이 무엇이오?”

세자르는 눈물을 글썽이며 진술을 계속 이어갔다.

“비밀 통로의 위치를 반드시 기억하고 있어라. 언젠가는 우리를 해방시켜 주려 오는 군대가 있다면, 비밀 통로에 대해 알려 주어라. 살아가며 고통은 잊어도, 오늘은 절대로 잊지 말아라. 이렇게 말씀하셨다오.”

“그러면 좀 더 그 비밀 통로와 위치에 대하여 자세히 말해 줄 수 있겠소?”

히다르네스 장군은 세자르를 살피며 계속해서 질문했다.

“바벨론 성과 외부와의 비밀 통로는 평상시에는 성 밖 해자에 물이 깊게 차 있어서, 바깥쪽에서는 찾을 수도, 들어갈 수도 없어요. 단지, 안에서 나오는 경우, 물로 들어가 물 밖으로 탈출하는 구조이지요. 이것은 왕궁에서 곧바로 밖으로 이어져 있다오. 나도 그곳을 찾으려면, 그곳으로 직접 다시 가봐야 찾을 수 있을 것 같습니다.”

세자르는 비밀 통로의 위치와 함께, 그곳에 대한 자세한 정보를 알려 주었다.

“그렇다면 우리는 어떻게 들어갈 수가 있겠소?”

히다르네스 장군이 초조해서 물었다.

“그런데 쉽지는 않겠지만, 지금은 해자에 물이 말라서, 허벅지 밑으로만 수위가 내려간다면 외부에서도 찾아 들어갈 수 있을 겁니다.”

"좋소. 세자르. 당신의 진지한 협조에 감사하오. 그런데 왜 우리에게 이렇게 자세한 정보를 알려주는 건지 물어도 되겠소? 우리는 히브리인들을 해방해 주러 이곳에 온 게 아닌데 말이오."

세자르는 눈물 그윽이 젖은 눈으로 히다르네스 장군을 바라보며 말했다.

"정말이지… 단 한 번도 꿈속에서조차 만나 볼 수 없었던 아버지를 며칠 전 꿈에서 보았소. 그래서 잠시 고민은 하였지만… 나도 당신들 군대가 바벨론을 해방시켜주러 올 것이라는 소문은 들어서 알고는 있었다오. 나는 당신들이 바벨론을 멸망시키고, 우리를 구해 줄 거라고 믿고 싶소."

"세자르! 당신이 믿는 신께서 그리하길 바라오. 고맙소."

히다르네스 장군은 진심으로 세자르에게 고마움을 표하며, 세자르의 말대로 그렇게 되기를 바랬다. 히다르네스 장군은 곧바로 이 사실을 고레스 대왕에게 보고 하였다.

"폐하. 바벨론 인근 마을에서 포로들을 잡아와 그들을 심문해 보았는데, 그들 중 한 명이 성으로 들어가는 한 개의 비밀 통로를 알고 있다고 합니다."

"그래? 그것이 사실이라면, 참으로 반가운 소식이다."

"확실히 신뢰할 만합니다. 폐하."

히다르네스 장군이 확신에 찬 듯 자신 있게 대답하였다.

"어찌하여 신뢰할 만하다고 할 수 있는가?"

"그는 오래전에 예루살렘에서 끌려온 노예, 세자르라는 자인데 40여 년 전, 비밀 통로를 보수할 때 직접 공사에 참여했었다고 합니다."

"오, 그래? 그가 직접 공사에 참여했다고?

"네, 폐하! 원래는 그 비밀 통로는 해자의 물로 인하여 절대 외부에 노출될 수 없는 토목적인 구조인데, 이번 유프라테스 강의 건조로 말미암아 해자가 말랐기 때문에, 어쩌면 비밀 통로의 일부가 밖에서도 보일 수 있을 것 같다고 합니다."

고레스 왕이 약간 흥분하면서 명령하였다.

"알았소! 히다르네스 장군! 즉시 작전 회의를 소집하시오."

"네, 알겠습니다. 폐하!"

"히다르네스 장군! 장군은 불사조를 이끌고 비밀 통로를 통해 성안으로 들어가서 길을 개척하고 우리의 주력군을 위해 길을 확보하시오."

히다르네스 장군이 서서 고개를 숙이며 두 팔을 앞으로 모아 대답하였다.

"네, 폐하. 우리 불사조와 저는 주력군을 위해 비밀 통로를 개척하여 성 내부를 공격할 수 있는 길을 확보할 것입니다."

"비밀 통로 침투에 성공하고 나면, 불사조 부대를 둘로 나누어, 벨사살 왕을 추포하고, 고브리야스 총사령관의 주력 부대를 위하여 성안에서 정문을 열어 주시오."

"예, 폐하. 고브리야스 총사령관을 위하여 성의 정문을 열겠습니다."

그렇게 세상에 알려지지 않을 것 같았던 절대 불멸의 성, 바벨론의 비밀 통로가 유프라테스 강의 건조로 인하여 그 모습을 드러내고 있었다. 히다르네스 장군이 이끌고 히브리인 세자르가 안내하는 불사조 특공대는 비밀 통로를 확보하도록 명령을 받았다. 히다르네스 장군이 불사조 특공대를 모아 놓고 작전을 하달하였다.

"아샤드 장군이 이끄는 1조는 비밀 통로에서 나가자마자 곧바로 왕궁으로 이어질 것이니, 벨사살 왕을 추포하는데 총력을 다하 시오.”

“예, 알겠습니다. 장군.”

“그리고 람바카스 장군이 이끄는 2조와 3조는 비밀 통로에서 나가자마자 곧바로 성문 위로 올라가서, 2조는 왼쪽, 3조는 오른쪽 의 궁수들을 제압하여 고브리야스 총사령관이 주력 부대를 이끌고 성문으로 접근할 때, 그들이 활을 쏘는 것을 막아야 한다.”

“예, 알겠습니다. 장군.”

두 장군이 함께 대답하였다.

“마지막 4조와 5조는 다우차스 장군이 지휘하고, 연합하여 성 문을 확보하여 부수고 열어라. 4조는 경비대를 맡고, 5조는 성문을 맡는다. 성문은 강한 놋쇠로 만들어져 있을 것이니, 힘껏 쳐서 부수 고, 쇠 빗장을 꺾어 열어야 한다.”

“예, 알겠습니다. 장군.”

바벨론 요새 깊숙한 곳에 있는 어둡고 좁은 통로. 물은 아직 완 전히 마르지 않아, 지하 통로는 무릎 위까지 물이 차 있었다. 불사조 특공대는 천천히 통로를 통과하고 있었으며, 그들의 눈은 손에 잡고 있는 칼을 향해 있었다. 그들은 은밀하게 성의 비밀 통로를 향해 가 다가 방해가 되는 경비병을 제거할 심산이었다. 그들이 물을 헤치고 나아가는 발소리는 그림자처럼 움직였기 때문에 거의 들리지 않았 다. 히다르네스 장군이 부하들에게 속삭이며 주의를 주었다.

“그리고 불사조 특공대들이여, 눈을 지그시 감고 삼백까지 세어 라. 그리하고 나면, 어둠 속에서 더 잘 보일 것이다.”

히다르네스 장군이 어두운 곳에서 조금 더 잘 볼 수 있는 방법 을 불사조 특공대에게 알려주고 천천히 앞장서 나아갔다.

"불사조들이여, 나를 따르라! 우리는 반드시 비밀 통로를 확보해야 한다!"

바로 그때, 히다르네스 장군과 그의 불사조들이 멀리서 들려오는 발걸음 소리를 들었다. 갑자기 그들 앞의 어둠 속에서 작은 소리가 나자, 그들이 순간 멈춰 섰다. 히다르네스 장군이 병사들에게 조용히 하라는 손짓을 했다.

"쉿! 저게 무슨 소리지?"

"아무것도 아닙니다. 아마 그냥 쥐인 것 같습니다."

세자르가 손을 입에 갖다 대며 말하였다.

"장군님, 비밀 통로를 찾았습니다."

세자르가 낮게 속삭였다.

"좋았어. 들어가서 그들을 완전히 쓸어버리자."

불사조 특공대는 어둡고 긴 계단을 올라간 후에 잠겨 있는 문을 간신히 열어젖혔다. 바로 이때, 한 무리의 바벨론 병사들이 어둠 속에서 나타났다.

"멈춰라! 거기 누구냐?"

몇몇의 바벨론 병사들이 고함치며 달려왔다. 잠깐의 정적이 흐른 후, 이윽고 바벨론 병사들의 칼집 풀리는 소리가 들렸고 그 소리를 듣자마자 히다르네스 장군이 급하게 명령하였다.

"공격하라!"

명령이 떨어지기가 무섭게 불사조 특공대 모두 소리를 지르며 달려 나갔다. 칼과 칼이 부딪치는 소리가 이어졌다. 순식간에 비밀 통로 쪽 왕궁을 수비하던 수비대를 제압한 불사조 특공대는 벨사살 왕이 있는 왕궁을 향하여 달렸다. 치열한 전투 끝에 바빌론 성의 왕궁 수비대들은 불사조의 압도적인 힘에 굴복했다. 이제 벨사살 왕을

사로잡고, 성의 정문을 확보하여 성문을 들어올리기만 하면 되는 것
이었다.

메네 메네 테켈 우파르신

벨사살 왕은 왕궁에서 그의 귀인 천 명을 위하여 큰 잔치를 베풀고, 그들과 함께 술을 마시고 있었다. 천장에 매달린 황금 샹들리에부터 벽을 장식하는 아름다운 커튼과 장막에 이르기까지 모든 것들이 호화롭기 그지없었다. 상에는 금과 은으로 만들어진 화려한 잔이 가득했고, 바로 구운 고기와 온갖 과일들이 먹음직스럽게 차려져 있었다. 사람들의 상기된 목소리, 술잔들의 부딪힘과 악기 소리로 그곳은 활기가 가득했다. 벨사살 왕은 그의 부친 느부갓네살이 유다의 예루살렘 성전에서 탈취해 온 기명 금잔과 은잔에 술을 붓게 하라고 명령했다. 그때 갑자기 위급한 목소리가 들리며 연회장의 분위기가 바뀌었다.

"나의 왕이시어, 페르시아 군대가 우리를 향해 공격해 오고 있습니다."

벨사살 왕이 경비대로부터 페르시아 군대와 고레스 왕이 성 밖에서 공격을 시작했다는 보고를 받고 있었다.

"걱정하지 마시오. 우리 바벨론 성은 어떤 강한 군대가 공격해도, 결코 무너지지 않는 난공불락의 요새요."

벨사살 왕이 잔치의 하객들을 안심시키며, 자신감 있게 외쳤다. 그러나 계속하여 경비대의 보고가 들어왔다.

"나의 왕이시어, 고레스 왕의 군대의 공격이 계속되고 있습니다."

벨사살 왕은 경비대의 보고를 무시하고는 사람들을 안심시켰다.

"걱정하지 말아라! 이제는 더 이상 보고도 하지 말라!"

벨사살 왕은 미소를 지으며 그의 신하들을 돌아보며 말하였다.

"오늘 밤 잔치는 계속될 것이다. 그 어리석은 페르시아의 고레스는 이 바벨론 요새가 얼마나 견고한 지 한 달 후에나 알게 될 것이다."

시간이 흘러감에 따라 벨사살 왕은 점점 더 취해 갔다. 왕은 점점 더 대담해지며, 더 많은 술을 요구하였다.

"더 많은 포도주를 가져오너라! 이 요새는 결코 무너지지 않을 것이다!"

이때 갑자기, 음산한 바람 소리가 들리기 시작하더니, 어두운 벽에 크고 하얀 손이 나타났다. 모든 사람의 시선이 그쪽을 향하더니, 그 순간 연회가 열리는 방이 숨죽인 듯 조용해졌다. 모두가 이 이상한 장면이 일어나고 있는 벽을 보려고 몸을 돌렸다. 피에 젖은 것으로 보이는 손가락이 벽에 글을 쓰기 시작하였다. 사람들은 침묵 속에서 그 장면을 지켜보고 있었다.

"MENE MENE TEKEL UPHARSIN"

하얀 손이 '메네 메네 테켈 우파르신'이라고 쓰고 있었다.

"오, 오! 저것 좀 보세요!"

사람들이 모두 놀라 두 눈을 크게 뜨고 외쳤다. 그들은 괴이한 광경에 혼란과 두려움을 느끼고 있었지만, 누구도 그 글자를 읽을 수 없었다. 이내 벨사살 왕의 낯빛이 변했고, 그는 큰 두려움을 느끼고 있었다. 넓적다리의 마디가 녹는 듯하고 두 무릎이 부들부들 떨리기 시작하며 얼굴이 창백해졌다.

"무슨 일이냐? 이것이 무엇을 뜻하는 것이냐?"

그 말은 아무도 이해하지 못하는 언어로 쓰인 것 같았고, 일종의 경고처럼 보였지만 사람들은 그것이 무엇을 의미하는지 몰라서 당황하고 있었다.

"폐하, 아무도 이해하지 못하는 글자입니다. 아랍어로 보입니다."

신하들도 이해를 못 하고 당황하기는 마찬가지였다. 벨사살 왕은 겁에 질려 그 말의 의미를 알려고 신하들을 다그치며 글자를 해석할 수 있는 술사들을 빨리 데려오라고 명령하였다.

"해석할 수 있는 사람을 구해와라! 어서! 술객과 술사와 점쟁이를 불러오게 하라."

그리고 신하들에게 선포했다.

"누구든지 막론하고 이 글자를 읽고 그 해석을 내게 보이면, 자주색 옷을 입히고 금 사슬로 그 목을 드리우고 그를 나라의 셋째 치리자로 삼으리라."

자주색 옷을 입힌다는 것은 왕이 친히 백성들의 관리자로 임명한 자에게 옷을 하사하는 것으로 제2 또는 제3의 총리로 고위 공직자가 되는 것을 의미하였다. 이윽고 왕의 박사들이 다 들어왔으나 능히 그 글자를 읽을 수 없었고, 그렇기에 해석 또한 하지 못했다. 그때 선왕 느부갓네살의 태후이자 벨사살 왕의 할머니가 마침, 귀인들의 말을 듣고, 잔치를 벌이고 있는 궁에 들어왔다가 왕에게 말하였다. 그녀는 공중 정원의 주인인 아미테스였다.

"왕이시어 만세수를 하옵소서. 왕께서는 번민하지 말며, 낯빛이 변하실 것이 아닙니다. 왕의 나라에는 거룩한 신들의 영이 있는 사람이 있습니다. 왕의 부친 때부터 있던 자로서 명철과 총명이 있어 신들의 지혜와 같은 자입니다. 왕의 부친 느부갓네살 왕이 그를 세워 박수와 술사와 갈대아 술사와 점장이의 어른을 삼으셨으니, 전에 왕이 벨드사살이라 이름한 자, 바로 다니엘입니다. 그자가 지식과 총명이 있어 능히 꿈을 해석할 수 있을 것이며, 은밀한 말을 밝혀 의문을 풀 수 있을 겁니다. 그러니 속히 다니엘을 부르소서."

아미테스는 다니엘을 해석자로 왕에게 천거하였다.

"왕이시어, 선친 느부갓네살 왕 치하에서 시무한 선지자인 다니엘을 불러야 한다고 제안합니다. 다니엘은 그러한 것들에 대한 지혜와 통찰력으로 유명합니다."

다른 신하들도 이에 동조하였다.

"잘 알겠습니다. 존귀하신 태후이시어!"

왕은 태후에게 감사의 인사를 마치게 무섭게 신하들에게 말했다.

"어서 그를 여기로 데려고 오라! 어서!"

벨사살 왕이 무서움으로 부들부들 떨며, 신하들을 재촉하였다.

"왕이시어, 그런데… 다니엘이 지금 감옥에 갇혀 있는데, 그래도 데리고 나오리이까?"

그의 시종이 주저하면서도 왕에게 물어보았다.

"그가 왜 감옥에 갇혀 있는 것이냐?"

"폐하께 말씀드리기 송구합니다만, 폐하의 치세 일 년 차에 총리대신으로 봉직 중에 무고하게도 모함을 받아 지금까지 감옥에 투옥되어 있는 줄로 압니다."

"어찌 되었든 그를 빨리 나에게 데려오라."

"알겠습니다. 폐하!"

잠시 후, 왕궁의 감옥에 구금이 되어 있었던 다니엘이 급히 왕 앞으로 불려 나왔다.

“네가 우리 부왕이 유다에서 사로잡아 온 유다 자손 중의 그 다니엘이냐? 내가 너에 대하여 들은 즉 네 안에는 신들의 영이 있으므로 네가 명철과 총명과 지혜가 있다고 하는구나. 지금 여러 박사와 술객을 내 앞에 불러다가 그들에게 이 글을 읽고 그 해석을 내게 알리라 하였으나 하지 못하는구나. 하지만 너는 이들이 못 한 해석을 잘하고 의문을 파할 수 있다고 하는구나. 그러니 네가 이 글을 읽고 그 해석을 하면, 네게 자주 옷 관복을 입히고 금 사슬을 네게 드리우고 너를 나라의 셋째 치리자로 삼으리라.”

“왕의 예물은 왕께서 스스로 취하시고, 왕의 상급은 다른 사람에게 주옵소서. 그렇더라도 제가 폐하를 위하여 이 글을 읽으며 그 해석을 아시게 하리이다.”

이에 다니엘이 왕에게 침착하게 천천히 대답하였다.

“왕이시여, 지극히 높으신 하나님이 왕의 부친 느부갓네살에게 나라와 큰 권세와 영광과 위엄을 주셨습니다. 하지만 그는 자기 나라는 물론이고, 다른 나라 백성의 목숨까지 쥐락펴락 할 수 있었습니다. 그의 콧대는 날이 갈수록 높아져 교만을 행하게 되자 결국 그의 왕위가 폐하게 되었습니다. 그는 들짐승의 마음을 갖게 되어 소나 나귀처럼 풀을 먹고 이슬에 몸을 적시며 살게 되었나이다. 이 모든 것은 지극히 높으신 하나님이 인간 나라를 다스리시며 자기의 뜻대로 누구든지 그 위에 세우시는 줄을 알기까지 이르게 되었나이다.”

다니엘은 잠시 침묵하더니 침착하게 말을 이어갔다.

“벨사살 왕이시여, 왕은 그의 아들이 되어서 이것을 다 알고도 오히려 마음을 낮추지 아니하고, 도리어 하늘을 거역하고 그 성전의 기명들을 가져다 왕과 귀인들과 왕후들과 빈궁들이 다 그것으로 술을 마시고, 보지도 듣지도 알지도 못하는 금·은·동·철과 목석으로 만든 신상들을 찬양하고 왕의 모든 길을 작정하시는 하나님께는 영광을 돌리지 아니했기 때문에, 손가락이 나와서 이 글을 기록하였나이다. 기록한 글자는 곧 '메네 메네 데켈 우파르신'입니다. 그 뜻을 해석하건대 '메네'는 하나님이 이미 왕의 나라 시대를 세워서 그것을 끝나게 하셨다 함이요. '데켈'은 왕이 저울에 달려서 부족함이 되었다 함이요. '우파르신'은 왕의 나라가 나뉘어서 메디아와 페르시아 사람에게 준 바 되었다 함입니다."

벨사살 왕은 이제야 상황의 심각성을 깨달았다. 벨사살 왕이 눈에 띄게 흔들리며, 다니엘에게 물었다.

"지금 이 상황을 바꾸기 위해 내가 무엇을 어떻게 하여야 하겠는가?"

"폐하, 회개하고 하나님께 향하는 것은 폐하께 달려 있습니다. 그러나 시간이 부족합니다."

벨사살 왕이 체념한 듯 고개를 끄덕이며 그의 신하들에게 명령하였다.

"다니엘에게 지혜에 대한 상을 내려 주시오. 다니엘에게 자주색 옷을 내리고, 그의 목에 금 사슬을 걸어 주시오. 그를 위하여 조서를 내리니, 그를 이 나라의 셋째 치리자로 임명하겠소. 그리고 나에게 최고의 포도주를 더 가지고 오게 하라. 나는 좀 더 생각하면서, 술을 마셔야겠다."

다니엘에게 자주색 옷을 입힌 것은 왕의 권세를 상징하고 있었다. 자주색 옷을 입은 사람들은 왕이 내려준 힘과 권세, 명예라는 의미를 부여받게 된 것이다. 이러한 이유로 바벨론이 페르시아에 정복당한 후에도 계속하여 총리로 재직하고 있던 다니엘은 자연스럽게 고레스 대왕과의 만남이 성사될 수 있었다. 벨사살 왕이 말을 마치자마자, 고함과 칼 부딪치는 소리가 대강당 전체에 울려 퍼졌다. 이때 갑자기 연회장의 문이 열리더니, 한 무리의 페르시아 불사조 전사들이 연회장으로 들이닥치고 소리를 지르며 모든 사람을 붙잡았다.

"벨사살 왕이 저기 있다! 그를 잡아라, 그를 잡아라!"

불사조 특공대는 모두 소리를 지르며 총공격하였다.

"와~"

왕은 탈출을 시도했지만, 너무 늦었다. 불사조들이 그를 산채로 포로로 붙잡으려 했으나, 이때 벌써 이슈타르 문을 통과하여 들어온 페르시아 군대의 주력군들과 갑자기 조우하게 되면서, 그들이 휘두른 칼에 죽음을 맞이하게 되었다. 왕의 마지막 죽음 치고는 너무나도 허무한 죽음이었다. 바벨론에는 각 방향에 스물다섯 개씩 백 개의 성문이 있었는데, 페르시아의 주력군 고브리야스 사령관이 '이슈타르' 문 근처에 도달했을 때, 굳게 잠겨 있어야 할 문이 이상하게도 이미 활짝 열려 있었다. 달의 신 루스퍼를 섬기는 벨사살 왕족을 견제하기 위하여, 마드룩 제사장들이 미리 준비하여 성문 수비대를 제압하고 문을 열어 준 것이었다.

이로써 성안에서 조우한 불사조 부대와 고브리야스 장군의 주력군 부대 모두 함께 승리의 환호를 질렀다.

모든 곳은 폐허가 되었고, 호화로운 장식과 훌륭한 음식은 이제 과거일 뿐이었다. 고함지르고 칼 부딪치는 소리는 패배의 침묵과 포로가 된 사람들의 외침으로 대체되었다. 벨사살 왕은 하나님의 경고를 끝까지 무시하고 죽음을 맞이하고 말았던 것이다. 이렇게 페르시아의 고레스 대왕은 큰 전쟁에서 피를 많이 흘리지 않고도 한번 더 대승을 거두게 되었다. 바벨론 전투의 모든 상황은 페르시아의 승리로 끝났고 바벨론은 역사 속으로 사라지게 되었다. 이로써 고레스 왕은 서아시아를 평정하고 모든 패권을 잡았다. 이제 온전히 그의 세상이 되었다. 고레스 대왕은 바벨론의 모든 백성들 앞에서 외쳤다.

"나 고레스는 우주의 왕이요, 위대한 대왕이며 강력한 왕이고 바벨론의 왕이요, 수메르와 아카드의 왕이자 모든 세계의 왕이다.

I am cyrus king of the universe the great king, king of babylon, king of sumer and akkad king of the quarters of the world."

마침내 고레스 왕은 전 세계에 페르시아 대 제국이 완성되었음을 선포하였다. 이어 고레스 대왕은 고브리야스 사령관에게 지시하였다.

"도시 전체와 성을 확보하고 더 이상 저항이 없도록 하시오. 백성들에게 그들이 우리의 통치하에서는 절대로 안전할 것임과 그들 각 민족의 종교를 존중하며, 바벨론 귀족들의 모든 노예는 본인의 뜻에 따라 자유를 얻게 된다고 알리시오."

"명령대로 받들겠습니다, 폐하! 그런데 감옥에 있는 왕족들, 귀족들, 그리고 죄수들을 어떻게 하면 되겠습니까?"

"그들은 공정하게 대할 것이오. 어쨌든 그들도 이제는 우리의 백성임을 잊지 마시오. 그리고 왕족과 귀족들은 왕궁으로 초대하여 모임을 한번 갖도록 준비하시오."

"알겠습니다, 폐하. 준비하도록 하겠습니다."

"좋소. 이제 가서 도시를 조사합시다. 우리가 얻은 이 바벨론 성을 둘러보고 싶소."

많은 바빌로니아 백성이 벨사살 왕의 폭정에 이미 등 돌렸기 때문에, 고레스 대왕의 정복 작업은 신속하고 저항 없이 이루어졌다.

이때부터 고레스 대왕은 특유의 관용 정책으로, 타민족에 대한 배려가 뛰어난 관대한 군주로 알려지기 시작하였다. 그의 통치 기간 동안 그는 다민족 국가인 페르시아 대 제국의 융화를 위해 종교적 관용 정책과 인종적 포용 정책을 표방하였으며, 정부의 형태와 통치 방식에서도 다른 민족의 것을 과감하게 차용하여 그것을 새로운 제국에 맞게 응용하였다. 또한, 페르시아는 우편제도와 도군 제도를 실시하였는데, '도군제'란 전국 지방을 도(State)와 군(County)으로 나누어 임명된 관리로 하여금 중앙 통치 방식으로 직접 다스리게 하는 방식이다. 그리고 도로를 연결하고 역전제를 도입하여 실시하였는데, 중요한 교통 도로를 따라서 역을 설치하고, 관공서의 수송과 공공업무로 지방을 여행하는 관리들에게 말과 마차와 배 등을 제공해 주었다. 또한, 감찰사를 두어 수시로 지방을 순찰하고 감찰하게 하여 강력한 중앙 집권제를 확립하였다. 이는 그의 뒤를 이은 캄비세스 2세, 다리우스 3세와 아닥사스다 왕에게까지 전해져서 페르시아 제국의 문화와 문명을 형성하는 데 큰 역할을 하였다.

MENE MENE TEKEL UPHARSIN

예언

바벨론의 새로운 통치자가 된 고레스 대왕은 본격적으로 왕권을 인수하고 바벨론을 새롭게 동치하기 위하여 왕국의 징보와 지혜를 수집하는 중이었다. 고레스 대왕은 바벨론의 현명한 제2총리 다니엘에 대한 많은 소문을 이미 여러 곳에서 들어 익히 잘 알고 있었으며, 다니엘에게 미래를 위한 바벨론 통치 철학에 대해 물어보기 위해 그를 왕궁으로 불렀다. 자주색 옷을 입은 다니엘이 천천히 들어오며 인자한 미소로 왕에게 인사하였다.

"폐하, 바벨론의 제2총리 다니엘 벨드사살이 인사드립니다."

벌써 팔십 대 초반, 초로의 노인이 된 다니엘은 바벨론의 새로운 제2총리이며 많은 통치자 밑에서 일하여 왔다. 고레스 대왕은 그의 지혜를 존중했기에 그에게 조언을 구했다. 고레스 대왕은 존경하는 눈빛으로 다니엘을 바라보았다.

"다니엘 총리여! 당신이 역대 여섯 명의 왕을 지혜로 섬겼다고 들었소. 이제 나에게도 미래를 위한 바벨론의 통치 철학을 알려 주실 수 있겠소? 부디 우리가 무엇을 어떻게 하기를 원하는지 말씀해 주시오!"

이에 다니엘이 당황하지 않고 온화한 미소를 지으며 대답하였다.

"왕이시어, 저는 230여 년 전에 전지전능하신 하나님께서 우리 히브리인들에게 예언으로 주신 두루마리 성경을 가지고 왔습니다. 하나님께서는 왕의 이름 고레스를 직접 지명하시었고, 폐하께 생명을 주시었고, 죽음을 면하게 하셨으며, 권력을 주셨고, 세상 열국들을 당신 앞에 항복하게 하였으며, 강을 말리셨고, 험한 곳을 평탄케 하셨으며, 놋 문을 쳐서 부수며, 쇠 빗장을 꺾고, 과거와 미래를 말씀하시도록 부르셨습니다. 그리고는 하나님은 왕에게 '너는 유대인들을 예루살렘으로 돌려보내고, 그곳에 성전을 재건하게 하라'라고 말씀하셨습니다."

천천히 말하였지만, 단 한마디도 막힘이 없었다. 다니엘은 양가죽으로 된 두루마리 성경을 펼쳐 보이며 말을 이어 갔다. 얼마나 오래된 것인지 두루마리 성경에서는 먼지가 날렸다.

"왕이시어, 이 오래된 두루마리 성경을 보십시오. 고레스에 대해 말하기를 '그는 나의 목자이며 예루살렘에 대해 재건하라'고 말할 것이며, 성전에 대해서는 '그 기초를 놓으라'고 말하십니다. 여호와께서 그의 기름 부음 받은 자에게 이같이 말씀하시되 내가 그의 오른손을 붙들고 고레스에게 말씀하시며, 열방을 정복하고 왕들의 갑옷을 풀며, 그 앞에 이중문을 열고 성문들이 닫히지 않게 하리니, 내가 네 앞에 가서 험한 곳을 평탄케 하리라. 내가 놋 문을 쳐서 부수며 쇠 빗장을 꺾고, 네게 흑암 중의 보화와 은밀한 곳에 숨은 재물을 네게 주리니, 너를 지명하여 부른 자가 나 여호와 이스라엘의 하나님인 줄 너로 알게 하리라, 내가 나의 종 야곱, 나의 택한 이스라엘을 위하여 너를 지명하여 불렀나니 너는 나를 알지 못하였을지라도, 나는 네게 칭호를 주었노라."

다니엘은 한 마디도 흐트러짐 없이 단호하게 말했다. 목소리엔

힘이 실려 있었고, 얼굴에는 온화함이 가득했다.

고레스 대왕은 다니엘이 보여주는 이사야의 예언들을 천천히 따라 읽었다. 고레스 대왕은 소스라치게 놀랄 수밖에 없었다. 그는 이사야 말씀으로부터 성을 공략할 때, 성 주위의 물을 마르게 하신 것과 놋쇠 문을 열고 쇠 빗장을 꺾어 성문을 열어, 그 난공불락의 성을 정복케 하신 이가 하나님이심을 이제야 알았다. 그리고 하나님께서 그의 이름까지 정확히 지명하여 부르시며 '고레스가 나의 사로 잡힌 자들을 값이나 갚음 없이 해방시켜 놓으리라. 만군의 여호와의 말이니라.' 하시는 예언을 보고는 기겁하였다. 고레스 대왕은 이미 이백삼십 년 전에 이미 하나님께서 자기 이름을 부르시며 자기가 이루었던 일들과 해야 하여야 할 일들을 예언하셨음을 보고 그 위대하신 하나님 앞에 무릎을 꿇지 않을 수가 없었다.

"세상에! 오, 나의 주님! 믿을 수 없어. 오, 하나님! 다니엘 선지자여, 유대인들 말이오? 어떻게 내가 그 노예들을 자유롭게 하며, 성전을 건축하게 해야 하는가?"

"폐하의 과거를 한번 회상해 보시면, 누구보다도 왕께서 더 잘 아실 겁니다. 왕께 생명을 주시고, 또 죽음으로부터 지켜주시고, 왕권을 주시고 또 확장하게 하셨으니 이 모든 것이 오늘을 위한 하나님의 섭리이십니다."

선지자 다니엘이 또박또박 천천히 말하였다.

"그리고 보니 내 조금은 알 듯도 하오. 그런데 성전이라니요?"

"왕이시어, 성전은 하나님을 향한 우리 신앙의 심장이며, 우리의 정체성을 상징합니다. 성전 없이는 우리는 희망이 없는 것과 같고, 길을 잃음과 같습니다."

"그러하군요. 그리고 당신은 하나님이 당신들이 성전을 재건하는 것을 돕기 위해 나를 선택했다고 믿습니까?"

예언자 다니엘이 두루마리 성경을 다시 보여주며 대답하였다.

"네, 폐하. 이 성서를 보십시오."

"큰일이군. 그러나 그것이 하나님의 뜻이라면, 그것은 이루어질 것이오. 당신의 지혜에 감사드리오, 다니엘."

고레스 왕이 놀란 표정으로 감사의 인사를 하였다.

"네, 폐하. 주님께서는 그렇게 할 마음을 왕의 마음속에 이미 넣어 주셨습니다."

"다니엘, 당신의 말에 이미 감동을 받았소. 나는 히브리인들이 본향으로 돌아가 성전을 재건할 수 있도록 포고령을 내리겠소."

"감사합니다, 왕이시어. 당신은 히브리인들뿐만 아니라 하나님의 말씀의 힘을 믿는 모든 사람들을 위해 위대한 일을 하실 것입니다."

"나는 그를 알지도 못하였고, 그의 계획도 알지 못하였노라. 그저 나를 선택하신 여호와께 순종할 뿐, 나는 그분이 내게 하라고 명하신 모든 것을 행할 뿐이요. 나를 향한 그 놀라운 그 계획은, 내 생각보다 크고 위대하도다. 나는 하나님의 뜻의 도구일 뿐이요. 고맙소. 다니엘 총리!"

다니엘이 감사의 마음으로 고개를 숙이고 왕좌의 방을 떠났다. 고레스 대왕은 신하들을 불러 다니엘에게 말한 그대로 법령을 쓰고 선포하였다.

"서기관들을 불러오너라. 내가 써야 할 법령이 있다."

"네, 알겠습니다. 폐하!"

신하들이 절을 하고 떠나고, 고레스 대왕이 혼잣말로 중얼거렸다.

대영 박물관에 보관된 고레스의 실린더는 바벨론을 정복하고 유대인을 포함한
유배자들을 해방시킨 고레스 대왕의 업적을 기리는 내용과 그의 통치 칙령이 들어 있다.

©Prioryman_The British Museum(wikipedia)

"내가 하나님의 말씀에 감동받을 거라고는 생각도 못 했는데…. 그러나 다니엘은 나에게 믿음의 힘, 희망의 힘을 보여주었다. 그리고 나는 그것을 현실로 만들기 위해 내가 할 수 있는 모든 것을 할 것이다."

고레스 대왕은 바벨론을 정복하고 난 후에 '고레스의 실린더'라는 인류 최초의 인권 선언문이라 할 수 있는 고레스 칙령을 발표하였는데, 이는 "모든 시민은 생각과 선택의 자유, 종교의 자유를 가질 권리가 있으며, 노예 제도를 금지하며, 모든 개인은 서로 존중해야 하고, 궁궐을 짓는 모든 일꾼들에게는 급여를 지급하여야 한다."라고 명시되어 있다.

이는 미국의 남북전쟁 당시 노예 해방을 선언한 링컨 대통령 보다 2500년이나 앞선 고대 국가에서 선언한 세계 최초의 노예 해방 선언이었다. 또한 아직까지도 종교의 자유를 갖지 못하는 중동과 아시아의 일부 이슬람 국가와 독재 국가들의 종교 정책을 되돌아보면, 그리고 독재정권의 폭정 아래서 개인의 인권을 존중받지 못하고 살아가는 사람들을 생각하면, 시사하는 바가 정말 크다 하겠다.

해방

고레스 대왕은 마침내 선지자들의 예언을 성취하고 유대인들이 성전을 재건하기 위해 예루살렘으로 돌아가도록 허락하였다. 이 연민과 관용의 통치는 과연 위대하였다! 그의 통치는 역사상 가장 위대한 민주주의였다. 그 바탕에는 인권 존중 사상이 고스란히 깔려 있었다. 고레스 대왕이 바벨론의 성 위에 서서 모든 히브리인들에게 선언하였다.

"페르시아의 왕 나 고레스가 말하노니, 하늘의 신 여호와께서 세상 만국을 내게 주시면서 나에게 명령하시기를, 유다 예루살렘에 성전을 건축하라 명하셨나니, 이스라엘의 하나님은 참 신이시라, 너희 중에 무릇 그 백성이 된 자는 모두 유다 예루살렘으로 올라가서 거기 있는 여호와의 성전을 건축하라. 너희 하나님이 함께하시기를 원하노라."

고레스 대왕이 히브리인들에게 다시 외쳤다.

"보라! 이제 앞에 보이는 이 길이 당신들의 길이오. 가라! 가서 예루살렘을 회복하며, 성전을 재건하고 위대하게 만들라."

모든 히브리인들이 사방에서 환호하며 외쳤다. 그들은 진심으로 고레스 대왕에게 고마워하며 눈물을 흘렸다.

"하나님 감사합니다! 고레스 대왕에게 감사드립니다."

"당신은 진정한 왕입니다, 고레스 대왕이시어!

"와, 와~! 고레스 대왕 만세. 고레스 대왕 만세."

다니엘은 마음이 급했다. 이제부터는 어떻게 예루살렘으로 돌아가야 할지 심사숙고해야 했다. 무엇보다도 수많은 사람을 이끌고 먼 길을 가기 위해서는, 그들을 인도하여 갈 지도자가 필요했다. 고심 끝에 그는 스룹바벨과 대제사장 여호사닥의 아들인 대제사장 예수아를 만나 보기로 하였다. 그런데 스룹바벨은 바벨론의 주지사였으므로 잘 알고 있었지만 대제사장 예수아는 소문으로만 알고 있었을 뿐, 지금은 어디에 살고 있는지도 몰랐다. 다니엘은 스룹바벨을 먼저 만나 보아야 하겠다고 생각했다.

스룹바벨은 사십 대 중반으로, 바벨론에 포로로 잡혀온 비운의 유다 왕 여호야긴의 손자이며 스알디엘의 아들로서 바벨론의 주지사였다. 스룹바벨의 이름의 뜻은 '바벨론의 후예', '바벨론에 대한 슬픔'이란 뜻으로 이름을 통해 알 수 있듯이 이스라엘의 바벨론 포로 생활에 대한 아픔이 담겨 있다. 하지만 그는 다니엘과의 만남으로 민족에 대한 새로운 사명을 갖게 되었고, 이스라엘 백성들의 1차 귀환을 총 지휘 하였을 뿐만 아니라 예루살렘 귀환 후 하나님의 성전을 사 년 육 개월에 걸쳐 재건하며, 바벨론의 슬픔이 변하여 이스라엘의 기쁨이 되게 되었다.

"스룹바벨 주지사여! 오랜만이군요. 그동안 잘 지내셨는지요?"

"예, 다니엘 총리님. 오랜만에 뵙습니다. 소식은 들었습니다. 고레스 왕을 만나셔서 드디어 우리 민족의 숙원인 이스라엘 귀환을 약속받으셨더군요. 수고 많으셨습니다. 그리고 감사합니다."

"이 모두가 하나님의 은혜입니다. 드디어 칠십 년 전에 주셨던 하나님의 약속이 이루어지는 것이지요."

"네. 실로 그러합니다."

"그래서 주지사님을 뵙자고 한 것입니다. 이제 그들을 인도하여 예루살렘으로 돌아가야 할 터인데, 앞에서 인도할 지도자가 필요합니다."

"그렇지 않아도 저도 그것을 걱정하고 있었습니다."

"이번 귀환에 스룹바벨 주지사님께서 직접 저들과 함께 귀환해 주시면 어떻겠습니까? 가셔서 성전도 재건해야 하고요. 이번에 그러한 사명을 맡아 주시면 감사하겠습니다."

"그렇게 말씀해 주시니 감사합니다만, 제가 그럴 자격과 능력이 있는지는 모르겠습니다. 총리님께서 직접 우리를 인도하여 이스라엘로 돌아가는 길을 같이 가주시면 안 되겠습니까?"

스룹바벨이 진지하게 간청을 하였다.

"아니올시다. 나는 이곳에 계속 남아서 할 일이 아직 많이 남아 있어요. 남아서 마지막 한 사람까지 안전하게 돌아가게 하겠습니다."

"네, 그러하시다면 다니엘 총리님만큼은 못 하겠지만, 제가 그 중책을 맡아서 잘 수행해 보도록 하겠습니다."

"감사합니다. 주지사님! 스룹바벨 주지사님께서는 여호야긴 왕의 손자가 아니십니까? 잘 부탁드립니다."

다니엘은 스룹바벨의 조부인 여호야긴 왕의 육촌이니 스룹바벨에게는 삼종조부이지만 살아있는 왕족의 직계 혈통이며 유다 왕위 계승 2위였기에 스룹바벨에게는 되도록 존칭을 사용하였다.

"그런데, 저를 도와서 같이 갈 한 사람을 더 추천하여도 되겠습니까?"

"네, 말씀해 보세요."

"일찍이 대제사장 여호사닥의 아들로서, 이곳에 있는 대제사장 예수아를 추천드립니다.”

“잘 되었습니다. 그렇지 않아도 저도 그분을 생각하고 있었습니다. 대제사장님께 말씀을 잘 드려 주시기를 바랍니다.”

“예, 그렇게 하겠습니다.”

“그러면 나는 고레스 왕에게 스룹바벨 주지사님을 유다 총독으로 추천하겠습니다. 총독으로 임명이 되시면, 예루살렘 궁전과 성전에서 약탈해 온 모든 기명과 보물 명단을 확인하시고, 인수하여 주시기 바랍니다.”

다니엘은 이미 고레스 대왕으로부터 예루살렘 궁전과 성전에서 약탈해 온 모든 기명과 보물들도 돌려 받기로 약속을 받아 내었다.

스룹바벨이 총독으로 임명받고, 유다에서 탈취하여 온 것들을 인계받으니 성경에는 이렇게 기록되어 있었다.

“고레스 왕이 또 여호와의 성전 그릇을 꺼내니 옛적에 느부갓네살이 예루살렘에서 옮겨와 자기 신들의 신전에 두었던 것이라, 페르시아의 왕 고레스가 창고지기 미르드닷에게 명령하여 그 그릇들을 꺼내어 세어서 유다 총독 스룹바벨 세스바살에게 넘겨주니, 사로잡힌 자를 바벨론에서 예루살렘으로 데리고 갈 때에 스룹바벨 세스바살 총독이 그 그릇들을 다 가지고 갔더라.”

고레스 대왕은 예루살렘에 돌아가 성전을 재건할 재정과 기전까지도 하나도 남김없이 다 보내 주었다. 우리는 새로이 유다 총독으로 임명된 스룹바벨과 대제사장 예수아가 히브리인들을 예루살렘으로 인도하여 성전을 재건하는 것을 볼 것이다.

유다 총독 스룹바벨이 모두를 바라보며 힘껏 외쳤다.

“자, 우리 모두 예루살렘 고국으로 돌아가 폐허가 된 성전을 재건합시다.”

성전의 기물들을 돌려주는 고레스 대왕

©Gustave Doré 『Cyrus Restoring the Vessels of the Temple』 (wikipedia)

모든 히브리인들이 기쁨으로 화답하며, 흥분하여 소리쳤다.

"예! 이제 우리 모두, 예루살렘으로 돌아갑시다."

그러나 늙은 대제사장 예수아는 마냥 기쁘지만은 않았다. 칠십 년 전 예루살렘 성이 무너지고, 바벨론에 노예로 잡혀 올 때, 함께 빼앗겨온 '언약궤'를 찾으려고 아버지 여호사닥과 함께 그렇게도 노력하고 찾아보았지만 어디에 있는지, 어느 누가 가져갔는지 기록조차도 찾을 수가 없었다. 그는 기쁘지만 아쉬운 표정을 지으며 스룹바벨에게 말했다.

"하지만… 한 가지가 여전히 저를 괴롭히는군요. 바벨론 사람들이 가져간 언약궤는 아직도 찾아내지 못했습니다. 나는 실로 죄인입니다. 언젠가 이 세상에 참된 말씀과 평화가 찾아올 때, 하나님께서 우리를 인도하셔서 그것을 다시 찾게 되기를 믿고, 소망할 뿐입니다."

예수아는 하늘을 바라보며 기도하였다.

언약궤

일찍이 이스라엘 민족이 이집트에서 나올 때 모세는 시나이 산에서 사십 일 동안 머무르며 성막과 언약궤의 환상을 보았고, 그가 가지고 내려온 두 개의 십계명 석판을 보관하기 위해 언약궤를 만들었다. 계시대로 그가 직접 만들었는데, 세로가 2.5 규빗, 가로가 1.5 규빗, 높이는 1.5 규빗이었다. 언약궤 전체에는 얇은 금박이 입혀졌으며, 또한 황금 장식들이 옆에 붙어 있어서 신성함을 더하였다. 네 개의 황금 고리가 양옆에 각각 두 개씩 달려 있어, 나무 장대로 이를 운반할 수 있게 하였다. 언약궤는 제작된 후 사십 년 동안 이스라엘인들과 함께 황량한 광야를 떠돌았다. 이스라엘들이 밤에 쉬기 위해 야영지를 만들 때마다 언약궤는 신성한 천막인 성막 아래에 소중하게 보관되었고, 이동할 때는 회중이나 군대 앞에 언약궤가 항상 앞장섰고, 낮에는 구름 기둥과 밤에는 불기둥이 안내하였다.

이스라엘인들이 여호수아의 인도를 받아 요르단 강 어귀, 약속의 땅에 도착하자, 이스라엘인들은 언약궤를 앞에 내세우며 그들이 약속의 땅에 도착했음을 선포하였다. 언약궤를 받치고 걸어가는 사제들의 발이 요르단 강에 닿자, 강이 말라버렸고 사람들이 모두 지나갈 때까지 그 상태를 유지했다. 후에 이 기적을 기념하기 위해 열두 개의 돌을 제사장들이 건넌 자리에 세웠다.

언약궤는 여리고 전투에서 또 다른 기적을 일으켰다. 제사장들은 엿새 동안 언약궤를 들쳐 메고 여리고 성의 성벽 주위를 하루에 한 번씩 돌았고, 마침내 이레째 되는 날, 그들이 성을 도는 것을 마치자마자 여리고 성의 성벽이 굉음을 내며 무너져 내렸고, 이로써 여리고 성을 정복하였다.

또 한 번은, 이스라엘의 장로들이 한 전투에서 군대의 사기를 끌어올리고 하나님의 보호를 받기 위해, 블레셋인들과의 전투에 언약궤를 갖고 가기로 결정하였다. 하지만 이스라엘인들은 3만 명에 달하는 전사들을 잃으며 대패하였고, 언약궤는 블레셋 인들에 의해 탈취당했다. 언약궤를 빼앗겼다는 소식이 급하게 본국으로 전해졌고, 이 소식을 들은 대제사장은 곧바로 쓰러져 죽었다. 블레셋인들은 빼앗은 언약궤를 전리품으로 여겨 여러 곳에 가지고 다녔는데, 이상하게도 그들이 언약궤를 가지고 다니는 곳마다 그들에게 불행이 닥쳤다. 블레셋의 지도자가 언약궤를 자기 부족의 다곤 신전 안에 들여놓았는데, 이튿날 사람들이 신전 안에 들어가자 다곤 신상이 언약궤 앞에 엎어진 채 머리를 박고 있었다. 언약궤를 보관하던 블레셋의 도시에는 종기, 쥐, 전염병들이 돌았고, 블레셋인들은 언약궤를 자신들의 도시 안에 들여놓는 것을 두려워하였다. 언약궤는 블레셋인들에 의해 일곱 달 동안 보관 되었지만, 결국은 다시 이스라엘인들에게 반환되었다. 이때, 다윗 왕은 하나님의 언약궤가 예루살렘으로 옮겨오는 행렬 앞에 나아가 왕의 체면도 잊고 덩실덩실 춤을 추었고, 이스라엘인들은 언약궤에 제물을 바침으로써 언약궤의 귀환을 기뻐하였다. 그러던 중, 한 사람이 호기심을 참지 못하고 언약궤를 올려다보았고, 결국 그와 그 주위에 있던 칠십 명의 사람들이 불타 죽었다. 사울 왕의 시대에 언약궤는 그의 군대와 함께 다녔지만, 사울이 언약궤에 예를 갖추기에는 조금 성급한 면이 있었기에 언약궤가 예전처럼 군대의 맨 앞에 서서 군대의 진군을 이끄는 일은 없어졌다.

　　다윗 왕은 언약궤를 시온 산으로 옮기려 하였다. 옮기던 중에 하나님의 규례를 어기고 언약궤를 수레로 운반하려고 하다가, 웃사가 언약궤의 균형을 맞추기 위해 언약궤에 손을 대었고, 그 즉시 하나님의 진노를 받아 번개에 맞아 죽었다. 다윗 왕은 이 소식을 전해 듣고, 언약궤를 옮기는 일을 실행하는 것에 두려움을 느끼고, 오벳의 집에 세 달 동안 보관하였다가 다시 시온으로 옮겼다. 세 달 동안 언약궤를 보관하던 오벳의 집은 복을 받았으며, 다윗은 마침내 언약궤를 시온 산 장막 안에 모시고 제사를 올리며, 이스라엘 사람들에게 떡 한 덩이와 포도주를 나누어 주었다. 언약궤를 모시는 직책은 레위 지파 사람들에게 배분되었으며, 그들은 성막을 대신하여 언약궤를 보관하기 위해 거대한 신전을 짓고자 하였으나, 하나님의 계시를 받아 이 공사는 결국 중단되었다. 다윗 왕이 임종한 이후, 그의 아들 솔로몬이 이스라엘의 왕위에 올랐다. 솔로몬은 언약궤에 기도를 올림으로써 누명을 벗었고 왕위에까지 오를 수 있었으며, 또한 언약궤 앞에서 기도하다 잠들었는데, 이때 그의 꿈에서 하나님을 만나 그의 지혜를 얻었다. 솔로몬은 이에 대한 은혜를 갚기 위해, 다윗 왕의 통치 시기에 중단되었던 성전 공사를 재개하였다. 성전에는 언약궤를 보관하기 위한 특별한 방이 마련되었으며, 이 안에 언약궤가 십계명을 새긴 석판 두 개와 함께 보관되었다. 성전이 완공되고, 제사장들이 성전을 야훼에게 바치는 봉헌 의식을 치르자, 구름이 일어나 언약궤와 성전을 감쌌다. 이후 이스라엘은 북이스라엘과 남유다로 분리가 되었고, 남유다의 여호야김 왕 때 바벨론의 느부갓네살 군대가 예루살렘을 침공하였다. 이때가 느부갓네살의 1차 침공이었는데, 그들은 성전 안에 있던 모든 기명들과 언약궤를 옮기는 '장대'와 성의 모든 보물을 바벨론으로 가져갔는데, 다행히 언약궤의 존재는 알고 있지 못하였고, 그 때문에 모든 히브리인들은 그들의 언약궤를 바벨론의 느부갓네살 왕이 바벨론으로 가져간 것으로 지금까지 알고 있는 것이었다.

여호야김 왕은 예루살렘성이 함락되기 직전, 제사장 예레미야 선지자와 군대 장관 에그립다 장군과 언약궤를 담당하는 레위 족속의 족장 여히엘을 은밀히 그리고 급하게 왕궁으로 불렀다.

"예레미야 선지자시여! 예루살렘 성의 방어가 오래 가지는 못할 것 같아요. 어찌하면 좋겠습니까?"

"왕이시어, 저도 또한 그렇게 생각합니다."

예레미야 선지자는 감옥에 수감되어 있다가 왕의 부름을 받고 막 나오는 길이었다. 그 자리에 모인 모든 이들은 예루살렘의 수성이 더 이상 불가능하다는 것을 이미 잘 알고 있었다.

"나는 마지막 순간까지 싸울 것이고, 성전과 함께 할 것입니다. 나는 어찌 되든 상관없습니다만, 성전 안에 모셔진 언약궤는 어찌하면 좋겠습니까?"

그들은 마지막 순간에 다다르면서 언약궤의 보존을 어떻게 하여야 할지 안절부절못하였으나 방법이 없었다. 그들에게 출애굽 이후로 언약궤는 야훼였고, 성전이었고, 민족이었고, 나라였고, 신앙이었다. 언약궤가 없는 그들은 상상할 수도 없었기에, 지금 당장 예루살렘 성이 함락된다 하여도 언약궤만은 지켜내야만 하였다.

"왕이시어! 오늘밤, 당장이라도 언약궤를 빼내어 다른 곳으로 모셔야 합니다."

예레미야 선지자가 제안을 하였지만, 그도 그것이 가능하다고 생각하지 않았다.

"바벨론 군사들이 저리도 성을 에워싸고 있는데, 어떻게 빠져나갈 수가 있겠으며, 몰래 빠져나간다 하더라도, 어디로 갈 수 있단 말입니까? 폐하!"

레위 지파 여히엘 족장이 답답한 듯 물었다.

"그래서 예레미야 선지자님과 여히엘 족장을 급히 부른 것이라오. 여히엘 족장은 언약궤를 담당하고 있는 신실한 레위인 12인과 흠이 없고 칼을 잘 쓰는 레위인 12인을 지금 당장 차출하여 데려 올 수 있겠소?"

언약궤에는 사방에 고리가 하나씩 있었고, 네 금고리 끝을 네 명이 한 조로 하여 교대로 매도록 하기 위해서였다. 그리고 레위인들은 성전 의식과 예배를 진행하는 것이 그들의 주된 업무이지만, 제사장의 경호를 담당하는 칼을 사용하는 경호대가 별도로 있었다.

"예, 폐하! 지금 당장 다녀오겠습니다."

여히엘 족장은 대답이 끝나기도 전에 벌써 밖으로 나가고 있었다. 이때 가만히 옆에서 듣고 있던 에그립다 장군이 입을 열었다. 에그립다 장군은 여호야김 왕의 사촌 동생이었다.

"폐하! 언약궤를 모시는 스물네 명이 성 밖으로 나가는 것은 쉽지는 않습니다만, 그렇다고 불가능하지도 않습니다."

"그래, 방법이 있겠소? 어떻게 하면 좋겠소?"

"성의 동쪽은 바벨론 군대의 본부가 있으니, 병사들이 많이 배치되어 있을 것입니다. 그곳을 피하여, 한 밤중에 남쪽의 절벽 근처의 성문을 열고 공격하여 나가겠습니다. 바벨론 병사들이 그쪽으로 몰려갈 때, 언약궤를 모신 일행들이 빠져나가게 하겠습니다. 그리고

언약궤

©Benjamin West 『Joshua passing the River Jordan with the Ark of the Covenant』 (wikipedia)

길을 잘 아는 날랜 병사 둘을 붙여 예루살렘을 완전히 **빠져나갈** 때까지 길 안내를 하겠습니다. 단, 모든 인원들은 머리까지 덮을 수 있는 검은 옷으로 입어야 합니다."

"알겠소! 그렇게 할 수만 있다면, 얼마나 좋겠소. 그러면, 언약궤를 어디로 모시면 되겠소? 지금 성 밖은 사방이 다 바벨론의 세상이 아닙니까?"

이때 선지자 예레미야가 나섰다.

"폐하, 예루살렘에서 남동쪽으로 이틀 거리에 '마사다'라는 산꼭대기에 오래전부터 저희가 기도처로 쓰던 작은 성전이 있습니다. 사람들의 발길이 닿지도 않고 아주 은밀한 곳이니 그곳이 어떻겠습니까?"

"그런 곳이 있다면, 당연히 그곳으로 모셔야 하겠지요. 그런데 그 곳까지의 길 안내는 누가할 수 있겠습니까?"

"언약궤를 모시는 길이고, 또 비밀 유지를 위해서라도 제가 직접 가겠습니다. 지금부터는 그 누구에게도 언약궤의 가는 길을 비밀로 해 주시기를 바랍니다."

"예레미야 선지자님께서 직접 가 주신다 하니, 감사드리며 잘 부탁드립니다."

마사다

마사다는 히브리어로 '요새'라는 뜻이다. 그렇게 언약궤는 솔로몬 성전에서 밖으로 나오게 되었고, 푸른색의 성막 천으로 덮여 검은 옷을 입은 레위인들에 의해 옮겨지게 되었다. 대신에 언약궤를 옮기는 장대는 너무 길어서 사용할 수 없었고, 네 모서리에 있는 금고리에 천을 걸어 어깨에 메고, 작은 손잡이만 사용하기로 하였다. 다행히 예레미야 선지자는 언약궤를 안전하게 인도하여, 예루살렘 성이 함락되기 바로 전날 밤에 예루살렘 성을 탈출하여 마사다로 향할 수 있었다. 이 언약궤의 이동은 레위 지파 호송인 스물네 명과 여호야김 왕, 에그립다 장군 그리고 예레미야 선지자 그렇게 소수만이 알고 있었다.

마사다는 지리적으로 매우 특별한 위치에 자리해 있었다. 마사다는 남사해와 북사해가 갈라지는 곳에 양쪽으로 융기한 절벽들 사이로 요르단 강이 흐르는 요새로써, 험준한 산악지대에 위치해 있었다. 마사다는 산중의 산으로 꼭대기는 평평하지만 거의 모든 쪽이 절벽으로 이어져 있고, 남쪽은 약 400m 정도의 절벽으로 접근이 거의 불가능하며 사해를 바라보고 있었다. 반면에 북쪽은 비교적 낮은 90m의 산을 낀 절벽으로 사람들의 출입은 가능하였으나, 군사적 침략 용도로는 불가능해 보였고 도저히 사람이 살 수 없는 환경으로 보였지만, 그래도 그곳은 물도 있었고 식량 창고도 있었다.

선지자 예레미야는 레위인들에게 조차도 어디로 향하여 가는지 목적지도 말하지 않고, 오로지 남동쪽으로 내 달렸다. 이튿날 아침 어느 정도 안전을 확인한 후에는 레위 지파 호위무사 열두 명도 돌려보냈다. 언약궤 안에는 모세의 십계명 석판 두 개와 아론의 지팡이 하나, 그리고 출애굽 당시에 그들을 먹여 살렸던 만나를 담은 항아리만 있었으니 무게는 그리 무겁지 않았다. 그래도 안전하게 모시기 위하여 네 명이 한 조로, 삼교대로 이동하였다. 언약궤는 야훼의 규율대로 바퀴를 달 수가 없었고, 마사다 같은 산악을 오르더라도 균형을 유지하여야 하였기에, 마지막 마사다 절벽을 오를 때는 정말 신중을 기하여야 하였다. 그들이 얼마나 쉴 틈도 없이 내 달렸는지, 마사다 절벽 위에 있는 작은 성전까지는 생각보다 반나절 일찍 도착하였다. 예레미야 선지자는 마사다 절벽 꼭대기에 도착하자마자 열두 명의 레위인들을 시켜 반대편 쪽, 한 칸 아래 바위틈 사이에 있는 작은 동굴의 바닥을 깊이 파도록 지시하였다. 바닥은 아무리 바위라 하여도 사암이라 그렇게 아주 힘들지는 않았지만, 깊이 아래로 내려 갈수록 점점 더 파기가 힘들었다. 구할 수 있는 모든 부드러운 천들로 언약궤를 둘러싼 후, 언약궤와 성막을 묻었다. 그 위에는 자신의 묘실을 만들었다. 이곳이 누군가에게 발각되더라도 자신의 묘실 밑으로는 더 이상 파 내려가지 않을 거라는 믿음이 있었다.

모든 일이 마무리되자 모여서 기도를 한 후에 예레미야 선지자는 레위인 열두 명에게 감사의 표시를 하였다.

"레위 지파 형제 여러분! 우리는 출애굽 때부터 지금까지 우리 이스라엘 민족의 지도자 지파요, 예배를 인도하는 지파로서 모든 이들에게 존경을 받아오고 있습니다. 이번에도 우리 이스라엘의 생명이자 상징인 언약궤를 이곳까지 잘 모셔 왔고, 마지막 매장까지 잘 처리하여 주셔서 감사합니다. 언젠가는 야훼께서 허락하시고 우리가 외세의 침략으로부터 해방될 때, 이곳에 반드시 돌아와서 언약궤를 꺼내어 솔로몬 성전에 모시겠습니다. 그때까지는 절대 이 동굴이 열려서는 안 됩니다."

예레미야 선지자는 입술이 마르자, 마른침을 삼켰다.

"나는 여러분에게 제사장으로서 부탁드립니다. 오늘 일이 절대 세상에 알려져서는 안 됩니다. 하여 여러분에게 어떻게 부탁하여야 할지 내 입으로는 차마 말을 할 수가 없군요. 물론 이에 따르지 않고 대항하여 나를 죽일 수도 있을 겁니다. 그렇다면 나를 저기 준비한 묘실에 묻어 주기를 바랍니다."

레위인들은 갑자기 상상할 수 없는 부탁을 하는 예레미야 선지자의 말을 듣고 적지 않은 충격을 받았다. 그중에 나이가 가장 많은 헤브론의 자손 아밋샴이 입을 열었다.

"예레미야 선지자이시어, 저희는 죽음을 다하여서라도 언약궤를 지켜야 하는 레위인들이라는 것을 어려서부터 뼛속 깊이 교육받고 자라 왔습니다. 그런 걱정은 하지 않으셔도 됩니다. 그러나 저희는 여호와의 규례대로 자결할 수 없음을 선지자님께서도 잘 아실 것입니다. 그러므로 제가 나머지 동료들을 다 죽이고 난 후에 마지막으로 홀로 자결하겠습니다."

모든 짐과 죄를 자신이 혼자 짊어지고 가겠다는 결의였다. 그는 말을 마치고 동료들을 둘러보았다. 그들 모두 그의 각오에 동의하며 결연한 의지를 보여주고 있었다.

"저희 모두 그렇게 받아들이겠습니다."

모두 고개를 끄덕이며 절벽 앞으로 모였다. 이제 다른 선택은 없었다. 절벽으로 뛰어내리면 규례를 위반하는 자결이 되는 것이요, 칼에 맞아 죽으면 순교자가 되는 순간이었다. 모두 조용히 눈을 감고 칼을 받았다. 아밋샘은 담대하였고, 자신의 마지막 의무를 마치자마자 절벽으로 달려가 뛰어내렸다. 이로써 예루살렘성을 출발할 때부터 줄곧 그의 머릿속을 괴롭혔던 고민은 레위인들의 강직한 신앙으로 어렵사리 끝나게 되었다. 예레미야 선지자는 마음이 아렸다. 그는 그곳에 남아서 마지막까지 정리를 다하고, 며칠 후에 예루살렘성으로 향했다. 이제 성으로 돌아가서 여호야김 왕에게 결과를 보고하여야 했다.

언젠가는 이곳으로 돌아와 언약궤를 다시 찾아가리라 다짐하였다. 돌아가는 길은 긴장도 풀리고 피로도 쌓여서 닷새나 걸렸다. 그러나 돌아가서 마주한 예루살렘성은 말로 표현할 수 없을 정도로 엉망이었다. 성은 함락되어 무너져 있었고, 백성들은 포로로 잡혀 있고, 바벨론으로 곧 끌려간다는 소문이 흉흉하였다. 여호야김 왕은 바벨론의 느부갓네살 왕에게 항복하였으며, 포로로 잡혀서 이미 느부갓네살 왕 앞으로 끌려갔다고 하였다. 에그립다 장군도 예루살렘성을 지키려 항전하다 전사하였다고 하였다. 그는 서둘러서 솔로몬 성전으로 달려가 보았다. 그곳도 이미 일부가 파괴되었고, 성전 안의 모든 기명들은 밖에 대기 중인 바벨론의 수레에 실려지고 있었다. 솔로몬 성전 안에 있던 언약궤를 옮기는 장대도 이미 수레에 실려 있었다. 예레미야 선지자는 만약 그들이 하루만 늦게 움직였더라면, 언약궤가 바벨론의 손에 넘어 갔으리라 생각하니, 온몸에 식은 땀이 흘렀다.

모든 것이 몇 년 전부터, 하나님이 그를 통하여 여호야김 왕에게 줄기차게 바벨론의 침공을 예언하였고, 경고하였던 내용 그대로 이루어지고 있던 것이었다. 그가 여호야김 왕에게 두루마리 편지로 경고할 때마다, 왕은 그것을 찢어서 난롯불에 던졌었다. 또한 예루살렘 성의 모든 이들이 그를 미워하고 외면하기 시작하였는데, 예레미야는 여전히 이스라엘 백성들에게 바벨론 시대를 인정하고 받아들이라고 외쳤고, 바벨론이 예루살렘 성을 향한 공격이 시작되자 여호야김 왕은 그를 감옥에 가두고야 말았던 것이었다. 그리고 또 한 명의 언약궤의 비밀을 알던 여호야김 왕은 칠 년 후 바벨론에 끌려가서 시신도 찾지 못하게 갈기갈기 찢기어 죽임을 당하였으나, 어느 용감한 유대인에 의하여 밤새 남아있던 얼마간의 유해를 추슬러서 예루살렘으로 보내지게 되었다. 이제 언약궤의 비밀을 아는 이는 자신 혼자만 남게 되었다. 어디 기록에 남김도 없다. 야훼께서 계시한 대로라면, 이제 칠십 년이 지나서야 예루살렘이 재건되리라. 그는 그를 돕는 제사장들과 함께 마사다로 다시 돌아가서 그곳을 지켜야 했다. 그곳이 이스라엘의 마지막 성전이요 마지막 보루라고 여겼다.

때는 어느덧 시드기야 왕의 시대, 예레미야 선지자는 하나님의 계시를 받고, 다시 예루살렘에 돌아가서 여전히 시드기야 왕에게 바벨론 시대를 경고하게 되는데, 시드기야 왕이 여호와의 뜻을 받지 아니하는지라 언약궤의 비밀은 계속하여 함구할 수밖에 없었다. 시드기야 왕은 왕위에 올라서 처음 사 년은 바벨론의 정책에 잘 순응하는 것 같이 보였으나, 예루살렘에서 에돔, 모압, 암몬, 두로, 시돈의 왕의 사절단들을 극비리에 비밀 국제회의에 초대하여 반란을 모의하려 하였는데, 갑자기 초대받지 않은 예레미야 선지자가 소의 목에 거는 멍에를 쓰고 나타나서, 독립은 꿈도 꾸지 말라며 선포를 하였다.

마사다 요새

©Andrew Shiva (wikimedia)

"이 모든 시련과 멸망은 하나님이 미리 예정하고 지시하셨다. 바벨론의 속국 정치는 칠십 년이니, 칠십 년 후에나 너희가 예루살렘으로 다시 돌아오리라."

예레미야가 목에 맨 멍에는 구속이란 뜻을 표현한 것이었다.

시드기야 왕은 바벨론에 소환되어 느부갓네살 왕으로부터 반란 모의에 대하여 강력한 경고를 받고 돌아왔으나, 당시 유다는 에돔, 암몬 등 친 이집트 나라들과 동맹을 맺고 있었으니 시드기야도 어쩔 수는 없었다. 그리하여, 느부갓네살 왕은 3차 침공을 감행하게 되고 예루살렘을 포위하기 시작하였다. 그러자 친 이집트 노선인 시드기야 왕을 도우러 이집트의 바로 군대가 출병을 하게 되었고, 바벨론 군대는 일단 포위를 풀고 퇴각한 후에 다시 전열을 가다듬어 공격하였다. 예루살렘은 이로부터 1년 6개월이나 포위당한 채로 버티게 되었다. 이에 두렵고 초조한 시드기야는 예레미야에게 요청하였다.

"에레미야 선지자시어, 부디 예루살렘이 점령당하지 않도록 야훼께 기도를 해 주십시오."

그러나 예레미야는 단호히 대답하였다.

"왕이시여! 제가 얼마나 오랫동안 왕께 예언하여 왔습니까? 예루살렘은 곧 점령당합니다. 바벨론에게 투항하십시오. 그러면 목숨은 부지할 것이요. 그렇지 않으면, 예루살렘은 전염병이 돌고, 불바다가 되며, 기근이 들고, 돌 위에 돌 하나 남김없이 다 무너질 것이며, 밭은 소산을 얻지 못할 것입니다. 왕께서는 잡혀간 곳에서 죽을 것이고, 이 땅을 다시는 보지 못할 것입니다."

이 말을 들은 사드기야 왕과 고위 공직자들은 화가 치밀었다. 이즈음 예레미야는 고향에 가서 재산을 상속받아야 할 일이 생겨서 예루살렘을 떠나 고향 베냐민으로 가다가 체포당하고, 시드기야 왕은 옥 안에 갇히게 된 예레미야에게 하나님이 뭐라고 하시는지 줄곧 묻지만, 예레미야는 단호하게 예루살렘은 바벨론에게 완전히 점령당할 것이라고 말하였다. 바벨론의 거류민단 대표인 스마야도 예레미야를 잡아 죽이라고 압력을 넣고, 예루살렘의 고위 공직자들도 예레미야를 사형시키라고 항의하자, 시드기야는 자포자기하고 왕궁의 정치인들은 예레미야를 죽이기로하여 깊은 물웅덩이에 떨어뜨려 버렸다. 시드기야 왕은 예레미야를 구출하는 척하면서 자신의 속마음을 털어놓았다.

"예레미야 선지자여! 나는 솔직히 당신의 예언과 경고를 따라서 바벨론에 투항하고 싶지만, 내가 그리한다면, 유다의 모든 공직자들과 종교 지도자들 그리고 백성들까지 나를 무시하고 학대할 거라는 생각에 실로 두렵소."

"왕이시여! 이것은 하나님의 예언이며 뜻입니다. 지금 상황을 보세요. 왕께서 믿고 의지하던 이집트 군대도 퇴각하였고, 지금 성 밖에는 바벨론 군대가 포위하여 있습니다."

"잘 알겠소. 어쨌든 오늘 나의 상담 내용은 비밀로 하여 주시오."

유다는 그동안 계속하여 반역을 거듭하였으나, 느부갓네살의 3차 공격으로 모든 예루살렘은 완전히 함락되었고, 그야말로 어느 하나 남김없이 황폐하여지고 말았다. 시드기야 왕은 도망치려 하였지만 잡혀서 느부갓네살 왕의 군대 사령부로 끌려갔다. 느부갓네살 왕은 시드기야 왕을 사로잡고 결박한 채, 이번에는 그가 보는 앞에서 그의 사랑하는 두 아들을 비참하게 죽여 버렸다. 느부갓네살 왕은 울부짖으며 노려보는 시드기야 왕의 두 눈도 뽑아 버린 뒤, 쇠사슬로 묶어 다른 유대인 포로들과 함께 바벨론으로 끌고 갔다. 이후 시드기야 왕은 결국 감옥에서 일 년 만에 사망하게 되고 남유다의 마지막 왕으로 기록되게 되었다. 모든 이스라엘의 백성들은 그제서야 예레미야 선지자의 예언이 옳았음을 인정하고 그를 다시 존경하기 시작하였다.

예레미야 선지자가 기거하는 바위 속 자그마한 성전이 있는 그곳은 이스라엘의 모든 백성으로부터 이스라엘의 마지막 자존심이 되었고, 마사다는 그들의 성지가 되었다. 그로부터 사십여 년이 흐른 후, 이스라엘은 여전히 황폐해 가고 있었고 예레미야도 이젠 정신력도 흐려지며 늙어가고 있었다. 예레미야는 이제는 더 이상 언약궤의 비밀을 숨길 수가 없다고 판단하여 그의 수제자인 바룩에게 이모든 사실을 알려 주어야겠다고 결정하고 아래쪽 성전으로 향했다. 먼 창공에서 독수리 한 마리가 나타났다. 그는 잠시 하늘을 쳐다보았다. 하늘은 파랗고 높았다. 그때 기력이 떨어진 그는 낭떠러지가 있는 바위길에서 어지러움에 휘청거리더니 절벽 밑으로 떨어지고 말았다. 바룩은 예레미야의 비서로서 많은 글을 기록하였는데, 예레미야의 말씀을 적어 두었고, 예레미야를 도와 하나님의 메시지를 전하는데 큰 도움이 되어 주었다. 그러나 끝내 예레미야의 언약궤의 비밀 이야기는 바룩에게 전해지지 못하였고, 예레미야는 생전에 그렇게도 입버릇처럼 말하던 그의 묘실에 안장되었다.

한편 400여 년 후 로마제국과 이스라엘의 전쟁이 있을 때, 로마는 페르시아를 무너뜨린 후, 로마의 티투스 장군이 파죽지세로 예루살렘을 공격해 오자, 예루살렘 성에는 중무장한 로마 군단이 예루살렘을 향하여 오고 있다는 소식이 속속 들어오고 있었다. 저항 세력의 수장이었던 벤 야이르는 다시는 예루살렘이 전쟁 탓에 폐허가 되는 것을 막기 위해서라도 전쟁터는 다른 곳으로 옮겨야 함을 느꼈다. 옛날 바벨론의 느부갓네살로 부터 세 차례의 침공을 받고 예루살렘과 솔로몬 성전이 완전히 폐허가 된 것을 누구보다도 잘 알고 있기 때문이었다. 이번에 예루살렘을 공격해 오는 로마군단은 그때의 바벨론 군대보다 열 배는 더 막강하였다. 그렇다고 다른 이들처럼 쉽게 항복하고 싶지는 않았다. 그러기 위해서는 이스라엘의 정신이 깃들어 있는 마사다로 이전하여 계속 항전하는 것이 가장 적당하다고 생각하였다. 벤 야이르는 로마 군단이 예루살렘에 도착하기 바로 직전에 그를 따르는 1천여 명을 이끌고 예루살렘 성을 빠져나와 유다의 성지인, 마사다 요새로 피신하여 로마에 대한 저항 운동을 계속하였다. 그러나 로마 군단은 마사다의 험준한 지형으로 삼 년에 걸친 공격으로도 정벌하지 못하였고, 마침내 북쪽의 비교적으로 낮은 절벽 쪽으로 수만의 병사로 하여금 흙으로 된 언덕을 쌓아 올려 마사다 요새의 절벽에 닿게 하였다. 이로써 마침내 마사다가 함락되는 순간이 다가오자, 지도자 벤 야이르는 로마군에 잡혀서 수모를 겪느니, 차라리 자유인으로서 영광스럽게 죽기를 결심했다.

"우리의 손에 칼 한 자루가 남아 있는 한, 저들은 우리를 회유할 것이다. 그러니 적들이 우리를 노예로 만들기 전에 우리는 스스로 죽어야 할 것이다. 우리는 자유민으로서 우리의 아내와 아이들과 서로 작별해야 할 것이다."

그들의 리더인 벤 야이르는 열심 당원들에게 말한 후, 각 가족의 가장들이 아내와 자식들을 직접 칼로 찔러 죽인 다음, 모든 남자가 한자리에 모여 열 명을 추첨하여 그들이 나머지 사람들을 죽이고, 다시 한 명을 뽑아 아홉 명을 죽인 후엔 그도 마지막으로 자결하였다. 당시 끝까지 로마군에 항거하던 유대인 저항군이 로마군의 공격에 패배가 확실시되자 포로가 되지 않기 위해, 전원 자살한 이 사건은 과히 충격적이었지만, 같은 장소에서 언약궤를 지키기 위하여 죽음을 순순히 선택하고, 절벽으로 뛰어내린 레위인들의 후손으로서 닮은 점이 많이 있었다. 마사다는 여전히 이스라엘과 유다의 마지막 자존심이었다. 그러나 아직까지 그 누구도 언약궤의 행방을 찾을 수가 없었다. 중간에 누군가에 의해 파 헤쳐져서 어디로 옮겨졌을 수도 있고, 아직도 그곳 마사다 예레미야의 묘실 아래에 안전하게 보관되어 있을 수도 있다.

언약궤는 아직도 행방불명 상태이다.

환향

허름한 옷을 입은 10만여 명의 히브리인들이 말과 나귀와 낙타 등 가축 8천여 마리를 거느리고, 살림과 소지품을 꾸려서 바벨론 그발강 강둑을 따라 서쪽으로 이동하고 있었다. 그러나 모든 히브리인들이 곧바로 예루살렘으로 돌아가는 것은 아니었다. 당시 바벨론 성읍의 히브리 젊은이들에게 '아버지가 신포도를 먹음으로 아들이 이가 시리다 함은 어찌함이뇨?'라는 속담이 유행하였는데, 이는 부모 세대의 잘못으로 자식 세대가 고통받는 것을 빗대어 불평하는 것이다. 그들은 바벨론에서 태어나고 자란, 소위 바벨론 3, 4 세대이었고 어느 정도 생활도 안정적이었기에 굳이 바벨론을 떠나 예루살렘으로 돌아가야 할 이유가 없었다. 그리하여 고레스 칙령이 발표된 지 삼 년 후부터 시작된 1차 귀환은 아닥사스다 왕의 시대까지 이어져, 무려 92년 동안에 긴 세월에 걸쳐 3차 귀환까지 이어졌던 것이다.

마침내 성경에 쓰여 있는 말씀 그대로 유다 백성들이 바벨론에 포로로 잡혀 온 지 정확히 70년이 되는 날 아침에 그들은 예루살렘을 향해 출발하기 위하여 바벨론 성 앞에 모였다. 어제까지만 해도 남쪽에서 불어오는 바벨론 성보다 더 높은 모래바람에 온 바벨론이 한 치 앞을 내다볼 수가 없었다. 이에 다니엘과 스룹바벨과 예수아는 걱정이 이만저만이 아니었는데, 오늘은 다행히 바람은 멈추었지만 멀리 보이는 먼 산과 광야 끝은 여전히 희뿌옇게 안개가 낀 것 같이 바람꽃이 피어 있었다.

고레스 왕으로부터 유다 총독으로 임명받은 스룹바벨은 각 지파 족장들에게 일러, 지파별로 예루살렘으로 귀환할 성인 남자의 수를 헤아려 보고를 받았는데, 환향하는 회중의 수를 모두 합하여 4만 2천3백6십 명이었으니, 아녀자를 포함하면 10만 명은 족히 넘었으리라. 또한, 그들의 노비가 7,337명이었으며, 말이 736마리, 노새와 나귀가 6,965마리, 낙타가 435마리이었다. 스룹바벨 총독은 그들이 다 모인 후 출발에 앞서 백성들에게 당부하였다.

"유다여! 이스라엘이여! 여러분은 떠나는 바벨론을 뒤돌아보지 말지며, 부풀리지 않은 빵을 먹고, 쓸개가 담긴 우물물을 마시던 바벨론의 때를 반드시 기억하고, 절대로 잊지 말지어다."

스룹바벨 총독은 이 기쁜 날, 눈시울을 적시며 백성들 앞에서 기도를 하며 노래하였다.

버드나무 가지에 수금을 걸었나니
우리가 어찌 시온을 노래하리오.
아버지, 할아버지
돌아가시는 날에도
바벨론의 강가에 앉아
새들이 날아가는 서쪽 하늘을 바라보며
시온을 기억하며 울었지.
그렇게도 돌아가고 싶어 했던 땅, 시온.

예루살렘으로 돌아가자!(Back to Jerusalem!)

예루살렘으로 돌아가는 길.

우리가 이방 땅에서
어찌 여호와의 노래를 부를까.
어머니는 힘들 때마다 유월절 명절 때마다
고향을 그리워하며 바벨론의 강가에 앉아
노을 지는 서쪽 하늘을 바라보며
시온을 기억하며 울었지.
그렇게도 돌아가고 싶어 했던 땅, 시온.
예루살렘으로 돌아가는 길.
이런 험난한 길을
우리의 할머니, 할아버지들은
어찌 이 먼 길을 포로로 끌려왔을까?
이 길을 돌아간다. 우리는 돌아간다.
서쪽 하늘 끝에 다윗의 별이 있어...
고향으로 돌아가는 길은 멀고도 험난하다.

형제여! 동포여!
우리는 이 길을 돌아간다.
고향으로 돌아가는 길은 여전히 멀고도 험난하다.
발톱이 빠져도 우리는 가야 하리라.
가자, 이제는 가자.
나무도 새도 바람도 우리를 반기리라.
말라 버린 풀도 반기리라.
솔로몬 성전의 무너진 돌들도

우리를 반기리라.

자유롭게 훨훨 날아가자.

다윗의 별만 바라보며 따라 가자.

시온으로 가는 길.

가서 예루살렘 성을 복원하고,

솔로몬의 성전을 재건하자.

예루살렘아!

시온의 빛나는 아침을 맞이하라.

나팔을 길게 불자.

함께 노래를 부르자.

여호와께 감사의 예배를 드리자.

슈부엘

긴 여정 동안 포로로 살았던 히브리인들은 자유의 기운을 안고 그들의 영원한 고향 예루살렘으로 향하고 있었다. 그들은 바벨론의 어둠과 압박으로부터 해방된 것을 마음껏 느끼며, 한결같은 기쁨과 희망이 가슴에 가득하였다. 그러나 예루살렘으로 돌아가는 길 위에는 따가운 광야의 햇빛이 가득하였고 짐승들의 울음소리가 멀리서 메아리로 돌아왔다. 산맥을 따라 길게 뻗은 산들은 바벨론의 포로 생활로 지쳐버린 히브리인들의 마음처럼 오랜 세월 햇빛에 노출되어 차마 검게 타버린 바위들만이 수 없이 있을 뿐이었고, 반대편 광야에는 생기 하나 없이 말라비틀어진 마른풀과 가시나무들만 있어서, 그늘 하나, 우물 하나 찾기도 힘들었다. 그나마 척박한 땅에 군데군데 포피 꽃이 피어 있어, 생명의 위대함이 더욱 감탄스러울 뿐이었다. 물도 아껴서 어린아이들부터 조금씩 나누어 마셔보지만, 이것마저도 곧 바닥이 보일 듯했고 모든 사람은 지쳐갔다. 지나는 길 옆에 옛날 옛적에 아브라함이 파 놓았을 법한 우물을 찾았으나, 오랜 세월이 흘러 있을 턱도 없었고, 그나마 찾은 한두 개는 모두 바짝 말라 있었다. 노인과 어린아이, 아낙네들이 먼저 쓰러질 것만 같았다. 고향으로 돌아가는 길은 멀고도 험난했다. 사람들의 신발에는 구멍이 뚫려 발바닥엔 물집과 상처가 나기 시작했고, 그 구멍이 점점 더 커져 갈수록 상처도 더 커져가고 있었다.

"우리는 여러 날 동안이나 걸었어요. 저는 지쳤어요. 더 이상 못 걸어갈 것 같아요."

나이가 지긋이 든 여인이 수척한 아들의 부축을 받으며 걸어가다가 지친 듯 볼멘소리를 했다. 대제사장 예수아가 힘들어하는 그들 한 사람, 한 사람을 직접 위로하였다.

"잠깐만, 형제들이여! 거의 다 왔어요. 이제 조금만 더 가면 돼요. 지금 우리의 길이 비록 어렵고 힘들더라도 우리의 조상들이 이집트에서 나올 때, 사십 년 동안의 광야 생활과 비교할 수가 있겠습니까? 우리는 이 여정에 목적지가 바로 눈앞에 있고, 우리는 가족과 친구들, 모두가 함께 이 길을 가고 있어요. 또 하나님이 함께하시는 소망이 있기에 우리는 행복합니다. 형제, 자매여! 곧 예루살렘에 도착할 것이니 힘을 내 봅시다."

"그래도… 발이 너무 아파요. 얼마나 더 버틸 수 있을지 모르겠어요."

그런데 그날, 예루살렘으로 향하는 길에 뜻밖의 사건이 일어났다. 황량한 바람이 불어오는 사막의 조그마한 바위에 어린 여인이 외롭게 앉아 있었다. 사방은 모래 언덕으로 둘러싸여 있었고, 무리와 조금 떨어져 있었다. 그녀는 피곤에 지친 표정과 동시에 기대에 찬 희망의 눈빛을 가지고 있었다. 그녀는 밀려오는 산통에 배를 움켜잡고 괴로워하고 있었다. 그곳을 지나치는 사람 모두가 놀라움으로, 또 걱정과 호기심이 뒤섞인 시선으로 그녀를 바라보고 있었다. 그리고 한 사람이 곧 그 사실을 알아차리고는 다른 이들에게 속삭였다.

"저 여인이 곧 해산할 것 같은데요?"

그 소문이 빠르게 퍼지면서 사람들은 안쓰러운 마음으로 걱정하였다.

"이봐요! 누군가 좀 도와주세요."

그녀를 안쓰럽게 본 한 여인이 소리를 지르며 지나가는 사람들에게 도움을 요청했다. 이에 여인들이 모여들기 시작하였고, 곧바로 임산부에게 용기를 북돋우며 해산을 준비하기 시작하였다.

"이봐요, 새댁. 우리가 도와줄 테니 힘내세요. 그런데 이름이 어떻게 되오? 그리고 아기 아빠는 어디에 있나요?"

"네, 전 마리아라고 합니다. 아기 아빠는… 흑흑! 얼마 전에 궁전을 짓는 공사장에서 떨어져 죽었어요. 저희는 친척도 없고요. 남편은 죽어가면서도 나중에 기회가 되면 혼자서라도 예루살렘으로 꼭 돌아가라고 당부하였어요. 돌아가서 친척들을 찾으라고요. 흑흑."

"아, 그렇군요. 하지만 걱정하지 말아요. 마리아! 우리 모두 가족처럼 함께 도와줄게요. 부디 용기를 잃지 말고 힘내세요."

히브리인들은 곧 태어날 생명의 신비에 감탄하며 서로를 응원하였다. 여인은 주위의 호의적인 마음과 도움을 느끼며, 어둠과 절망으로 가득한 과거에 대한 소중한 기억을 떠올렸다. 서쪽으로 해가 뉘엿뉘엿 넘어갈 때쯤, 사막 한가운데서 귀한 새 생명이 태어나고 있었다. 그 순간 사막의 모래 언덕은 반짝이며 숨죽였고, 바람은 부드럽게 속삭이며 하늘의 축복을 전하였다. 사람들은 놀라움과 감격으로 입을 다물 수 없었다. 새 생명의 축복을 목격한 순간, 모두가 행복과 감사로 가득한 마음으로 그 여인을 향해 다가갔다. 사막에서의 힘들고 고독한 시간과는 달리, 그곳에는 따스한 사랑과 돌봄이 넘쳐났다. 여인의 산통과 노력에 모두가 동참하며, 각자의 아픔과 희망을 함께 더 하였고 함께 나누었다.

"응애~ 응애~"

"아이가 태어났어요!"

사람들이 흥분하여 옆 사람들에게 아이의 탄생 소식을 이어 전하며 소리를 질렀다.

"여러분, 남자 아기랍니다!"

모두 어린 생명의 기적 앞에서 무릎을 꿇었다. 대제사장 예수아가 갓 태어난 아이를 하늘을 향해 높이 쳐들고 축복 기도를 하였다. 그리고 그는 아이의 이름을 히브리어로 '고향으로 돌아간다', '하나님께로 돌아간다'라는 뜻을 가진 "슈부엘"이라고 이름 지어주었다. 이제 힘들고 지쳐서 곧 포기할 것만 같았던 바벨론의 환향 객들은 한 아이의 탄생으로 한 가족처럼 흥분하여 들떠 있었고, 주위의 사람들은 손뼉 치며 기뻐하고 아이를 향해 진심으로 축복하며 환영하였다.

갓 태어난 아이의 해산을 도운 늙은 여인은 얼굴에 맺힌 땀을 닦으며 그녀에게 따스한 미소를 보냈다. 노파는 이 영광스러운 해산의 기쁨을, 친정 엄마의 마음으로 함께 느꼈다. 그들의 눈빛에는 앞으로의 세상에 대한 희망과 사랑이 서려 있었다.

사막에서 아이를 출산한 이 여인과 그녀를 향한 사람들의 사랑 이야기는 히브리인들 사이에 퍼져 나갔고 그 아이의 이름 슈부엘은 예루살렘으로 돌아가는 길의 사랑과 희망의 상징이 되었다. 그리고 이 소중한 순간은 예루살렘으로 향하는 길, 고단한 길 위에서 사람들의 마음속을 기쁨으로 물들였다.

해가 떨어지는 먼 산에 바람꽃이 피었다. 뿌연 먼지 구름 뒤로 마사다 산이 희미하게 보였다. 오늘 밤은 여기서 숙영을 하고 내일 요단강을 건너 마사다 산을 지나면, 이제 예루살렘은 사나흘만 더

가면 되는 거리다. 히브리인들은 고향으로 향하는 힘든 여정에 다시 한번 힘과 소망을 되찾았다. 그들은 사막에서 출산한 한 여인과 그녀의 아이를 예루살렘의 새로운 삶과 자유의 상징으로 영원히 기억할 것이다. 이 작은 이야기는 그들이 함께한 고난과 희생, 그리고 사랑과 소망의 힘을 전하는 일련의 행복한 기억으로 남아 있을 것이다.

이때 한 히브리인이 하늘을 가리키며 재촉하였다.

"보세요, 날이 어두워지고 있어요. 밤엔 추우니 어서 모닥불과 불화로를 만들어야겠네요."

스룹바벨이 고개를 끄덕이며 지시하였다.

"좋은 생각입니다. 자, 자. 모두 내일 여정을 위해 휴식을 취하고 힘을 되찾읍시다. 그리고 몇 분은 남아서 산모를 계속 돌봐 주시기를 바랍니다."

그들은 천막을 세우고 불을 피웠다. 그 불꽃은 따스한 온기가 되어 주위로 퍼져 나갔다. 그들은 따뜻함과 편안함을 느끼며 그 주위에 모여들었다. 히브리 여자가 한숨을 내쉬며 불을 쳐다보았다. 그녀의 말투는 조용하고 겸손한데도 오늘의 가득한 감동이 그대로 전해졌다.

"이렇게 오랜 세월이 흐른 후, 드디어 우리가 예루살렘으로 돌아간다는 사실이 신비스러워서 도저히 믿을 수가 없어요. 우리는 이 모든 일이 고레스 대왕의 위대한 지혜와 관용 때문에 가능해졌다는 것을 알아야 합니다. 그러나 그것보다 더욱 중요한 것은, 이 모든 일이 하나님의 뜻이라는 사실을 잊지 말아야 한다는 거예요. 우리는 하나님을 믿고 그분이 우리를 인도하고 보호하실 것이라는 믿음을 가져야 합니다."

대제사장 예수아는 히브리 여인의 말에 고개를 끄덕이며 말했다. 그의 목소리는 자신감과 희망으로 가득 차 있었다.

"그래요. 고레스 대왕의 지혜와 관용은 우리에게 큰 도움이 되었어요. 그러나 그 모든 것은 결국 하나님의 뜻이었다는 것을 잊지 말아야 합니다. 우리는 하나님을 신뢰하며, 그분이 우리를 인도하고 보호하실 것이라는 굳센 믿음을 가져야 합니다."

히브리 여인이 대제사장 예수아의 말에 고개를 끄덕이며 미소를 지었다. 그녀의 눈에는 미래에 대한 확신이 비쳤다.

"어떤 어려움이 닥치더라도 예루살렘에 갈 수 있다는 믿음을 갖고 있어요."

"그리고 이제 우리가 예루살렘으로 돌아가면, 우리는 그 어느때보다도 더욱 웅장하게 성전을 세우겠습니다!"

그의 말이 끝나자, 모든 히브리인들이 함께 외쳤다. 그들의 목소리는 잔잔한 사막의 하늘을 뚫고 올라 다윗의 별까지 닿았고, 예루살렘까지 울렸다.

"예! 우리는 성전을 재건할 것입니다! 예루살렘을 다시 위대하게 만들 것입니다! 우리의 오늘을 반드시 아이들에게 전해 주어야 합니다. 그들이 태어나고 자랄 때, 우리의 아픔과 노력을 반드시 가르쳐 전해 주어야 합니다."

히브리인들이 흥겹게 노래를 불렀다. 모두 함께 손을 맞잡고 모닥불 주위를 돌며 춤을 추었다. 모닥불이 활활 타올랐다.

오랜 세월의 아픔과 투쟁이, 불타오르는 불꽃으로 변해갔다. 그들은 예루살렘을 향하여 가는 여정에 끝까지 함께 하였고, 그들의 마음은 하나로 엮여 강해져 갔다. 그리고 마침내 고향으로 돌아간 히브리인들은 지혜와 믿음을 가슴에 깊이 간직하고, 불타오르는 열정으로 새로운 성전을 재건할 준비를 하였다. 예루살렘의 재건은 그들의 끝없는 희망과 사랑의 심장이자 상징이 되었다.

마지막 전투

고레스 대왕은 30여 년간 이어진 페르시아 인근 부족들에 대한 정복 전쟁으로 서아시아의 대부분을 차지하게 되었다. 페르시아의 영토 북방에 카스피해 인근에는 스키타이라는 부족이 있었다. 이부족 중에는 '마사게타이'라는 왕국이 있었는데, 지금의 우즈베키스탄과 카자흐스탄에 위치한 유목 부족 국가다. 그들은 용맹한 전사들이었는데, 태어나고 첫돌이 지나면서부터 걷는 것보다 말 타는 것을 먼저 배웠다. 그들은 달리는 말 위에 서서 활을 쏘는 것은 기본이고, 땅을 펄쩍 내딛고는 다시 올라 말을 타고, 어느 사이에 달려가는 말 밑으로 사라졌다 다시 나타나서는 말을 뒤로 타고 달리는 등, 말을 타는 것만큼은 신출귀몰하게 타는 기마 부족이었다.

고레스 대왕은 이들의 영토를 탐냈다. 마사게타이 왕국의 토미리스 여왕은 남편인 마사게타이의 왕이 죽자, 그의 뒤를 이어 왕위에 올랐다. 고레스 대왕은 처음에는 다른 왕국에 그러하였던 것 같이 사자를 보내어 화친과 속국 수락을 요청하였지만, 그들은 단호히 거절하였다. 고레스 대왕은 다음에는 사자를 보내어 여왕과의 결혼을 요청하였으나, 남편이 죽은 지 얼마 되지 않았었던 토미리스 여왕은 이를 수치로 여기었으며, 아울러 고레스가 마사게타이 왕국을 노리는 것을 알아채고는 이를 거절하였다. 이에 자존심이 상한 그는 신하들의 조언을 무시하고 리디아의 친구이자 군사 자문관인 크로이세스와 아들 캄비세스를 대동하고, 마사게타이 정복 전쟁에 나섰다. 고레스 대왕은 마사게타이의 영토와 경계에 있는 아락세스 강까지 진군하였다. 그러자 토미리스 여왕은 고레스 대왕에게 사자를 보내어 이렇게 알려왔다.

"고레스여, 그대가 만일 마사게타이의 영토에서 싸우고 싶다면, 우리가 강가에서 사흘의 거리만큼 뒤로 물러 나겠소. 그러나 우리가 페르시아 영토 안에서 싸우길 원한다면, 그대도 우리처럼 사흘의 거리만큼 뒤로 물러 나시오."

토미리스 여왕은 고레스 왕이 절대로 뒤로 물러서지 않을 것을 간파하고 있었다. 대신 그가 사흘 앞으로 전진하여 온다면, 페르시아 군이 긴장을 풀고 들어온 첫날밤에 급습한 후에 지리적인 이점과 강을 등지게 하는 지형을 이용하여 전쟁을 유리하게 이끌어갈 요량이었다. 이에 고레스 대왕은 토미리스 여왕의 제안을 놓고 고민을 하게 되었고, 고레스 대왕의 휘하 모든 장군들은 페르시아 영토 안에서 싸우는 것을 제안하였다. 그러나 그의 군사 고문인 크로이세스는 강을 건너 진격하여야 한다면서 이렇게 조언하였다.

"만일 우리가 페르시아 영토 안에서 싸우다가 패한다면, 토미리스는 이미 우리의 영토 안에 사흘이나 진격해 있을 겁니다. 그러면, 우리가 군을 재정비하기도 전에 페르시아 전역을 차지할지도 모릅니다. 만일 전투에서 이겨서 강을 건넌다고 하여도 엿새나 뒤쳐지게 됩니다. 그러니 토미리스의 제안대로 강을 건너십시오. 폐하!"

결국 고레스 대왕은 토미리스의 제안대로 마사게타이로 강을 넘어가기로 결정하였다. 하지만 뭔가 불길한 예감이 들었던 고레스 대왕은 그의 아들 캄비세스에게 왕위를 위임하였고, 곧바로 그를 페르시아 궁으로 돌려보냈다. 고레스 왕이 강을 건너기로 하자 토미리스는 약속대로 군대를 사흘 거리만큼 뒤로 물러서게 했다. 이에 군사 고문 크로이소스는 고레스 왕에게 조언하였다.

"왕께서는 우리 부대가 강을 넘어간 후 하루 거리에서 부대의 일부만 주둔시키고 그곳에 포도주를 쌓아 두고 강으로 물러나 있으십시오."

고레스 대왕이 크로이세스의 조언을 충실히 이행하고 물러나 있자, 토미리스 여왕의 아들이 이끄는 부대가 공격하여 고레스의 남겨진 부대를 도륙하였다. 그리고 그들은 고레스 대왕과 페르시아인들이 일부러 가져다 둔 술을 마시고 거나하게 취해버렸다. 그리고 페르시아인들은 상대가 술에 취해 무력화되어 있는 동안 기습해서 마사게타이 군을 무찔렀고, 토미리스 여왕의 아들인 군사령관 스파르가피세스를 체포하였다. 원래 스키타이인들은 포도주를 마시는 것에 익숙하지 않았고, 그들이 가장 좋아하는 술은 발효된 암말의 젖에 탄 하시시였다. 이때 포로가 된 자들과 사살된 자들은 전체 마사게타이 병력의 삼분의 일이 될 정도로 피해가 컸다. 이에 분노에 찬 토미리스 여왕이 고레스 왕에게 경고하며 외쳤다.

"피에 굶주린 고레스여! 내 아들을 당장 돌려보내지 않는다면, 태양신의 이름으로 그대가 좋아하는 피를 실컷 맛보도록 해주겠다!"

고레스 왕은 끝끝내 그녀의 아들을 풀어주지 않았고, 오히려 토미리스 여왕에게 아들을 빌미로 다시 결혼을 요구하였다.

"토미리스 여왕이여! 그대의 아들은 내 수중에 있고, 우리가 결혼한다면, 결혼 선물로 그대의 아들을 돌려 드리리다."

그러나 여왕은 단호히 거절하였고, 이를 알게 된 스파르가피세스 왕자는 자기로 인하여 어머니가 수치 받을 것을 염려하여 고레스 왕에게 풀어줄 것을 애원하였다. 이에 고레스 왕은 그를 애처롭게 여겨 풀어주었으나 그는 포박을 풀어주자마자, 옆에 놓여 있던 칼로 자신을 찔러 자살해 버리고 말았다. 아들이 죽었다는 소식에 마사게타이의 토미리스 여왕은 슬퍼하며 분노했다. 그녀는 고레스 왕에게 그의 배반을 비난하는 메시지를 보냈고, 자신의 모든 병력을 몰아 두 번째 전투에 나섰다. 하지만 고레스 대왕의 욕심이 과했던 것이었는지, 그의 운명이 다하였던 것이었는지, 고레스 대왕은 대 영웅에 걸맞지 않은 허무하고도 끔찍한 죽음을 맞이하게 되었다. 고레스 대왕이 이끄는 페르시아 군은 그 후 벌어진 전투에서 용감히 싸웠지만, 자식을 잃고 분노에 휩싸인 토미리스와 그녀의 신출귀몰한 기병들을 상대하기에는 역부족이었다. 마사게타이 군대는 압도적인 우위를 차지했으며 전투에서 매복 끝에 고레스를 상대로 승리했고, 이 전투에서 고레스는 전사하고 말았다. 페르시아는 수많은 사상자를 내며 패배하였다.

결국, 토미리스는 그의 목을 베어 효수하고, 사람의 피로 가득 채운 포도주 부대에 처넣은 다음 이렇게 말했다.

"만족을 모르는 괴물아! 그대는 계략으로 내 아들을 사로잡으면서 나를 망쳤지만, 나는 너에게 경고했던 대로 이르노니, 너의 피에 대한 갈증을 풀어 주겠다."

이에 여왕은 고레스 대왕의 시체를 난도질하고 그의 머리를 맹세대로 핏물에 담가 두었다. 그렇게 한 세상을 풍미했고, 서아시아 대륙 전체를 호령했던 고레스 대왕은 파란만장한 그의 삶을 뒤로하고 눈을 감았다.

현재 고레스 대왕의 무덤은 바로 이란의 '파사르가다에'에 남아 있다. 고레스 대왕이 무덤을 검소하게 만들라고 유언을 해서인지 당대 여러 왕의 무덤에 견주면 정말 초라하고 작았다. 오죽하면 고레스 대왕이 죽고 약 이백 년 뒤에 쳐들어온 마케도니아 제국의 알렉산더 대왕은 그의 무덤에 방문하고는 '이리도 초라한 무덤이 그 전설의 고레스 대왕 무덤이란 말인가?'라며 믿지 못할 정도였다고 한다.

고레스 대왕은 그의 무덤에 글을 새기게 하였는데, 내용은 다음과 같았다.

"여보게, 자네가 누구든 자네가 어디서 왔든, 나는 자네가 올 것을 알고 있었다네. 나는 페르시아인의 제국을 건국한 고레스라오. 나의 뼈를 감싸고 있는 이 한 줌의 흙을 비웃지 말게나."

이 글귀를 읽어 본 알렉산더 대왕은 일절 무덤을 건드리지 않고 그냥 가버렸다고 한다. 하지만 기록에 의하면 무덤은 작지만 내부에 많은 보물과 사치품으로 치장되어 있었다고 하며 알렉산더 대왕이 멀리 원정을 간 사이 도굴당했다고 전하여진다.

고레스는 세계에서 역사상 최초로 대왕이라는 칭호를 받은 군주로서 대왕이라는 칭호에 걸맞은 업적을 이루었다. 세상을 하나의 국가로 통일하면 더 이상의 전쟁은 없다는 이념으로 메디아, 리디아, 바벨론 등 페르시아보다 강대한 왕국을 정복하여 그 당시 서아시아를 통일하였다. 모든 종교를 존중하고 노예제도를 폐지했으며, 병사들이 점령지 백성을 약탈하는 걸 금하고, 빚 때문에 남자든 여자든 종이 되는 것에 반대하고, 사람들을 억압하지 말고 노동자들에게 적절한 급여를 지불하라고 하였다. 뉴욕 UN 본부 청사에 복사본으로 전시돼 있는 '고레스 실린더'는 인권 운동의 시초로 불리기도 하였으며 세계 최초의 인권 선언문이었다.

또한, 고레스 대왕 전후로 페르시아에는 전사자는 장례를 치러

이란 파사르 가드에 있는 고레스 대왕의 무덤

©Bockornet (wikimedia)

주고, 상이군인에게 의족을 달아 주는 것을 골자로 한 세계 최초의 군인 보험 제도도 있었다. 이는 페르시아 이전에 번성했던 대국인 앗시리아가 잔혹한 피정복민 정책 때문에 틈만 나면 반란이 일어나 결국은 피지배인들에 의해 멸망해 버린 것에 대한 가르침인 것으로 보인다.

캄비세스

고레스는 생전에 그의 아들 캄비세스 2세와 동시에 왕을 겸하는 이원체제를 운영하였으므로, 고레스 대왕이 죽고 나서도 캄비세스 2세는 그대로 왕권을 계속 이어 나갔다. 캄비세스 2세는 어느 날 재판관인 시삼네스에 대한 투서를 손에 쥐고 눈을 떼지 못하고 바라만 보고 있었다. 그 한 장의 투서가 자신의 국가와 백성을 향한 배신과 부패를 품고 있는 것이었다. 공정한 재판이 억울하고 부당한 세상, 사악하고 잔인한 세상 속에서도 마지막 순간까지 정의롭고 순수한 한 줄기 빛이 되어 주리라고 굳게 믿고 있었기에, 재판관의 심각한 부패는 있을 수도, 있어서도 안 되는 중대한 사건이었다. 그리하여 캄비세스 2세는 그가 직접 조사를 하여 보기로 하고, 투서를 받은 장본인을 직접 불러서 사건들의 전말과 실상을 물어보았다. 시삼네스는 두려운 마음으로 왕의 앞에 섰다. 왕은 단호한 목소리로 말했다.

"재판관 시삼네스! 내가 받은 너의 부패한 뇌물 사건에 관한 투서의 내용이 사실인지 진실을 말하라. 만일 이 일에 네가 연루되어 있다면, 정의에 대한 나의 공정한 심판이 내려질 것이다."

재판관 시삼네스는 수치스러운 마음으로 고개를 떨군 채로 순순히 자백을 하였다.

"왕께서 말씀하신 대로입니다. 저는 부패하고 불의한 판결을 내렸습니다. 그리고 제 친구 귀족들도 이 사건에 연루되어 있음을 자백합니다. 저희는 권력과 돈에 눈 멀어 공정과 정의와 백성을 배반한 것입니다."

캄비세스 2세는 시삼네스의 자백을 듣고 분노에 가득 찼다. 그는 이들이 페르시아 제국의 일부 귀족들까지도 엮여 있음을 알게 되었다. 이들은 제국의 기틀을 흔들어 놓고 무법천지로 만들고 있었다. 캄비세스 2세의 마음은 굳어졌다. 그는 결연한 심판을 내리기로 마음먹었다. 시삼네스는 자신이 범한 죄를 시인하며 사과하였지만 이미 때는 늦었다.

"재판관 시삼네스를 산 채로 가죽을 벗겨 처형하라! 그리고 그와 연관된 귀족들도 추적하여 법에 따라 엄중한 처벌을 내려라!"

페르시아 시대에는 대체로 나무에 매다는 십자가형과 장작 위에 올려 태워 죽이는 화형, 그리고 살아 있는 사람의 껍질을 벗기는 박피형 등 사형 제도가 있었는데, 캄비세스 2세는 이 잔인한 박피형 처벌을 통해 국민에게 부정부패에 대한 경고를 보냈다. 하지만 그것이 전부가 아니었다. 캄비세스 2세는 오이네스라는 시삼네스의 아들을 새로운 재판관으로 임명하였다. 그리고 아버지 시삼네스의 가죽으로 된 의자에 앉아 오이네스가 재판 업무를 수행하도록 하였다. 이는 아무리 공정과 정의를 위한 처벌이라고 하더라도, 캄비세스 2세의 잔악한 광기와 동시에 공정함이 뒤섞인 묘한 치세를 보여주는 행동이었다. 소문은 급속히 퍼져 나갔다. 불행한 사건은 지나갔지만 페르시아 제국은 이 사건을 통하여 새로운 변화를 이루었다. 왕의 결연한 심판은 국가를 무법에서 구원하였고, 국민들은 캄비세스 2세의 공정하고 정의로운 통치에 희망을 품었다. 그 후로도 시민들은 이 이야기를 후세로 전했다. 르네르상스를 비롯한 근대 시기에 이르기까지, '침묵의 재판관'으로 알려진 이 사건은 사람들 사이에 이야깃거리로 큰 인기를 끌었다.

고레스 대왕은 분열되었던 이란 지역을 통일한 후 메소포타미아 지역(바벨론)으로 진출하여 오리엔트의 통치자가 되었으나 고레스 대왕이 생전에 이루지 못한 꿈이 있었으니, 그것은 바로 이집트 원정이었다. 캄비세스 2세는 계속하여 군비 증강에 힘을 쏟았고 특히 페르시아 해군의 기초를 닦았는데, 이것은 이집트를 정복하려는 그의 야망에 결정적인 요소로 작용하였다. 해군은 페니키아와 아시아에서 온 사람들과 장비로 만들어졌다. 그의 아들 캄비세스 2세는 부왕의 못다 이룬 제국의 꿈을 이루기 위해서 이집트 정복 원정을 떠났다. 그러나 이집트 원정의 직접적인 원인은 다른 데 있었다. 캄비세스 2세가 이집트를 공격하기 전에 이집트의 왕 아마시스에게 그의 딸을 자기에게 시집보낼 것을 요청했는데, 아마시스는 이를 원하지 않기에 자신이 제거했던 정적 파라오 아프리에스의 딸 니테티스를 자신의 딸로 속여 캄비세스 2세에게로 시집을 보냈고, 결국 아버지의 원수인 아마시스에게 원한이 깊었던 니테티스는 자신이 아마시스의 친딸이 아니며 아마시스가 캄비세스 2세를 속이고 자신을 시집보냈다고 폭로하였다. 이에 분노한 캄비세스 2세가 이집트를 공격했던 것이 직접적인 이집트 원정의 원인이었다.

이집트로 행군하는 동안 캄비세스 2세는 가자 지구와 이집트 국경 사이의 사막 지역을 지배하고 있던 아랍인들과 조약을 맺었다. 이 조약은 캄비세스 2세의 군대가 나일 강에 도착할 때까지 버틸 충분한 물을 제공해 주는 동시에 캄비세스 2세가 리디아에 위치한 사르디스와 같은 유명한 상업 지구인 가자 지역을 포함한 이집트와 페르시아 사이의 미개척지에서 그의 권위를 넓힐 길을 열어주었다. 이 지역은 아케메네스 조 페르시아의 이집트 원정 지휘 본부의 역할을 했다. 한편 아마시스 파라오가 갑자기 사망함에 따라 그의 아들 프사메티쿠스 왕이 파라오를 계승하는 어지러운 상황이 전개되었다. 왕이 나일강 하구의 펠루시온 지역에서 주둔하며 페르시아 캄비세스 2세의 군대를 맞아 싸웠다. 펠루시온에서 양측의 군대가 벌인 전투는 별다른 저항도 하지 못하고 결국 페르시아 측의 승리로 끝났다.

캄비세스 2세의 군대는 곧 이집트의 수도 멤피스를 포위하였고, 그곳에서는 파라오 프사메티쿠스 왕과 그의 부하들이 저항하고 있었다. 캄비세스 2세는 펠루시온에서의 승전 이후 기세를 몰아 멤피스에 있는 파라오 프사메티쿠스 왕에게 항복하라는 사절을 보냈지만 그는 사절단을 살해해 버리고 항복을 거부하였고, 캄비세스 2세 왕은 군대를 몰아 멤피스를 공격하였다. 프사메티쿠스 왕은 완강히 저항하였으나 멤피스는 끝내 함락되었는데, 이집트의 용병들이 페르시아를 두려워한 나머지 프사메티쿠스 왕을 배신하여 그의 아들을 죽이고 캄비세스 군대에 붙었고 이것으로 캄비세스 2세는 승리하였다. 프사메티쿠스 왕은 포로가 되었다. 이에 이집트 주변국인 서쪽의 리뷔에와 퀴레네 그리고 바르케도 페르시아에 항복 의사를 밝혔다. 캄비세스 2세는 그곳 멤피스에 페르시아 – 이집트 수비대를 세웠다. 멤피스를 점령한 캄비세스 2세는 가장 먼저, 죽은 아마시스의 미이라를 태워 버림으로써 그에게 복수하였다.

캄비세스 2세는 이렇게 고레스의 뒤를 이어 이집트를 정복하는 업적을 세웠으나, 잔혹하고 광포한 성격으로 미치광이라는 평가를 받았고 결국 그 자신도 오래 살지 못하고 재위 7년 만에 단명하였다. 이집트를 정복한 캄비세스 2세는 이집트에서 파라오 칭호를 받았다. 그러나 누비아 왕국에 대한 원정은 엄청난 실패로 끝나고 말았으며 카르타고의 원정은 시도도 못 하고 접어야 하였다. 그런데 설상가상으로 본국에서 반란 소식이 들려왔다. 캄비세스 2세는 동생 바르디야가 왕권 경쟁 때문에 후일 반란을 도모할 것을 염려하여 그를 살해하고 묻어 버렸는데, 당시 수도에서는 전쟁 중인 캄비세스 2세 국왕을 대신하여 국정을 맡고 있던 '마르둑 제사장' 파티제이테스는 바르디야와 닮게 생겼던 자기 형, 스메르디스를 캄비세스의 동생 바르디야로 속인 뒤, 황제의 동생을 아케메네스 제국의 황제로 만든다는 명분으로 반란을 일으켰다. 캄비세스 2세는 이 소식을 듣고 급하게 이동하던 중, 말에 올라타다가 떨어져 칼집 끝이 부러져 그의 검이 허벅지를 뚫었고 허벅지에 상처를 입었는데, 이 상처는 아물지 않고 계속 악화되었다. 결국, 그는 그 상처로 스물 하루 뒤 죽었다.

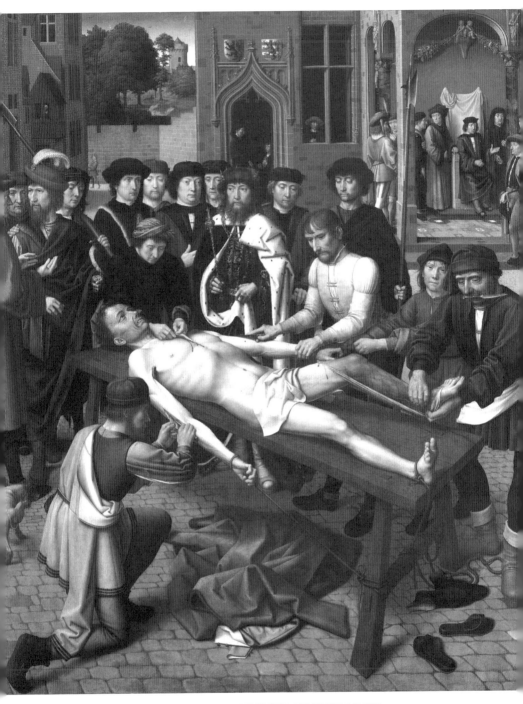

16세기 화가 게라르드 다비드가 그린 『캄비세스의 재판』

다리우스 1세

고레스의 일대기는 전설이 되어 그리스인과 로마인 지배 계층의 모범서가 되었다. 헤로도토스나 크세노폰 등 당대 페르시아와 적대하던 그리스 기록자들도 고레스를 강력하고 모범적인 영웅으로 묘사하고 있었다. 사실 아케메네스 왕조의 영역은 고레스의 후계자인 캄비세스 2세가 정복한 이집트나 다리우스 1세가 정복한 트라키아, 마케도니아, 펀자브, 인더스 강 유역 등을 제외하면 전부 고레스 대왕이 정복한 것이었다. 그것도 조그마한 파르스 일대를 기반으로 일어나서 왕국을 선포하고 나서 차츰 서아시아의 4대 왕조 중에 세 왕국인, 메디아 왕국과 리디아 왕국 그리고 바벨론 왕국마저 잇달아 무너뜨린 것이었다. 물론 정복이 너무 빨랐기 때문에 전반적으로 제국이 어수선했고, 이는 고레스와 캄비세스가 죽은 뒤 각지에서 반란이 빈발하는 결과를 초래하였지만, 이 반란들을 모두 진압하고 본격적인 제국의 기틀을 다진 것은 다리우스의 공이었다. 페르시아는 캄비세스의 폭정으로 그 사후에 잠시 제국이 붕괴할 위기에 처했으나 왕족 중 한 사람이었던 다리우스가 이를 수습하는 데 성공했다. 다리우스는 캄비세스 2세의 6촌으로 고레스 대왕의 5촌 조카이었지만 고레스의 딸 아토사와 결혼하여 고레스 대왕의 사위이기도 하였다.

한편 고레스 대왕부터 후대의 아케메네스 왕조의 모든 왕은 관용과 자비를 통치의 으뜸 덕목으로 삼게 되었다. 이전 왕조들에 비하면 통치 이데올로기가 한 단계 발전했다는 의의를 찾을 수 있겠다. 이전의 바빌로니아, 앗시리아, 신바빌로니아의 경우 영토는 거대했으나 얼마 안 가 멸망했지만 페르시아는 이들보다도 넓은 영토로 기원전임에도 몇백 년을 지속했다.

캄비세스 2세 왕은 반란을 진압하기 위해 본국으로 돌아오던 중 병사(病死)하고 파티제이테스의 세력은 아케메네스 제국을 차지했다. 페르시아인들은 가짜 바르디야를 조종하는 가우마타의 정권의 세력하에 들어갔다. 아케메네스의 왕족 가문의 사람들은 자신들의 목숨을 부지하기 위해 가우마타에 대항하여 들고 일어서지 못했다. 반란에 성공한 마고스들은 페르사아인들이 바르디야의 죽음을 모르고 있다고 철저히 믿고 있었다.

다리우스는 바벨론의 먼 왕족으로 파르티아 총독, 히스타스페스와 로도구네 사이에서 장남으로 태어났으며, 젊었을 적부터 큰 야심을 가진 사내였다. 고레스의 뒤를 이었던 캄비세스 2세가 조기에 사망하자 쿠데타를 일으켜 다음 계승자였던 바르디야를 죽여버리고 제위에 올랐다. 다리우스와 그 지지자들은 진짜 바르디야는 이미 죽었으며, 가우마타 또는 스메르라는 자가 바르디야를 사칭하고 있다고 명분을 내세웠다.

한편, 바르디야는 캄비세스 2세의 왕비들을 자신의 아내로 삼았는데 아내들 중 한 사람인 파이뒤미아가 자신의 아버지인 오타네스에게 스메르디스의 신체의 비밀을 털어놓으면서 그의 비밀이 알려지게 되었다. 오타네스의 딸인 왕비가 밤에 침실에서 스메르디스의 귀를 만져 확인해 본 결과 그가 캄비세스의 동생인 진짜 바르디야가 아니라는 사실을 알아내고, 아버지인 오타네스에게 알린 것이었다. 옛 고레스 왕 시절에 스메르디스가 어떤 중죄를 짓자 너무 화가 난 고레스 왕이 사제인 스메르디스의 한쪽 귀를 베어 버렸었다.

그동안 머리카락과 수염으로 가려져 아무도 몰랐지만, 그와 잠자리를 했던 왕비에 의해 한쪽 귀가 없기 때문에 캄비세스 2세의 동생인 바르디야가 아니란 것이 확실해졌고 몇 개월 후, 오타네스는 새로운 왕이 왕족을 사칭하는 사기꾼이라는 사실을 7인의 대귀족회의에 알린 것이었다. 캄비세스 2세 왕이 죽을 때까지 그의 창병으로 봉사했던 다리우스는 누군가의 도움이 절실히 필요했는데, 이때 그가 연락하여 도움을 청한 이들이 오타네스를 비롯한 7인의 대귀족들이었다.

이렇게 정권을 잡은 후, 쿠데타를 일으킨 7인의 대귀족들 간에 페르시아의 미래에 펼치게 될 정치 체제를 놓고 민주정치, 과두정치, 군주정치 중에서 어느 정치를 선택할지 논란이 일었는데, 먼저 쿠데타 동료 중 하나인 오타네스는 그리스와 같은 민주정치를 주장하였다. 이에 다른 동료인 메가비주스는 소수의 엘리트가 이끄는 과두정치를 주장하자, 다리우스는 이들의 의견에 반박하며 전제 군주제를 통해 이를 잡아야 한다고 주장했다.

"대중은 우매하고 충동적인 의견에 휩쓸리기 쉬우며, 그 두 방법은 제국을 통치하기에 적합하지 않소."

또한 누가 왕이 될 것인지를 두고 논쟁하다가 이들은 말(馬)의 선택으로 왕을 결정하자고 합의하였다. 기마병을 중시하고 말을 재산으로 여겼던 페르시아의 전통에 따른 것이다.

"밤에 말을 타고 성 밖으로 나가서 밤을 새도록 달려간 후, 해가 떠오르는 순간에 가장 먼저 우는 말의 주인을 왕으로 추대하자."

이런 규례로 동의하며 결론을 내렸지만 오타네스는 자신의 딸이자 폐왕 스메르디스의 왕비인 파이뒤미아의 안전을 보장받는 조건으로 미리 왕권을 기권하였으며, 나머지 다리우스와 메가비주스 외 네 명이 해가 뜨는 동쪽을 향해 달려 나갔다. 그런데 이때 다리우스가 교묘한 방법을 사용하였다. 그의 하인이 암컷 말의 냄새를 미리 채취해서 해가 뜰 때 다리우스는 자신의 말에게 이 냄새를 맡게 해 흥분하게 하여 울게 만든 것이었다. 다리우스의 말이 앞발을 들어 올리며 큰 소리로 울자 나머지 다섯 명이 모두 말에서 내려와 절을 올렸다.

"다리우스여, 당신이 진정 우리들의 왕이십니다."

결국 다리우스는 페르시아의 네 번째 새로운 왕으로 추대되었다. 그러나 아케메네스 왕조와는 혈연관계가 약간 멀어 정통성이 부족했던 그는 고레스의 딸이자 캄비세스 2세의 여동생이었던 아토사와 결혼해서 정통성을 얻었지만, 등극 과정 탓에 엄청난 반란을 겪어야 했다.

다리우스가 가짜 바르디야를 암살하고 나자, 동부 지역을 중심으로 제국 전반에 반란의 분위기가 널리 퍼졌다. 결과론적으로 보자면 이 수많은 반란을 모조리 제압하는 과정에서 왕권을 강화하고 강력한 군사력을 얻었으니 좋게 마무리되었다고 볼 수도 있다. 다리우스 1세는 비록 폭력에 의해 얻은 황제의 자리이지만 그 자리를 대외적으로 확인할 준비가 되어 있었고, 따라서 그는 제국 도처에 군대를 파견하여 반란들을 하나씩 차례대로 진압하였다. 느부갓네살 2세에 의한 바벨론의 반란은 대군을 이끌고 있었던 오타네스가 없는 틈을 타 발생하였으며, 다리우스는 이를 바벨론 사람들이 자신을 이용하여 이득을 취하려 한다고 생각하였다. 분노한 다리우스 1세는 남은 군대의 병사들을 모아 바벨론으로 향했다. 바벨론은 다리우스에 대항하기 위해 문을 굳게 잠그고 일련의 방어 시설들을 설치하였다.

약 일 년 반 동안, 다리우스는 바벨론을 공략하려는 자신의 군대가 무능하다는 사실에 좌절하고 있었다. 그는 수많은 책략과 전술을 시도하였고, 상황은 차츰 다리우스에게 유리하게 돌아가게 되었는데, 이때 마침 신기하게도 조피루스의 노새 중 한 마리가 말을 낳았다. 당시에 그것은 매우 큰 기적이었으며 신이 다리우스를 위해 베푼 기적이라 여겨졌다. 바벨론의 진영에 침투하여 바빌론 사람들의 신뢰를 얻기 위해 계급이 높은 군 장교를 탈영병인 척하게 하는 계획을 수립하였다. 그리고 난 후에, 페르시아인들은 재빨리 도시를 둘러싸고 다리우스가 바벨론을 정복하는 것을 도와준 바벨론의 장군과 함께 바벨론을 전복시켰다.

한편, 고레스 왕의 지시로 바벨론 유수에서 돌아온 유대 백성들이 솔로몬 성전 건축을 시작하자 유프라테스의 총독인 닷드내가 찾아와서 물었다.

"너희는 누구 지시로 성을 쌓는 것이냐?"

"고레스 대왕의 명을 받아서 하는 것이오."

유다 총독인 느헤미야가 대답하였다. 이에 닷드내가 다리우스에게 서신을 보내 이것이 사실인지 확인하자, 다리우스가 다음과 같이 조서를 곧바로 보내었다.

"우리 왕실에서 경비도 대신 지불할 것이니 너희들은 건축을 막지 말고, 총독의 관할 구역에서 거둔 세금 중 일부를 떼어 정기적으로 그들에게 지원금을 지급하라."

페르시아의 속담에 '고레스 왕은 싸움꾼, 캄비세스 왕은 술꾼이다. 그리고 다리우스 왕은 장사꾼이다'라는 말이 있었다. 그 정도로 다리우스 1세의 통치는 효율적이고 막대한 부를 바탕으로 한 나눔의 통치였다. 다리우스가 제국을 통치하는데 가장 중시한 원칙 두 가지가 관용과 융합이었다.

　어느 날, 다리우스 왕은 고레스 대왕의 무덤을 찾았다. 그곳에서 현명하고 위대했던 고레스 대왕의 계시라도 받고 싶었던 것이다. 무덤을 참배하고 내려오던 다리우스는 한 양치기 소년을 보게 되었다. 그 양치기 소년은 수많은 양과 소 떼를 강압적으로 몰지 않고 부드럽고 유연하게 그저 양과 소를 가야 할 길로 안내했다. 다리우스는 크게 깨달으며 외쳤다.

　"바로 이것이다. 백성들을 강압적으로 통치해서는 안 된다. 자유롭고 서로 존중하되 백성들을 가야 할 길로 잘 인도하는 역할만 하는 것이다."

　다리우스 왕의 위대함은 고레스 대왕의 무덤을 방문하던 길에 이를 깨우쳤고, 이 깨달음을 실천했다는 것이다.

　고레스 대왕의 꿈도 캄비세스도, 다리우스도, 역대 페르시아 왕들의 꿈은 그리스 정복이었다. 다리우스 왕은 다티스 장군을 그리스 원정군의 총사령관으로 임명하였다. 페르시아 군은 여름이 끝나가면서 동남풍이 불어오기를 고대하다가 마침내 그리스를 향하여 600여 척의 원정 함대를 출발시켰다. 함대는 2진으로 나누어 출발하였는데, 1진은 선제공격을 단행할 보병 1만 5천 명이 먼저 출발하였고, 2진은 보병 1만과 기병 5천으로 아테네를 우회 공격하기 위해 승선하여 이제 막 출발하였다. 이에 반해 아테네와 플라타이아 동맹군은 아테네 군 1만 명과 플라타이아 군 1천 명이 페르시아를 상대하고 있었다. 그리하여 다리우스 1세의 1차 그리스 원정군과 아테네－플라타이아 연합군이 그리스 남부 아티카에 있는 마라톤 평원에서 맞붙게 되었다. 이는 페르시아의 오래된 그리스 정벌 야욕과 이오니아 반란 이후, 아테네와 페르시아의 관계 악화로 전쟁이 시작된 것이었다. 이는 또한, 그리스군이 최초로 페르시아 군과 야전에서 싸워 이긴 전투였다. 민주주의가 군주정치를 대항하여 지켜낸 전투라는 높은 평가를 받아왔던 전투이기도 하였다.

　가을이 아직 오기 전 마라톤 일대에는 아직도 녹음이 짙게 남아 있었고, 지중해의 습한 기운으로 무더운 가운데 양군은 대치에 들어갔다. 아테네군은 대다수가 중무장 보병으로 이루어져 있었으며, 총 병력은 1만이 조금 안되었다. 이는 아테네 시민뿐만이 아닌, 노예에게는 '자유'를, 외국계 자유민이나 해방된 노예들에게는 '아테네 시민권'을 제시해 가면서 가까스로 모은 병력이었다. 여기에 플라타이아군 1천이 가세해 중무장 보병 1만이 조금 넘는 전력을 보유하였다.

　아테네군의 총지휘관은 칼리마코스 장군이었고, 플라타아이군 지휘관은 아림네스토스이었다. 페르시아 군은 대략 2만 5천의 육군과 600척의 함대를 마라톤 일대에 진출시켰다. 그러나 에레트리아 공성전 및 점령지와 진지에 일부 배치한 병력으로 인해 어느 정도의 손실이 이미 있었다. 페르시아 군의 편제는 크게 천부장이 다스리는 천인대와 만부장이 다스리는 만인대로 구성이 되었다. 궁수 부대와 이를 엄호하는 방패병으로 구성된 보병 부대, 그 외에 메디아인과 페르시아인으로 구성된 정예 창병과 사카족의 도끼병으로 구성된 부대가 서넛 정도 있었다. 이외에 기병 2천을 보유하여 이를 다 합치면 대략 2만 5천 명이었다. 그러나 마라톤 전투 당일에 페르시아 군은 일부 병력을 함선에 태워 아테네를 우회 공격할 계획을 세우고 있었으며, 기병 전체와 보병 절반가량을 탑승시켜 놓고 대기하고 있었다. 페르시아 군 지휘관은 다티스 장군과 아르타페르네스 장군이었다. 아테네와 페르시아는 바다에 수직으로 포진하였다. 병력의 수에서 우세하였던 페르시아 군은 중앙에 정예 보병들과 지휘관이 위치하였고, 좌우익에는 궁병과 방패병으로 이루어진 일반 보병을 배치하였다. 아테네는 이에 전열의 길이를 같게 하기 위해 보통 8열로 이루어지는 방진을 중앙 부분은 4열로 줄이고 그만큼 좌우로 페르시아 군과 전열을 맞추어 포진하였다. 플라타이아 군은 최 좌익에 위치했다.

전투가 시작되자 아테네 군은 걸어서 전진하다가 페르시아 군의 화살 공격을 최소화하기 위해 200m 정도 거리서부터는 뛰어서 돌진해 맞붙었다. 전투는 실로 장시간에 걸쳐 이루어졌다. 이때 중앙의 페르시아 정예 보병대는 상대적으로 얇은 아테네군 중앙을 돌파하는 데 성공했고, 아테네 군 중앙은 후퇴하였다. 그러나 페르시아 군 우익이 플라타이아 군과 아테네 군의 좌익에 의해 무너져 내렸고, 이후 페르시아 군 좌익도 마찬가지로 붕괴 됐으며, 그 후 아테네 군은 밀고 들어오는 페르시아 군 중앙을 집중적으로 공격해 격파하는 데 성공하였다. 페르시아 군 우익은 전열이 붕괴한 이후 지형에 대한 무지 탓에 후방의 큰 습지 쪽으로 방향을 잘못 잡아 도주했다가 이후 쫓아온 아테네 군에 전멸당했다. 그러나 페르시아 군 중앙과 좌익은 가까스로 함대로 도주하는 데 성공하였다. 아테네 군은 이를 추격했지만 함대 정박지에서 벌어진 난전에도 불구하고 페르시아 함대가 출발하는 것을 막지 못했다. 이때 도망가던 페르시아 군 함대는 7척의 손실을 보았다. 아테네 군은 이 함대가 아테네로 우회해 공격할 것으로 생각하고 서둘러 돌아왔다. 이들은 중무장한 채로 무려 30km 떨어진 아테네를 단 3시간 만에 주파하였다. 후에 이것을 기념하여 그리스에서 올림픽이 시작되면서 오늘날 올림픽 마라톤의 시초가 된 것이었다. 싸워 이길 수 없는 난관은 우회하는 것이 오히려 빠르고, 적을 유인하여 적보다 뒤에 출발하여 먼저 도착하는 것이 병법이다. 그리스 군의 최선이 한발 일찍 도착한 것이었고, 페르시아는 작전은 좋았으나 천운이 따르지 못하였던 것이다. 간발의 차로 먼저 도착한 아테네군이 방어에 나서자 페르시아 함대는 할 수 없이 작전을 포기하고 철수하였다. 아테네군은 192명의 전사자를 냈고, 페르시아 군은 6,400여 명의 전사자를 냈다.

마라톤 전투의 승리로 인해 페르시아의 1차 원정은 아테네의 승리로 돌아갔으며, 이후 십 년 뒤 2차 원정이 있을 때까지 아테네는 안전했다. 마라톤 전투는 비록 소수의 병력으로도 전술이 뛰어나면 이길 수 있다는 것을 처음으로 증명했다는 평가를 받고 있으며, 아테네 민주주의를 지켜냈다 하여 대단히 높은 평가를 받기도 했다. 그리고 이 전투의 승리로 유산 시민층을 중심으로 하는 중장보병의 입지가 높아졌다. 그러나 페르시아는 포기하지 않았고, 10년 뒤 2차 원정으로 아테네를 불태우는 데 성공하였다. 이 점에서 볼 때 그렇게 크고 중요한 전투는 아니었다고도 볼 수 있다. 거의 모든 그리스 도시 국가들이 페르시아에게 굽히고 들어갔고, 반발하였던 세 개의 에레트리아, 아테네, 스파르타 도시 국가들을 군사적으로 정벌하기 위해 온 것인데 에레트리아는 이미 패배했고, 마라톤 전투에서 승리해 아테네까지 정복에 성공하였다면 거기에 스파르타만 남은 상황이었다.

다리우스 1세 왕은 정복 군주로서 카스피 해에서 인도, 마케도니아에 이르는 광대한 영역을 정복해 아케메네스 왕조의 판도를 넓혔다. 그러나 치세 말기에는 아테네가 자꾸만 그리스인 거주 지역에서 반란을 부추기자 혼을 내주고자 페르시아 전쟁을 일으켜 그리스 원정에 나섰으나 마라톤 전투에서 무참히 패배하고 말았다.

이 덕분에 우리는 현대 올림픽에서 마라톤이란 종목의 경기를 볼 수 있게 되었다. 페르시아 군이 마라톤 전투에서 패배했다는 사실이 알려지자, 다리우스는 그리스의 도시 국가들을 정벌하기 위한 또 다른 계획을 수립하기 시작하였는데, 이번에는 다티스 장군 대신 자신이 직접 군대를 지휘하려 하였다. 다리우스 왕은 전쟁에 쓸 군함과 군대를 준비하기 위해 삼 년을 소비하였는데, 이때 이집트에서 반란이 일어났다. 이 반란은 좋지 않았던 그의 건강을 악화시켰으며, 결국 그리스를 침략하기 위해 또 다른 군대를 파견하려는 노력은 물거품이 되었다. 가을의 끝자락, 다리우스 1세는 자신이 죽을 것을 대비해 몇 년 전부터 준비해 왔던 바위를 깎아 만든 묘실에 방부 처리되어 매장되었다. 다리우스는 여러 아들이 있었지만 왕이 된 후에 고레스 대왕의 딸인 아토사와의 사이에서 얻은 첫째 아들인 아하수에르 왕에게 왕위를 물려 주었는데 10년 후, 아하수에르 왕이 살라미스 전투에서 궤멸됨으로 인하여 에게해의 제해권을 빼앗겨 그리스인들에게 페르시아 정복의 길을 열어 주었던 것이다. 아하수에르 왕의 사후에 왕권을 이어받은 아닥사스다는 식민국가의 유대민족을 절대적으로 신임하고 보호하였던 그의 부친 아하수에르 왕의 영향으로 유대민족에게 매우 호의적이었다. 그는 페르시아 왕궁에 포로로 잡혀 온 느헤미야를 중용해서 궁중의 '술 맡은 관원장'으로 삼았다. 왕은 그를 통하여 예루살렘의 소식을 듣게 되었고, 예루살렘으로 돌아가고 싶다는 그를 유대 총독으로 삼아 예루살렘으로 보내어 예루살렘성을 중건하게 하였으며 아울러 성을 재건하는 경비

예루살렘 성벽 재건

도 조달하여 주었다. 아닥사스다 왕은 포로로 잡혀 왔던 유다 백성들이 본국으로 귀환할 때, 왕의 내탕고를 지키는 사람에게 직접 조서를 내려, 귀환하는 에스라와 이스라엘 백성들에게 야훼의 전을 건축하는데 필요한 모든 물자를 내주게 하였다. 또한 그의 재위 중에 유대 백성들을 에스라의 인도하에 2차 귀환을 허락한 것은 물론이고, 느헤미야의 인도 하에 3차 귀환까지 허락 하였으니, 초대 고레스 왕의 1차 귀환부터 6대, 아닥사스다 왕의 3차 귀환까지 무려 구십이 년에 걸쳐 세 번의 귀환이 이루어지게 되었다.

　　이로써 고레스 대왕으로부터 내려온 정복민들에게 대한 인권과 종교 정책, 그리고 유대인들에 대한 해방 정책은 그의 자손들에게 대대로 전해져 내려와 여섯 번째 아닥사스다 왕에 이르러 활짝 꽃을 피우게 되었다. 이렇게 페르시아의 역대 왕들은 아닥사스다 왕 이후로 다리우스 2세, 아닥사스다 2세, 아닥사스다 3세를 거쳐 다리우스 3세까지 이르게 되었다.

알렉산더

마케도니아는 필립 2세 통치 이전까지 그리스 변방의 이류 국가에 불과하였다. 당시 그리스는 군사력의 강자 스파르타와 헬라 문화의 대표인 아테네를 중심으로 돌아가던 시기였다. 알렉산더의 아버지 필립 2세는 마케도니아의 국력을 키우기 위해 대대적인 군사력 강화에 나섰다. 필립 2세는 기병을 전투에 적극 활용하기 위해 귀족 자제들을 집중적으로 훈련시켜 헤타이로이라는 기병 부대를 창설하였다. 헤타이로이는 동료라는 뜻으로 귀족 자제들을 단순한 병력의 부하가 아닌 동지로 삼고 굳게 단결하겠다는 그의 의지가 고스란히 담겨 있었다.

필립 2세는 효율적 방법으로 보병 부대도 탈바꿈했다. 당시 그리스의 보병 부대 운용법은 밀집 대형을 짜 창으로 공격하는 팔랑기테스 전술이었다. 변화의 핵심은 창이었다. 다른 나라들의 창군은 3m를 넘지 않는 창을 가졌지만, 마케도니아의 창군은 6m가 넘는 긴 창 사리사로 무장하게 함으로써 손쉽게 전술적으로 우위에 설 수 있었다. 필립 2세는 또한 히파스피스타이로 불리는 특수 부대를 양성해 기동성을 보강했다. 결국 마케도니아는 창군을 중심에 두고 양쪽에 히파스피스타이, 그 외부에 기병을 배치하는 전술로 모든 전쟁에서 승리를 거두며 그리스를 통일하였다. 당시 마케도니아 군대는 전쟁 때만 동원하는 시민군이 아니라 직업 군인이 중심이 되어, 인근 그리스 도시 국가의 시민군은 따라올 수 없는 전술적 기동력을 갖추었다. 이를 기반으로 마케도니아는 그리스의 강국으로 부상할 수 있었다.

알렉산더는 어린 시절부터 무예가 뛰어났고, 스승인 아리스토텔레스의 가르침을 받아 탁월한 학문도 겸하게 되었다. 필립 2세는 알렉산더에게 많은 것을 물려주었지만, 그것은 강한 군대와 통일된 그리스뿐만이 아니었다. 알렉산더의 어린 시절 스승은 당대 최고의 철학자였던 아리스토텔레스였다. 알렉산더는 아리스토텔레스와의 만남을 통해 단순히 몸과 용기로 싸우는 군인이 아닌 이성과 절제의 중요성을 아는 군주로 성장했다. 특히 아리스토텔레스 철학의 가장 중요한 부분인 조화와 균형의 힘을 배우게 되었다.

소년 알렉산더는 아리스토텔레스로부터 동쪽 먼바다 건너 아시아에서 들려오는 페르시아 제국의 이야기와 고레스의 대왕의 전쟁 영웅담을 수도 없이 듣고 또 들었다. 알렉산더가 어려서부터 장차 세상을 호령할 인물이 될 수 있음을 보여주는 사례가 많지만 그 중 하나는 그의 애마 부케팔로스와의 일화다. 부케팔로스는 사람을 잡아먹는다는 소문이 날 정도로 미쳐서 날뛰는 사나운 말이었다. 알렉산더는 겨우 12살 나이에 부케팔로스가 자신의 그림자를 두려워하여 날뛰었다는 점을 알아채고 달랜 뒤 말 위에 오른다. 부케팔로스는 이후 20년 넘게 알렉산더와 전장을 누빈다. 필립 2세는 이 모습을 보고 눈물을 흘리며 감격하였다.

"내 아들아, 너는 반드시 너의 야망에 걸맞은 더 큰 제국을 가져야 할 것이다."

알렉산더는 이런 철저한 엘리트 교육을 기반으로 16살부터 전장에 나선 필립 2세를 대신해 섭정하고 18살에는 직접 카이로네이아 전투에 참여해 아테네가 중심이 된 그리스 연합군을 격파하였다. 알렉산더가 20살이 되던 해에 그의 아버지 필립 2세는 근위병에 의해 갑자기 암살당했다. 예상치 못한 젊은 나이에 군대의 추대를 받아 왕위를 물려받은 알렉산더는 세계 통일의 야망을 불태우며 아버지가 쌓아 올린 왕국을 기반으로 그리스 도시 국가들을 넘어 페르시아로 원정을 떠났다. 알렉산더는 페르시아의 군대와 세 번의 결정적인 전투를 벌였다. 첫 번째 전투는 그라니코스 강 전투이다. 강을 끼고 벌어진 이 전투에서 알렉산더는 강 상류로 올라가 건너야 한다는 부하들의 제안을 무시하고 자신의 기병대로 바로 도강해 적의 허를 찔러 승리를 이끌어냈다.

그 후 1년 뒤에 벌어지는 이소스 전투에서는 페르시아 다리우스 3세의 11만 대군과 알렉산더 군대가 격돌하였다. 이때 알렉산더는 4만 명의 군사를 이끌고 직접 페르시아의 대군을 크게 격파하였는데, 알렉산더는 중앙의 다리우스 3세를 노리기 위해 창군으로 틈을 만들어 냈다. 페르시아 좌익과 중앙에 발생한 틈을 정예기병 헤타이로이로 쐐기 대형을 짜서 돌파하는 데 성공했고, 다리우스 3세 왕은 전차를 버리고 말에 올라타 왕의 표식까지 제거한 상태에서 야음을 틈타 도망할 정도였다. 알렉산더 대왕의 페르시아 원정은 2년 뒤 가우가멜라 전쟁으로 끝을 맞이하게 되었다. 그리스와의 3차 전쟁 시 다리우스 3세는 페르시아 제국의 4대 수도 중의 하나인 엑바타나에 피해 있었는데, 전쟁에 패한 것을 알고 중앙아시아의 박트리아까지 도망갔던 다리우스 3세는 그곳에서 부하들에 의해 무참하게 살해당했다.

이소스 전투

이로써 불과 4만의 알렉산더 군대에 멸망한 페르시아 제국은 260년 만에 다리우스 3세 왕을 마지막으로 페르시아 제국은 멸망하게 되었다.

글을 마치며

　사실 처음 시작할 때는 꿈이 컸다. 이 글에서 현시대의 대학생 커플인 이란계 무슬림인 '카이러스'와 전형적인 미국인 가정의 '캐롤라인'이 종교와 인종의 다름으로 부모님의 반대로 헤어지게 되는 상황을 통하여 과거와 현재를 넘나들며, 사회적인 이슈를 좀 깊게 다루고 싶었다. 기존 세대와 현세대의 갈등, 현시대에도 여전히 존재하는 문화와 종교와 정치 성향의 다름으로 인한 편견과 차별, 이란의 무너져 가는 여성 인권, 이스라엘 지역의 커져가는 종교 갈등, 북한의 열악한 인권 상황, 그리고 자유 의지에 반해 여전히 탈북자를 북송시키고 있는 중국을 향하여 "내 백성을 보내라!" 등의 메시지를 외치고 싶었다. 그러나 처음 시작한 글이 주위 지인들에게 혹평받으면서, 꿈은 그렇게 무너지고 변해 갔고, 글은 평범한 역사와 고레스의 가치관과 업적, 그리고 페르시아의 이야기에 머무르며 '사회 소설'이 아닌 '역사 종교 소설'이 되어버렸다. 안타깝지만 나의 한계를 다시 한번 깨닫게 되었다. 그러나 마지막까지 고레스 대왕이 추구하였던 인류의 보편적인 가치를 통하여 우리의 그 다름과 차이를 극복하였으면 하는 바람은 유지하고 싶었다.

　고레스 대왕의 통치는 세계사에 여러 면에서 크게 기여하였다. 그는 다양한 문화와 종교를 허용하였으며, 노예해방 정책을 비롯하여 지난 2천여 년의 세계사에서 거의 찾아볼 수 없는 인권적인 정책으로도 수없이 많은 정책을 시행하였다. 이러한 인권적인 정책은 고레스 대왕의 통치가 먼 미래를 바라보고 더 넓고 더 깊은 큰 뜻이 있었음이 분명하다. 그는 바벨론 제국이 솔로몬 성전에서 빼앗아 간 신성한 유물들을 예루살렘으로 되돌려 주는 등 문화적인 선구자 역할도 하였다. 그의 폭넓은 정책과 통치 방식은 페르시아 제국의 다양한 지역과 다른 종교와 문화의 사람들 간의 관계를 원활하게 조화시키는 데 도움을 주었다. 그러고 페르시아 제국의 역사는 고레스 대왕 이후로도 계속 이어졌다. 고레스 대왕과 페르시아의 이야기는 그 옛날 고레스가 추구하던 가치와 이 시대를 살아가는 우리 인류가 추구하는 보편적인 가치인 인류 평화와 인권 존중은 하나로 일치한다는 것을 알 수 있다. 우리는 작금의 미국과 러시아, 중국 등 강대국들과 남한과 북한, 그리고 우리에게 전하는 전쟁과 평화, 인권과 억압 등, 고레스 대왕의 메시지를 분명히 깨닫고 배워야 하겠다. 참고로 언약궤와 마사다 이야기는 성경과는 괴리가 있는 창작된 부분이라는 것을 밝히는 바이니, 부디 성경 내용과 혼동이 없으면 하는 바람이다.

아울러 아낌없는 사랑으로 격려와 가르침을 주셨던 화순 이불재의 정찬주 작가님과 전문적인 성경 내용으로 길잡이를 해 주신 프로비던스 대학교 공동 설립자이신 윤원환 학장님, 그리고 수시로 격려해주신 안맹호 선교사님께 깊은 감사를 드리며, 더운 한여름에 수고를 마다치 않고 교정을 하여 주신 분당의 최수련 선생께도 고마운 인사를 전한다.

미국 애리조나 광야에서 8월에

고레스 대왕: 페르시아 이야기

초판 1쇄 인쇄   2023년 11월 01일
초판 1쇄 발행   2023년 11월 08일
지은이   서용환

펴낸이   김양수
책임편집   이정은
교정교열   김현비

펴낸곳   휴앤스토리
             출판등록   제2016-000014
             주소 경기도 고양시 일산서구 중앙로 1456 서현프라자 604호
             전화 031) 906-5006
             팩스 031) 906-5079
             홈페이지 www.booksam.kr
             이메일 okbook1234@naver.com
             블로그 blog.naver.com/okbook1234
             페이스북 facebook.com/booksam.kr
             인스타그램 @okbook_

ISBN   979-11-89254-97-1 (03800)